阅美文

洞庭草木深

葛取兵 著

葛取兵

西苑出版社

图书在版编目（CIP）数据

洞庭草木深 / 葛取兵著 . —北京：西苑出版社，2018.11

ISBN 978-7-5151-0697-7

Ⅰ. ①洞… Ⅱ. ①葛… Ⅲ. ①散文集－中国－当代 Ⅳ. ① I267

中国版本图书馆 CIP 数据核字 (2018) 第 257281 号

洞庭草木深

DONGTING CAOMU SHEN

出 品 人　赵　晖
责任编辑　陶永学　辛小雪
特约策划　凌　翔
责任印刷　陈爱华　严令升
责任校对　刘娟娟
封面设计　戴　敏
出版发行　西苑出版社 XIYUAN PUBLISHING HOUSE
通讯地址　北京市朝阳区和平街 11 区 37 号楼　邮政编码：100013
电　　话　010-88636419　传真：010-84281520
　　　　　E-mail：xiyuanpub@163.com
印　　刷　三河市金元印装有限公司
经　　销　全国新华书店
开　　本　710 × 1000 毫米　1/16
字　　数　160 千字
印　　张　13
版　　次　2019 年 1 月第 1 版
印　　次　2019 年 1 月第 1 次印刷
书　　号　ISBN 978-7-5151-0697-7
定　　价　49.80 元

人于草木　焉能无情

——读葛取兵《洞庭草木深》

每逢要给别人的大作写点什么，我都感觉像一位没准备好的考生要去参加一场答辩，遑论作序。数月前，取兵嘱我给他的散文新集《洞庭草木深》写一篇，我倒乐意一试。有幸生活在香草美人的原乡，身边是一座座自然长成的楚辞植物园，我却识不得几种花和树，更不用说博物和格物了。取兵的新书正好给我补一课，且是必补的家乡风物课和田野调查课。我就谈点补课体会吧。

给我们共同的家园建一座文学化的植物园，厚植土，多栽种，源源输送营养液，于四季轮回中尽情享受乡土之酽、陶潜之乐、舌尖之福、安梦之静、自然之趣，这该是取兵在时光里越发宏盛的愿景。走进这座园子，他当上一个兴奋而尽职的导游，见物说物，引类其事，娓娓道来，博学说开，特别让我这等植物学的门外汉恶补了知识，对平常多见的葛桑麻、桃桂樟们，总算弄清了纲属科目、生长习性、多重价值及附着其上的情趣情怀，它们衍生着道不完的传说故事，守望着土地生长出的无尽秘密。说着说着，那些野生植物都成了他家的乡邻、他家的器具、他家的粮仓、他家的酒藏、他家的茶道、他家的四季菜谱、他家的果盘小吃，物尽其用而不觉用者贪，反而觉得本该如此，自然而然。为何？取兵在每一种植物身上均化进了自己，有他的成长年轮，有他的记忆印渍，有他的隐痛和快意，有他亲人们的烟火日子和命运寓言，说到情深处，“真想把自己活成一朵荷，不为懂得，只为慈悲”，这好像是席慕蓉的某一句诗的化用。即便是化用，也化得妙，有如化蝶，深情羽化出翅膀，植物充满着灵性，它们循着中国文脉开创的心境物境合而为一的境界飞翔，在那里，无名氏于野外在倾听也在观察：“呦呦鹿鸣，食野之苹”；屈原在传说中与自己相逢：“袅袅兮秋风，洞庭波兮木叶下。登白薠兮骋望，与佳期兮夕张”；陶渊明在“欢言酌春酒，摘我园中蔬”；孟浩然在“开轩面场圃，把酒话桑麻”；苏东坡欣然候着“蒌蒿满地芦芽短，正是河豚欲上时”……“气之动物，物之感人，故摇荡性情，形诸舞咏”——钟嵘在《诗品序》中道出了诗歌咏物抒情所要遵循的要义。这也是取兵所追求的散文之神凝。

唯有诗化的心灵才热衷于移情化物，而个人化的物候书写有了成就审美化人生的可能。在此意义上，我愿把我走进的园子，打开感官所感知的满园花草树木，当成取兵自家的“大观园”，他的“梅妻鹤子”，他的“诗意栖居”。一个人若果真能安置这样一座园子，他是有福的。说道者爱讲“心外无物”，因我功德不满，我总怀疑那是一种语言般若，说得不客气，就是一种修辞轮空，所指和能指断裂后滑进了玄学的空转。魏晋人士喜玄言，永嘉时代有了玄言诗。钟嵘对玄言诗没好感，认为其“理过其辞，淡乎寡味”。陶渊明是从玄言诗的虚化影子里走出来的，他的田园诗布满了日常所见的风物，富有生活气息，既观乎宇宙之所变，又寄身于寻常巷陌，他是物化中的隐者、热爱生命者，他吟诵他万物之中的栖居："孟夏草木长，绕屋树扶疏。众鸟欣有托，吾亦爱吾庐。"诗写到这境界，大白话也诗味满满，不只是众鸟欣然，吾辈亦心神向往。正因为陶渊明没把自己放置在玄而又玄的修辞转轮中，他的诗才满是"雅人心中的胜概"。胜概何来？想必要由草木情深所催发，要由家园风物来烘托，那样一座草木扶疏、鸟鸣于巢、阳光南风笼罩着的草庐，便是人间胜境，往高处说，是中国诗化文化的地理标志，是诗化心灵的万流归宗。取兵在他的文集中，忍不住要多次发出"夫复何求"的喟叹，他追求的正是这样的"胜概"。他深恋的家园里，遍布草木，一草一木皆有情有义，形神俱备，妙用多多。他颠覆了"人非草木、孰能无情"的武断，"落红不是无情物，化作春泥更护花"，花犹如此，何况乎人？取兵汲取了诗人无隔有境的感知书写方式，大书对草木的人性方式、审美范式："人于草木，焉能无情。"进而，他赋予洞庭草木人格化、活态化、个性化、个人化，打通了人与草木的天然壁垒，畅然行文，使人与物双向交流互感。这一切，由于是洞庭湖畔、临湘山村的物语人情，又特别具象、亲近，触手可及，让人油然生出一种美妙冲动：明天，该逃离喧闹之城，要么乘舟，深入洞庭腹地去看芦苇水鸟；要么回家乡，像一只欢快、认路的狗，到处嗅嗅，一路撒野……

只有对草木一往情深者，才可能不断将冲动付诸行动。取兵正是这样的行动派，他大约是天然的田野侦探，要向大自然探寻并索引它散漫留下的馈赠和密码。这会不会是他一生执着的雅好呢？但愿。明朝遗老张岱总结过："人无癖不可与交，以其无深情也；人无痴不可与交，以其无真气也。”张岱自己就是一个十足的痴汉，痴于山水、园林、花鸟、梨园、鼓吹、烟火、骏马、古董、考据、茶道、美食，当然还有写作与做梦；在《陶庵梦忆》中，他写了一个名叫金乳生的园艺师，一生痴爱花草，宅前构花圃，四季轮植数百种奇花异草，烂漫如绣。弱质多病的金乳生每天早起，不盥不栉，匍匐阶下，侍弄花草，细捉虫蚁，“虽千百本，一日必一周之”；“日焦其额，不顾也”。张岱活脱脱写出了他对花草的痴态痴状，激赏之情溢于言表，原来，他们是同道中人。于草木有深情者，古往今来，“德不孤，必有邻”啊！取兵以他深情的文字证明，他也是一个“草木痴”。

寄情山水与草木的散文，张岱写得已近极致，他是小品文的一代宗师。其后，此类散文泛滥开来，特别是现当代更是乱花迷眼，其题材、手法、情愫，无论怎样推陈出新，都难免给人旧瓶装新酒之感。我理解，取兵是情到深处不写不行，痴者自顾，情胜于智，爱好到一定程度，就不会太讲究章法，何况他深知集合大于各部分之和的结构法，他这部新集别出心裁地贴上地域文化的标签，给草木们画了一个同心圆，圆心是洞庭湖，半径是湖湘山水，于是，这些草木就成了我们的乡党，湖湘物候志就有了可触摸体察的温暖感和在场感，读它犹如倾听乡音在导游，看到熟悉的草木在招手。它们从来平常却从不吝啬，正是东坡先生叹为所止的“造物者之无尽藏也，而吾与子之所共适”。

洞庭草木犹是无边风月，我们该以何种方式欣赏、享受、领悟，也决定着我们的存在质量。

让我没想到的是，存在主义大师海德格尔长年居住在南黑森林深处一间滑雪小屋，他深邃的思想受益于大自然的慷慨馈赠：“那种把思想诉诸语言的努力，则像高耸的杉树对抗风暴的场景一样。这种哲学思索可不是隐士对尘世的逃遁，它类似农夫劳作的自然过程。”海氏一改往日的晦涩难懂，明白晓畅地呼吁：“让我们抛开这些屈尊俯就的熟悉和假冒的对‘乡人’的关心，学会严肃地对待那里的原始单纯的生存吧！唯其如此，那种原始单纯的生存才会重新向我们言说它自己。”

从陶渊明到海德格尔，时光流逝了一千五百余年，两者地理距离近万公里。若以另一种计算，从陶渊明的草庐到海德格尔的小屋，本质上是同一个地方：诗意的栖居地；他们也是气质与灵魂上的同类人：诗意的栖居者。他们及其生存方式都令我辈敬仰、神往。取兵的《洞庭草木深》，也是在体察、践行这种人与自然的共生谐处、交感互动。

我终于明白，一花一草对我如待众生，始终不离不弃，而自己仍是故乡的生客、大自然的看客；我和很多写作者一样，待在橱窗里看世界，想象世界，思想和生活二者何来亲密无间？往往，我们看不到也听不到——陶渊明在时光的那头遥指那山那水，他的吟哦千年不绝：“不见相知人，惟见古时丘。路边两高坟，伯牙与庄周。此士难再得，吾行欲何求。”陶渊明思考的问题永远没有过时，我们欲求解的问题可能有千百个，但归结的问题只一个：你是否已抚剑行游，与四季同行，和草木做伴？

我看到，取兵走进了他诗意的深处；而我这个迟钝者、慵懒者，那就边升腿、放飞眼吧。

舒文治

2017 年 11 月 11 日

目　录

第四辑　城春草木深

第五辑　一树花开，一树叶落

后记

第一辑　乡愁的味与道

川　芎

母亲七十有六，每年总会来城里小住几天。来时一定会给我捎上一小包剪得碎碎的川芎，一进门，那股熟稔的香味就弥漫在我小小的居室，暖暖的，贴心。

川芎应该是一味中药，而且是用途较为广泛的药材，在我的家乡却是泡茶的好材料。饭后，尤其是吃上一顿大餐，大鱼大肉吃多了，肚子胀胀的，难受时，母亲总会泡上一杯浓浓的川芎茶，而且一定要加一点点盐。一杯热热的下肚，真的有顺气消食化腻的感觉。这是母亲的母亲的母亲一代一代传承下来的习俗。外乡人却是喝不惯，那股浓郁的味道完全是地地道道的中药味，不知为何到了我们的口中却成了上等饮品，喝得如此欢畅，落口逍遥。

刚调进城里工作，累了烦了，我常常在办公室给自己泡上一杯川芎茶。开始，同事总会用迷惑的眼光偷偷地瞄我几眼，他们或许认为我有什么怪病，需要天天喝几杯中药，他们甚至有些可怜我，但又不好意思问我，却有一丝不解。很多人都知道茶解药性，吃中药时，医生就会叮嘱，少喝茶，多喝白开水，为何我却要与茶叶共饮？时间久了，他们才问个究竟，你这是喝的什么中药？

我笑道，这是茶——川芎茶，老家的味道。他们疑惑的脸上似乎有些豁然开朗，但一定又有更多的不解。他们无法理解我与川芎所拥有的一种更微妙、更深切、更具情分的关系。回望离乡的行程，三十多年的风雨漂泊，多少酸甜苦辣，因为有这一枚小小的川芎，一路走来才显得如此温暖。

在我的家乡，川芎确实是泡茶的，谁也没有把它当成一味中药。川芎加茶叶是老祖宗留下来的饮品里的黄金搭档，据说，这还与爱国诗人屈原有关。当年屈大夫被楚怀王疏远，受贬到南方的荒僻地区，这是屈原的二次流放。他过鄂渚（湖北武昌），入洞庭，溯沅水，经枉陼（湖南武陵）至辰阳（湖南辰溪），又折向东南，至溆浦，不久又下沅江，入洞庭，到汨罗江，在极度苦闷、完全绝望的心情下，于农历五月初五投江自尽。屈原流浪在洞庭湖期间，哀民生之多艰，叹奸佞之当道，写下了千古名篇《离骚》。他游历于江湖之间，沉重的脚步踩碎了荒郊野地上的草木，是草木的微香把他引向高远诗性的原野，哀婉缠绵、如泣如诉的情感跃然纸上，引领世人来到一个香草美人的浪漫国度，他爱极了种类繁多的香草，恨不得把它们都佩戴在身上。可能，时常总会有江离被折损在他的手边和脚下吧，这个平凡的“川芎”就多处闪现在屈子的不朽华章中。在《离骚》的开头就提到江离：“扈江离与辟芷兮，纫秋兰以为佩。”宋朝吴仁杰在《离骚草木疏》中解释：江离，芎藭苗也。屈原的《九歌》中有“秋兰兮蘼芜，罗生兮堂下，绿叶兮素枝，芳菲菲兮袭予”，就是描述古人将泽兰及蘼芜栽种房前屋后，茎叶茂盛，气味芳香宜人。而《山海经》有“洞庭之山其草多蘼芜、芍药、芎”的记载。这充分表明春秋时代，蘼芜与芎分别称谓，同时应用。

我的家乡位于鄂南与湘北交界之处，是一个千年古镇——桃林镇，在地图上很难找到，好不容易寻到，只是一个小小的圆点。古镇离长江不远，街是依河而建，明清时期，却是湘北地区的边贸重镇。一条河，就相当于现在的高速公路，乡下的茯砖茶、稻谷、桐油等土特产，都是沿河流乘船直漂洞庭湖，再经长江，销往全国。最有名的是茯砖茶，还漂洋过海，卖到国外，一直是家乡引以为豪的土特产，可惜近年来，却是沦落了，让益阳安化的茯砖茶掩去了光环。而洋布、洋油、盐巴等日用百货同样是溯水而上，运到镇上的。后来，有了公路、铁路，水路渐渐就冷落了，如今也是风光不再，昔日繁华的码头只剩下河滩上几个深深的桩洞了，张望天空，似乎在回味往日的场景。

故乡的茶道还是有讲究的，平时在家里一般喝的是普普通通的绿茶，清明谷雨时采摘，制作有些粗糙，多为洗水茶，味道清淡。夏天喜欢喝山椒子茶，清凉消火。来客了，尤其是贵客，娘家屋里来了人，俗话说，娘亲舅大，一定得罪不得的。抑或是相亲的，未来的岳母娘和媳妇上门，看女婿。有时是多年的老战友、老同学，数年甚至数十年未谋面。一进门，一定得冲上一杯鸡蛋红枣红糖茶，稍坐片刻，如果饭还要个把时辰，还要泡上一杯阴米茶，饱饱肚。接着就是一杯芝麻豆子茶。主人的盛情款待后，酒足饭饱，不时会来几个惬意的嗝。此时，就该来一杯热热的川芎茶了。开水一定要滚烫，泡出的茶才香。不过，本地人还好，习惯了，你不泡还不行，甚至少放了几粒，心里还蛮不高兴。“你咯个婆娘，蛮会当家，川芎都舍不得多放两粒。”外地人却有些不习惯，但不会说什么，只是皱下眉，脸上闪过一丝困惑。或许，还会说一通拗口的普通话——打死咯人——向客人大说这茶的妙处。没办法，怕人家兴禁忌，明明来做客，你却搞上一大杯中药汤，人家不掀桌子才怪。

年少时，印象很深的是，晚饭后，母亲总会给父亲泡上一杯川芎茶，有一股怪味道。我故意捏着鼻子躲得远远的，望着。有时，父亲也会逗逗我，拉着我的手，用双脚搂住我，非要我喝一口，我也会皱着眉头，怯怯地抿上一小口，然后躲到一边去吐了。有时也会尝试喝一口，其实，也并没有什么苦味，只是怪怪的，过后，却有一种舒畅。父亲说，有一天，你爱上这茶，就长大了。乡下的老人常常会说上一句，小孩喝凉水，大人喝热茶。

记得自己主动喝第一杯热茶，应该是读初三的时候。学习累呀，竟然想喝一杯热茶。母亲给我泡上一杯热热的川芎茶，放在我桌上。看着冒着热气的茶，翠绿的茶叶，褐色的川芎片，在开水中上下翻腾，如云霞般绽放，溢出如春雨般清润的阵阵幽香。浅浅地小啜一口，一股热气经口入肚，直贯全身。慢慢地，一杯茶下肚，头清了，身轻了，好像有一股精气神盈满周身，书本上的字迹似乎格外醒目，一个个看起来意丰韵足，灵动可喜，连纸面也显出几分和静体贴来。

我是真心喜欢上了这杯茶。

后来，有了安徽的红茶、西湖的龙井、云南的普洱、福建的乌龙，也有了茉莉花茶、菊花茶、枸杞茶，名目繁多，品种多样，但不管是什么高档的茶，在我眼里，我的最爱依旧是一杯川芎茶。茶叶，是母亲亲手采摘的清明茶，用开水捞一捞，杀青，再用手搓揉几轮，茶汁淡了，却多了清香。放在屋里晾干，有时也会用铁锅慢慢地焙干。川芎是从乡下买的小籽土川芎，洗净泥沙，再放在太阳下晒过半干。坐下歇息时，手却没有闲着，拿出川芎，剪得细细碎碎的，用玻璃瓶装好。每年母亲会我给捎上几包。夜深人静时，一本书，再泡一杯茶，拈一指茶叶，放上几粒川芎，再加一点点盐。在这熟稔的香味中，过去那些浸润着得与失、爱与恨的岁月，在水雾中忽隐忽现。

川芎是伞形科多年生草本植物。在乡下，多种在房前屋后向阳的山坡或菜地，巴掌大的地方就足够了。第一次看到川芎，还闹了一个小小的笑话。在乡下的舅舅家，指着一堆叶子像胡萝卜的植物，大谈胡萝卜，结果舅舅对我说，这是川芎。我的脸一红，还好，没有外人，只是与几个表兄弟在一起。川芎的根茎较为发达，初看时并没有多少好感，因为它的外形十分粗糙，表面黄褐色或黄棕色，有很多的皱缩和隆起的轮节，好像满脸沧桑的老人，有多少故事不为人所知。不起眼的川芎，却是香气浓郁，开始时味有点苦，甚至有点辛，舌头有一种麻麻的感觉，过后却有一种微甜。听说日本人竟然用川芎作为钓鱼饵料，尤其对鲤鱼效果很好，屡试不爽。我虽没试过，想必自有它的道理。

川芎，确实是一味中药。在我国最早的一部药学书著《神农本草经》中，就记载它常用于活血祛瘀行气、祛风止痛，其辛温香燥，走而不守，既能行散，上行可达巅顶；又入血分，下行可达血海。相传唐朝初年，药王孙思邈在四川青城山采药，发现一种植物有活血通经、祛风止痛的作用，为其吟诗："青城天下幽，川西第一洞。仙鹤过往处，良药降苍穹。"后来这药就叫川芎。但在我的家乡，川芎为何当成茶喝，却已是无法探究了。在湖南临湘市、岳阳县等不少乡镇至今保留着川芎泡茶喝的习惯，甚至在岳阳大大小小的茶楼，都有川芎茶，只是茶楼的川芎，多为药用川芎，切成一片片的，有硬币大小，如菊花状，好看，却没有乡下的小籽川芎味正、香、纯。

川芎与女人的关系十分密切，《本草汇言》记载：芎藭，上行头目，下调经水，中开郁结，血中气药。川芎因为活血滋阴的特性，成为女人养生药膳的佳品。有一次，母亲在家里煮鸡蛋，却不知为啥竟放了一些川芎，让香喷喷的鸡蛋平白多了点怪味。每年三月三，母亲一定会用地米菜煮鸡蛋，可这川芎煮鸡蛋，还是头一回。管他呢，有鸡蛋吃就行。可煮熟的鸡蛋却被母亲全给了我的二姐。我吵着闹着要吃，母亲说，二姐肚子痛，川芎煮鸡蛋是用来治病的。我说我的肚子也痛，却乐得母亲和二姐笑了一通。后来，我知道了二姐痛经，这是女人的病。川芎正因具有活血祛瘀的功效，而成了女人的挚爱。川芎煮鸡是更年期女人的食疗偏方。川芎与当归、熟地、白芍做成的"四物汤"，历经千年之久，更是让女人青睐，不少女性养成从年轻时就开始服用“四物汤”的习惯，可以红颜不老，青春永驻。其实，四川人对川芎更有一种紧密的情缘。据说，全国绝大多数的川芎出自这块神奇的土地，有一千多年的栽培历史，而且四川人还把川芎作为一种食材，有川芎鸭、川芎煮田螺、川芎白芷炖鱼头、川芎当归黄鳝汤等菜谱，甚至还把它当作熬粥的原料，用川芎加桃仁、蚕蛹、粳米熬粥喝，这可能在全国是个唯一吧。

我想，哪一天辗转到了四川，一定要好好地品尝这几种菜肴，再热热地喝上一大碗川芎桃仁粥。

红　蓼

这是一个秋天的早晨，空气清新、明晰、湿润。

在乡下老家，一处池塘尾端的湿地。

一湾蓼草正在热闹地开放着，远远地看，如星河密布，玄远而飘逸，让人发幽思之情。时近中秋，风凉，叶黄，蓼儿草却吐出一穗穗红花，惊艳着我的双眼。我走过去，顺手将一枝花穗摘下来，细看，青红的穗头上附着无以计数的红色花朵，小得跟针眼儿似的。我端详了老半天，惊叹大自然的神奇。蹲下身子，近距离接触，由近及远，有数不清的穗花随风起舞，那阵势，绝不逊于我们人类的某一次盛大的庆典。这些快乐的精灵，虽然无人在意它们，却年年岁岁发芽、生长、开花、结籽，独自馨香，独自飘零。

秋天，在南方，是蓼草的季节，明媚着，灿烂着，熙熙攘攘，吵闹着……

蓼草，听着名字就满心的喜欢。蓼，多像人的乳名。而蓼草，一个草字接着蒸蒸地气，纤秀韧直、爽落朴素，像极了湖湘人的性格。蓼草，是故乡常见的一种野生植物。故乡在南方，水乡泽国，八百里洞庭，湖汊密布，溪流众多。蓼草逐水而生，凡是有水的地方，必有蓼草，诸如水湾、河沿、滩头、沟渠、沼泽，以及泥淖之处，水蓼无处不在。有时是东一棵，西一棵，点缀在野草中间，平平常常，如芸芸众生的一个小人物，不驻足，不细望，也分辨不出来。抑或是成片成片地生长，绵绵密密，却显得有些张扬，虽然细小，却茂密繁盛。尤其是到了秋天，蓼花绽放，一片红晕，远看如一片朝霞，该不是哪个调皮的放牛娃扯落下来当围脖，一不小心遗落在水边吧。

南方有佳地。有无数大大小小的村落散布在一方水土，或相拥相聚在一湾平原，或沿湖沿河袅袅娜娜在水边，或三三两两栖息在山坡上，依山而居，正如蓼草，平凡普通。每一个村庄都是一部人类的简史，每一个村庄都有它或长或短的历史，或辉煌或简朴。而村庄的繁衍无一不是在鞭炮的欢呼、酒香的奔放中开始或消失，新婚燕尔，老人西去，小儿初生，每一个仪式都离不开酒的欢畅浓烈。

酒，于乡村总有一种扯不清的情愫。家乡的米酒是村庄史的见证者，酒的历史有多长，村庄的历史就有多长。

我父亲是村子里的一名铁匠，执铁锤，拉风箱，挥汗如雨，如一位叱咤风云的将军，而在他刚毅的背后，却会做一手香甜的糯米酒。父亲一生喜酒，如今七十七岁高龄，一日三餐依旧能喝二两多白酒，这或许是他迷上酿酒的情节。但父亲最喜欢的是谷酒，抑或是苞谷烧、茴丝酒。在端午、中秋、春节，乡下人十分看重的三大节日，父亲必定做一盆米酒。而他做酒的程序，我已烂记在心。称米，洗净，浸泡一天一夜，把糯米浸透，放在木蒸笼里用大火蒸。水汽蒸腾，灶中的火焰照亮了一个家的温暖。不到一个时辰，糯米的香气就盈满了农家的院落，这是孩子们格外喜欢的时刻。蒸好的糯米俗称“淘饭”，和一般的米饭不一样，它硬一些，还有些米形，饭一粒一粒的不黏连，却好吃。做酒，是孩子们享受吃淘饭的一个美好时光。父亲却不多给，为我们兄弟几个，每人捏上一坨糯米饭，热热的，吃到口中柔软细腻，比普通的米饭香甜。在那个白米饭都难以为继的日子，一坨热热的糯米饭真的温暖好些时日。至今想起，总有一种幸福回味绵长，如一碗米酒，岁月越长久，愈来愈芬芳。感谢父亲给我的童年留下一段飘香的日子。

在我们快乐地吃淘饭的时候，父亲等糯米饭凉下来，不烫手，就把糯米和碾碎了的酒曲混在一起，细细搅匀，再一层一层地摁进一口洗净的大脸盆，表面细细地抚平，又撒上一层酒曲粉。有意思的是，每次做完，还特地在糯米中间留一个洞，父亲称它为酒窝。我似乎看到父亲脸上的微妙神态。人脸上也有酒窝，在腮上，一笑酒窝便显出来，增添几许妩媚。父亲说，酒缸里的酒窝如泉眼，酿出的酒液都渗到酒窝里，称为酒娘。初成的酒液称为酒的“娘”，这叫法很动人，酒有了娘，就源源不断地生出酒液来。酒娘是甜的，十分的嫩滑，没有日后成酒时的呛辣。想象乡村的女人，新娘小媳妇，初进婆家门，温婉羞涩，如嫩叶新花，时间久了就老辣起来。

拌完酒曲，脸盆盖上木盖板，放入空闲的床上，用棉被紧紧包裹，让它们在温暖的被窝中做着发酵的梦。我起初不明白为什么要盖棉被。父亲说做酒，窝要温暖，太冷了不出酒，太热了，酒会变酸。有时冷了窝，父亲找两个打吊针用的玻璃瓶，灌上开水，放进被窝。这期间不能松窝，否则会变成半生不熟的酒饭。

父亲做完这些，总会泡上一杯热热的川芎茶，透过袅袅水雾，他平静的脸上隐藏着满足。而在这水雾后面，是我们的期待，等待也成为一种美好的过程。每天我们总会跑到房间里溜达几趟，闻一闻正在日子深处的香。一两天，就能听到棉被下面隐隐约约的冒泡声。三四天后，声息全无。这时，酒香却一阵比一阵浓郁，香甜灵盈的米酒大功告成。此刻农户家的土房子里，低矮、阴暗，然而有了这盆米酒，生活也似乎多

提高现代文阅读和写作成绩的金钥匙

葛取兵作品
阅读试题详析详解

桃花朵朵

①一夜春雨，几场春风，桃花便开了。

②农家村舍的屋前屋后，一株株桃树灿然开放，如乡下朴素的女孩子靥然的笑脸，让刚从冬日里走过来的身心“唰”地站在阳光下，温暖清新。

③桃花，最好是开放在乡村的柴扉旁，唐朝节度使崔护的一首《题都城南庄》：“去年今日此门中，人面桃花相映红。人面不知何处去，桃花依旧笑春风。”“人面桃花”，几乎成了桃的名片了。只是崔护做梦也没想到，他被后人记住，却是得益于那株唐朝的桃花了。时光悠悠，那株唐朝的桃随岁月的河水早已飘远，零落成泥，但名不见经传的业余诗人崔护的名字却如季季桃

花依旧在春天的时节里光彩夺目。

④ 而我们对于桃花更多的只是一种口福的渴盼。桃对于我们的童年，满是遐想，生动而甜蜜。桃子是我们童年里最好的水果了。黄灿灿的香蕉、红彤彤的苹果，有我们的眼中，仅仅只是课本的知识，抑或是电影上的一种道具而已，无法勾起我们的口水。

⑤ 我最喜欢的还是乡下的桃。乡下的桃是朴实的，正如乡村朴实的泥土、朴实的庄稼、朴实的房子，让我怀恋一生。在乡村，一树一树的桃安静地蹲在屋前院后，如朴实的乡下妇人，不动声色地拉扯着家常，幸福而从容。

⑥ 桃，是童年最好的朋友。桃花开了，每一朵桃花的背后，都可能隐藏着一颗甜美的桃子。桃花在童年的眼中，是一种触手可及的希望。

⑦ 五月端午时分，阳光已是格外的明媚，如生动活泼的水环绕着村庄。一树一树的桃子壮实地吊在枝杈间，洇（yīn）红着小脸，咧着小嘴，望着童年在笑。这是桃李收获的季节。我们的小肚子常常胀得鼓鼓的。桃子吃多了，极容易拉肚子。我们只管嘴巴子过瘾，顾不了这么多了，心甘情愿地一天跑好几次茅房。

⑧ 桃子们被父母亲小心翼翼地摘下来，挑到城里去卖。又换成油盐、布匹，有时父母亲也会给我们带来花书包、黄军帽，抑或是小人书。五月是童年的快乐时光，我们像小狗一样在村庄里嬉戏打闹，爽朗的笑让村庄年轻了许多。

⑨ 其实，桃并不是村庄的专利。在山坡上，在小路边，在河岸旁，是谁随意地扔下的一枚桃核，第二年春天，它们竟破壳而出，长成了一株小小的桃树，瑟瑟地偎在杂草丛中，却让我们

惊喜。

⑩ 我们有时会把它们移植到院落，父亲说，这野生的桃，就让它们在村外“野”着吧，那才是它们的天堂。我们有些不舍，但是很快一株弱小的桃就在鸡的啄食，猫狗的打闹，牛的践踏下，消失了。现在我终于明白，其实，人也一样，每一个人都有他自己的生活方式，存在就是合理，平安就是幸福，自由就是快乐。

⑪ 于是，这野生的桃，一株、二株、三株，在田野在山坡在河堤，东零西落地生长，无人问津，自生自灭。一年、二年、三年，它们努力地生长着，一路磕磕碰碰。

⑫ 有一年春天，它们突然绽放了，一树桃花，如点燃的小火把，大人们不以为意，却温暖在孩子们的眼中，亮丽在绿意葱茏的田野。后来，有小小的青桃在枝杈间探头探脑，茸茸的，仿佛一群青葱少年，挤着挨着在看我们。我们也挤着挨着在看它们。

⑬ 但是它们是怎么也长不大的孩子，当屋前院后的桃长得肥肥美美的时候，它们依旧是桃核般大小，涩且硬，无法让人入口。大人说，这叫“狗屎桃”。

⑭ 父亲把这些“狗屎桃”摘回来，放在谷糠里，不动它，不理它，好像是在较劲似的，足足捂上个把月，再翻出来，这桃便软了，用手轻轻地一掰，桃便成了两半，洇红的桃肉，一枚小小的桃核。入口，绵软，有些甜，又有些浅浅的酸味。

⑮ 正是这酸且甜的“狗屎桃”，让我的童年、少年在快乐中多了一种滋味。

⑯ 春日的阳光下，又见桃花朵朵，如一串串的小火把，点

燃了我的童年，温暖着我童年的梦。

1．文章开始部分引用唐朝崔护的《题都城南庄》有什么目的？

2．简析第九段画线句子的作用。

3．根据提示赏析下面两个句子。

（1）在乡村，一树一树的桃安静地蹲在屋前院后，如朴实的乡下妇人，不动声色地拉扯着家常，幸福而从容。（该句运用了哪些修辞手法？好在哪里？）

（2）第二年春天，它们竟破壳而出，长成了一株小小的桃树，瑟瑟地偎在杂草丛中，却让我们惊喜。（句中加点词语有什么表达效果？）

4．概括第十段主要内容，并说说作者由此感受到的生活哲理。

5．结合全文内容，试评价父亲处理“狗屎桃”的做法。

参考答案：

1.（1）突出文章写作内容；（2）激发读者的阅读兴趣；（3）增加散文的文学色彩。

2．承上启下，由上文对“乡下的桃”的介绍自然过渡到对“野生的桃”的描写。

3.（1）运用拟人、比喻的修辞手法；将乡下的桃比作乡下女人，赋予它以人的动作、情态，生动形象地表现出它的安静与从容；表达作者的赞美之情。语言优美，富有诗意。

（2）“竟”的意思是竟然、意想不到，突出桃核顽强的生命力；

“偎”字将刚出生的桃树苗拟人化，描写了它的不起眼以及怯懦的情态，生动传神。

4. 我们移植野生桃树到院子里，但没有成功。哲理：自然界和人类一样，都有他自己的生活方式，存在就是合理，平安就是幸福，自由就是快乐。

5. 父亲较劲似的将尚未成熟的“狗屎桃”捂了个把月，可能是一种促使它成熟的方法，虽然捂出的桃口感“绵软，有些甜”，但又有“浅浅的酸味”，终究是违背了植物生长的自然规律，因此人类应尊重自然，顺其自然。

母亲的菜园

① 母亲的菜园是租借菜业队的。父亲兄弟姐妹多，又排行老二，成家后仅分得两分菜地，后来建了房子，成了现在的居住地了。当时，母亲在镇办企业上班，就无暇种菜了。

② 前几年母亲退了休，一来闲不住，二来退休工资菲薄，现在物价又高，蔬菜贵得吓人，于是母亲便有了种菜的念头。正好，这几年菜业队年轻人大多出外打工去了，荒芜的菜地多的是，母亲便租来几分菜地，一年象征性地交些租金。母亲终于又有了一丘菜园了。

③ 其实，母亲出身山村，与土地打了十几年交道，对种菜虽谈不上熟稔，但也还有一分深厚的情谊。确实，先前的那几分菜地经母亲一侍弄，便出落得绿意盎然了。一块块，一畦畦，或

方正顺应母亲心性，或因地随形不拘一格。走进菜园，春天的青菜，绿油油的格外喜人，几天春阳的抚摸，菜薹如头顶鲜花的美女，一个个亭亭玉立；过了春天，接着便是茄子、黄瓜、辣椒、豆角大显身手的季节了，一个个一串串如争先恐后的赛手，挂在青枝绿叶之间。红彤彤的西红柿、细长的豇豆、光滑细嫩的紫色茄子、又尖又小的辣椒、又细又长的丝瓜、表面疙疙瘩瘩的苦瓜、顶花儿带刺的黄瓜、绿中带紫的苋菜、开着紫花儿的扁豆……让人看着就高兴。尤其是西红柿，熟透了如红红的小灯笼。这是菜园最为丰硕的季节，也是母亲最为愉悦的日子。即使园子的外围，母亲也见缝插针地种上了玉米，一株株一棵棵，像林立的枪矛，凛然不可侵犯的样子。而它们身上的那一绺红缨，却出奇的温柔而妩媚，引人遐想。立秋一过，母亲便忙着种萝卜、香菜之类，菜园子虽然没有先前的热闹，但深入土地的内涵，却是另外的一种收获。圆滚滚胖嘟嘟的萝卜、苗坨不声不响地隐藏在泥土中，静候着母亲的召唤，时刻给我们一份惊喜。这是我格外喜爱母亲秋天的菜园的理由。一场飘飘洒洒的雪花之后，菜园子便显得寂静了，这时也是母亲歇息的时节，只是冬阳从云缝中探出头来，母亲也还要到菜园子侍弄一番。

④ 母亲的菜园充满了生机，蓬蓬勃勃的生命也昭示着母亲的辛勤耕耘。俗语说：“种田忙两头，种菜忙四季。”确实，种菜全靠侍弄，锄土、整畴、播种、浇水，待到菜苗拱出土，又要松土、除草、上肥。进得菜园，一不小心一晌午过了头。母亲种菜就像抚育着自己的儿女一样，小心呵护着，一分汗水，一分收获，菜园也是铆足劲儿给了母亲丰厚的回报，时鲜蔬菜是不用说，多得吃不完。于是，母亲又变着戏法子做各种腌菜，青菜洗

干净，晒一个日头，再装进坛子用泥巴封上口，一个星期后，变成了香喷喷的酸菜了。酸菜只是其中的一类，还有酸辣椒、酸豆角、酸黄瓜，让我们兄弟几个喜不自禁，乐不可支。有时，母亲也把茄子、豆角、扁豆晒干，在冬天便成了上好的菜肴。这些收获成了我们兄弟餐桌上的佳肴。

⑤母亲的菜园是她精心绘就的图画，在图画里母亲则是精髓所在，阳光下，弯腰耕耘的母亲，如一尊雕像，额头上碎碎的汗珠熠熠地闪着生命之光，那些兄弟般的蔬菜不就是如歌的行板，在母亲的演奏中，演绎着生生不息的生命之歌。

⑥其实，在母亲的心目中，儿女永远是她精心养育的一畦蔬菜。

1．文章第三段运用了什么记叙顺序？请结合文章内容作简要分析。

2．为什么说“种田两头忙，种菜忙四季”？（用文中的话回答）

3．赏析第三段画横线的句子。

4．认真阅读文章最后两段，联系实际生活，谈谈你的感想。

参考答案：

1．顺叙。

春天——过了春天——立秋过后——下雪后

2．种菜全靠侍弄，锄土、整畴、播种、浇水，待到菜苗拱出土，又要松土、除草、上肥。进得菜园，一不小心一晌午过了头。

3．运用了比喻的修辞手法，将茄子等农作物比作赛手，生动形象地写出了春天后菜园生机勃勃的场景，表达了作者对母亲种的农作物的喜爱及对母亲勤劳品质的赞美之情。

4. 生活中，父母永远对儿女精心培养，满怀关爱。我们作为儿女，也要懂得孝顺父母，多体谅他们，给他们爱的回报。

母亲的1994年

①1994年，其实是岁月年轮中很普通的一环，如一株枝繁叶茂的大树上一枚青青的叶子。而这一年有一种叫下岗的痛苦深深地烙进了母亲的脸颊，也有一种叫坚韧的精神刻进了母亲的风骨。

② 母亲出身山村，顶一身泥腥味，嫁给在镇上打铁的父亲后，成为镇办企业的一名草帽编织工人，一干就是几十年（其间母亲生育了五个子女），母亲的青春就密密匝匝地缝进了一顶又一顶朴素的草帽，为农民遮阳挡雨。然而1994年乡镇企业如一条蠕动的百足虫静静地僵立在古镇一隅了，喧哗的缝纫声随着岁月的年轮消失了，却亘久地在母亲的脑海中唱响，让母亲怎么也无法安宁地闲坐在院落的树荫下。那年我二十五岁，刚刚结婚，也从县办企业中下岗赋闲在家。那一年，让母亲刻骨铭心，一家七口人，除了老兄在银行工作，父亲、母亲、大姐、二姐、二姐夫，还有我，纷纷下岗。1994年的春天太冷，夏天太冷，秋天太冷，冬天更冷。我常常听到母亲在夜半时分的长长叹息，足以把天上闪烁的星子敲落。我劝母亲，您老五十几岁啦，该歇歇

了，养精蓄锐准备抱孙子。妻子显山露水的肚子正在轰轰烈烈地茁壮。此刻母亲的脸上掠过一抹久违的浅笑。

③ 可是，一家五口人，全靠父亲帮人打工挣钱，生活难以为继。我记得十分清楚，父亲下岗后，在一家大理石厂磨石头，一天工作十多个小时，全身精湿。正是那一年父亲染上了风湿，如今步履蹒跚，行走困难。

④ 母亲决定上街卖水果。

⑤ 母亲的举动让我大吃一惊。母亲说，她要在大街上摆一个水果摊。母亲的脸上分明露出羞涩如处子般的笑。我很惊讶母亲的决定，不仅是因为母亲不识字，更多的是母亲的心地太善良。自古有言，无商不奸。言外之意，善良之人不宜经商。

⑥ 母亲真真切切地坐在古镇繁华街头的一隅，一杆木秤，两张桌子上摆满了嫣红的苹果、黄黄的香蕉，还有乡下质朴的桃子、李子。此时正值仲春。我曾经悄悄地走过母亲与她相守的水果摊。母亲宁静地坐在芳香四溢的水果摊旁，脸上的表情静静的，却隐藏着无数的波澜不惊，眼睛平和地注视着大街上匆匆的行人。只要有人驻足摊前，母亲脸上旋即涌满了我熟悉的笑容，那溢出的是慈爱是温暖。

⑦ 母亲早出晚归，每一天都是如此忙碌。每个星期还要到县城水果市场进货。但从没听到母亲叫苦。最让母亲兴奋的那一刻，是在傍晚归来的算账。我至今很清晰地记得，母亲打开一只盛钱的旧洋铁筒，倒出一小堆细碎的角票零钱，摊在床上。灯光下，母亲很仔细地一张张把角票抚平，又分门别类的，一分、五分、五角、一元，用橡皮筋扎好，再一下一下地清点。不时静下来细想，那是母亲在进行最为简单的加减法。但对于母亲而言，

却是那么的繁杂而艰难，这样重复数遍后，母亲终于长长地嘘了一口气。我知道母亲今天小有收获了。我有时故意询问，母亲微微一笑：“今天挣了十二块六毛钱。”言罢，脸上洋溢的笑如农人收获硕果的满足。这一幕我常常看到，如一幅画，一幅题目叫《母亲》的水墨画。灯光下，母亲佝偻的身影让我的眼眶总是一遍遍地湿润。

⑧ 母亲的水果生涯其实十分短暂，随着我女儿的出生，母亲不得不放弃她的小本生意，一门心思呵护她的孙女。如今我的女儿已有二十三岁了，母亲也是步履蹒跚、头发雪白的老人，不知她老人家是否还记得当年那个街头的水果摊。但却让我永远铭记。因为我看到了母亲身上一股坚忍不拔的精神。正是母亲的一举一动，深深地刺痛了我，无声地影响着我。我从那一年下岗的阴影中走出来，先是孤身一人跑到城市打工，打工中不忘学习，后来参加乡镇政府应聘，在众多考生中脱颖而出，成为镇政府机关的一名公务员，再到县人事部门，最终调入地级市工作，我的每一步前行，母亲就如一盏灯，在黑暗中引我走向光明。

⑨ 如今母亲已是八十高龄的老人了，八十年，对一个人而言如此漫长，放在岁月的长河中，却又是细微，但我永远地记住了那一年——1994 年。

1. 作者为什么说“1994 年的春天太冷，夏天太冷，秋天太冷，冬天更冷”？(用原文回答)

2. 是什么原因，母亲佝偻的身影让“我”的眼眶总是一遍遍地湿润？

3. 通过本文，你在“母亲”的身上，学到了一种什么样的精神？请联系实际生活，谈谈你的感受。

参考答案：

1．一家七口人，除了老兄在银行工作，父亲、母亲、大姐、二姐、二姐夫，还有我，纷纷下岗。

2．“我”自责为母亲增添了生活的负担，心疼母亲年纪大了，还要为生活所累。

3．通过本文，从“母亲”的身上，学到了一种坚忍不拔的精神。我们作为学生，在学习上，也需要这种精神。尤其是我们遇到挫折的时候，也应该像文章中的“母亲”那样，坚忍不拔，克服困难，最终，就会走出困境。

倾听房子的呼吸

①我突然感受到了房子的呼吸。

②这是一个仲春的夜晚，我蜗居在金鄂山下一个暂时属于我的小天地，一间租赁的四楼的旧房子里。这是一座很有些年纪的房子，但它位处金鄂山脚下，在城市难得有这么一座公园，有葱郁的树林，能听到山上的鸟鸣，还有动物园传出的老虎惨落平原的悲愤声。于是，我二话没说就住进了这个有些贫民窟味道的小屋。

③已是午夜，那个叫夜的汁水包裹着这个世界，树木、花草、鸟兽，还有人类，没有什么物资能逃离她的包裹。其实，夜

晚更多的像是一位母亲，温柔地包容着一切，不管是跺脚，还是诅咒，夜总是不动声色地平和地环绕你，让你温暖，让你栖息，让你进入梦乡。有时，人不愿意接受夜的环抱，便使用无数发光的灯，奔驰的车，聒噪的叫喊声，让夜远远地守在城市的外面，伤心地望着一群不归的孩子。正如一只爱莫能助的老母鸡，看着自己孵出的小鸡面对危险，而无力张开自己的翅膀。

④ 我正是蜷缩在夜的翅膀里静静地谛听，我分明听到了房子的呼吸，那是夜的声音吗？有些沉重，又有些轻柔，忽远忽近，仿若一个不知愁滋味的青葱少年的梦呓，那是对一个窈窕少女的真情倾诉。又仿若是母亲正在哼着千年民谣，牵引着幼稚的我进入梦乡。梦境中恍若置身在乡下的老屋。

⑤ 乡下的房子也会呼吸。

⑥ 我乡下的老屋相守在游港河的岸边，站在屋后的二楼阳台上可以清晰地看到河水平缓地流淌，不动声色。不时有洁白的河鸥在水面上划出一道悠闲的弧线。只有在梅雨季节，几场暴雨像一个泼妇似的骂了一通后，河水便陡涨起来，像是受了泼妇的委屈，心有不甘，躁动着，却不敢去打她一巴掌，只是愤怒地拍击着河堤。我喜欢这河，我的童年与少年就是在这条河上长大的。

⑦ 我家的老屋只是一幢简单朴实的房子，二层楼，红砖青瓦。木门木窗，一副和睦安闲的样子，像是我的老祖母，一脸平和的笑，正如她一辈子的人生全部折叠着放进她脸上深深浅浅的皱纹里，直到我四十不惑之年，我终于读懂了那就叫沧桑。如今老祖母早已安静地躺在老家熟稔的泥土里，守望着那一片山峦。正是这片泥土，让她的一生中充溢着山乡的馨香与苦难，也让她

的一生平和的日子在泥土里开花，结果。每年清明，我们都来到祖母的坟前，已是绿草茵茵，那是她对我们的探望发出的亲昵。

⑧ 父母已是花甲之年。他们曾生活在镇上的房子里大半辈子。父亲是铁匠，母亲后来在镇办企业打草帽。天天清晨，父母就出门上班，我们去学校读书，房子就是一把铁将军把门了。记得年幼时，没有电视，一到夜晚，父母总会早早地睡去，一天的劳累都在夜的怀抱中冲刷得干干净净，连同身体的疼痛，都被黑夜一并带去。天亮了，梦醒了，父母又要开始执犁握锄。他们把所有的劳累都留在房子里，一天一天，竟压抑得房子的呼吸日益沉重。

⑨ 我们兄弟姐妹都是无知的。我们留给房子的是青春的快乐，当然也有苦难，还有烦恼，更多的是春天般色泽的梦，温暖。梦醒，我们的每一天竟是如此生动。

⑩ 如今我乡下的房子已老去，正如我年迈的父母，蹒跚在时间的轨道上喘息。

⑪ 房子见证了我们的一生，从呱呱坠地，到牙牙学语，到青皮少年，再成家立业，抚育孩子，直到年老体衰。房子给予我们太多的温暖，让你铭记让你栖息让你相守。

⑫ 任何一幢不起眼的房子，但它依旧有着一个温情的名字——家。所有的房子，都是一个人的家，温暖着一家人的每一个日子，春夏秋冬，季季常存。不管有多远，家，永远让你挂牵。房子不会漂泊，但它深深地懂得漂泊人的心，它让每一个漂泊在外的游子惦记着，随时温情地接纳着漂泊的人归家。

⑬ 回家，对于漂泊的游子们是一个多么生动的名字，温馨得让你热泪盈眶。

⑭ 有时在漫长的聒噪的日子，房子会让你平和，即使在长长的夜晚，当你无法入睡时，你会倾听到房子的呼吸，甚至与房子作深刻的交谈。倾听中，房子会让你学会思考；交流中，房子会让你日渐成熟。

⑮ 人的生生息息，也滋育着房子，房子是有生命的，它懂得生气，知晓感恩，它对善待它的人会保佑他们一生平安。每一个人都要学会感恩，心存感激，感谢房子给我们一生的庇护与阴凉，是它遮挡了烈日，阻止了狂风，还有雷电与冰雹。它让我们平安地度过了一生，或许你一生的苦难也不过是大海中的沙粒，有时你可以诅咒命运，但正是命运让这个世界精彩斑斓，让社会充满五彩缤纷。

⑯ 其实，倾听就是一种最好的思考，在聆听中得到灵魂的升华，让生命之水愈发澄清，在岁月的长河倍显光芒。

1. 本文以什么顺序来叙事的？请你说说这么写的好处。

2. 分析本文第一段在结构上的作用。（至少写两个）

3. 你是如何理解第四段中“有些沉重，又有些轻柔”中的“沉重”与“轻柔”两个词语的？

4. 本文给了你怎样的启示？请简要谈谈。

参考答案：

1. 插叙。作用：通过插入“自己乡下的房子给人的回忆”，写出了我们以前对房子的感受，与现在的感受进行对比，突出了中心。

2. 点明中心；吸引读者的阅读兴趣；引出下文，为下文做铺垫。

3. “沉重”与“轻柔”都是给人一种心理上的感受。在文章中，是指夜晚所给“我”的印象。有时，城市中喧嚣的场面会使夜失去自己的意义，而让“我”心中感到沉重。但有时安宁、清净、祥和的夜晚会使“我”心如止水，柔软不已。

4．房子是家，是温暖的代表，是充满爱的地方；做人要善于倾听，善于发现，善于思考；不论我们身处何方，都应该沉下心来，享受内心的宁静。

踏雪寻梅

①虽已立春，乍暖还寒，一夜之间，竟然下了一场薄薄的小雪。想起昨晚闲时读诗书拾来的宋代文人林和靖“暗香浮动月黄昏”诗句，遂有了踏雪寻梅的兴致。

②走在乡间的小径上，雪不厚，走在上面“嘎吱”“嘎吱”地直响，柔柔的，很悦耳。风很有些寒意，时缓时急地往怀里蹿，往脖子里钻，冷冷的，把昏沉沉的脑海撩得很有些诗意。雪后的田野荒寥冷落，有的是暗绿的油菜、豌豆，在薄雪下委屈着，但不忘时待冲击的姿态。

③梅在哪里呢？不时碰上擦肩而过的路人，总免不了问他们一句。梅？路人摇摇头，便匆匆而去，消失在某个小径的尽头，抑或是吐着袅袅炊烟的村落。有狗吠声起，此起彼伏，让雪后的田野增添几许生气。

④“入邓尉山，看红梅绿萼，花香枝影……其乐是不过也。”可惜这是清朝乾隆皇帝到邓尉山探梅时的情景。我想，远

在江南苏州城的邓尉山，此时的梅正是呼朋引伴、争香斗艳的青春场景。而我只能遥想梅的袅娜多姿的倩影，恍若有幽香袭来，心竟悠悠然地陶醉了。

⑤ 随意地踏着雪，漫无边际地遐想。远远的，有山峦，山不高，其实只能叫丘陵，地理书上说的。慢慢地走近，发现山上聚集了不少的村民，热热闹闹的，有笑声，有锄头与岩石撞击的清脆声，更有山歌飘荡，激起树枝上的雪漫天飞舞。这是在忙啥？我好奇地问。栽树！书生伢崽。一位上了年纪但精神矍铄的老人答道。栽树？这冰天雪地的。我心里纳闷着。“一年之计在于春”，不正是植树的好季节嘛！老人似乎看穿了我的心。

⑥ 我踅过身，往镇上走，穿村而过。出村口，有梅横然而出，铁干虬枝，梅花点点。“羡他竟有回天力，数点开余大地春”的咏梅名句跃然而出。一阵风过，花瓣像白蝴蝶飘然而至，落在我的头上、脖子里，我怎能忍心去扑掸呢？就让这梅在我的心中长驻吧。

⑦ 春天来了，尽管下了点小雪。其实，这是春天送来的请柬。春天的脚步正在嗒嗒响起。就像这梅香盈满了农舍、村落，也盈满了大自然。

1．“我”为什么有“寻梅”的雅致？（用原文回答）

2．文章多处描写雪后的场景，这样写，有什么好处？

3．请赏析第六段画横线的句子。

4．请找出与第七段第一句相互呼应的句子。

参考答案：

1. 想起昨晚闲时读诗书拾来的宋代文人林和靖“暗香浮动月黄昏”诗句，遂有了踏雪寻梅的兴致。

2. 写出雪后田野的寂静，但无法阻止“我”踏雪寻梅的雅兴。侧面写出了“我”寻梅兴致之足。

3. 运用了比喻的修辞手法，将梅花的白花瓣比作白蝴蝶，生动形象地写出了梅花的栩栩如生。以动衬静，写出了雪中梅花的动态美，也表达了我对梅花的喜爱和赞美之情。

4. 第一段的第一句：虽已立春，乍暖还寒，一夜之间，竟然下了一场薄薄的小雪。

望　雪

① 故乡是江南小镇，故乡的雪正如江南纤秀的性格，一年总纷纷扬扬地飘洒那么两三回，让美丽的江南增添了几分诗情画意。

② 而江南的雪着实让江南人缕缱的，却是雪给江南带来了无数的乐趣。

③ 江南人的孩提时代是在望雪的目光中长大，江南人的少年也是在望雪的思绪中茁壮的，江南人就在年复一年的望雪中长成或纤秀或英俊或温柔或威武的江南人。

④ 江南的雪确实少见，一年就下那么两三回。待近年关，江南人把秋天沉甸甸的收获背进仓房，便在朔风日紧、乌云压顶

的氛围中，关上柴扉，扣紧窗棂，燃一炉旺旺的树蔸火，三五人团团围坐，或讲收获的喜悦，或扯来年的希冀。小孩子则坐不住，吵闹着要大人们讲古，不过尽是些神鬼之类老掉了牙的故事，年复一年，孩子们便听腻了，便翻来苖坨煨在火炉边，半个时辰便香喷喷的。有时也炕几块糍粑，待到气鼓时，把红糖灌进去，别有一番滋味，引得孩子们你争我夺。赢了的，躲在一旁吃得喷香；输了的，则站在堂屋里大声干号。不过，赢的多半是年幼的，当哥哥的在父母的呵斥声中，只能委屈地自认服输。难免不服气，便气得一蹦三尺高般连蹦带跳地蹦到堂屋中干哭，有时也惹得父母臭骂一顿："剁脑壳的，号丧。"

⑤就在这哭声中，一朵一朵的雪花从天而降，只听到外面孩童的一声吼："下雪啦！"哭的也罢吃的也罢听讲古的也罢，齐刷刷地钻出屋，站在院子里，一双双好奇而惊喜的眼睛望着飘洒的雪花，愈来愈大，一个个高兴得如猴子般。

⑥吃过晚饭，外面的雪沙沙地落在树上屋顶上菜园子里，如一曲美妙的歌谣，让孩子们进入了梦乡。

⑦清晨，打开门，哇！天地之间一片洁白，很快寂静的雪地成了孩子们快乐的天堂，打雪仗，堆雪人，滑雪橇……五花八门，直闹得满头大汗。自然，孩子们想不出什么"踏雪寻梅"的情趣。下雪的日子，成了孩子们最为高兴的一天。一年中难得有这么几回，所以，江南的雪是孩子们难忘的日子。

⑧"瑞雪兆丰年。"此时，春节的脚步声便是在江南雪的来临而日益迫近，大红对联高挂门楣，大红鞭炮满天震响的日子是与江南雪紧密相连的，怪不得江南的孩子总是那么迫切地望雪，不仅仅有雪，更让孩子们梦想的还是"过年"。

⑨“小孩望过年，大人望种田。”一场雪落，孩子们就掰着手指头望过年了，而大人们却是数着日子盘算着来年的庄稼如何来一个好收成。

⑩江南雪确实是难得的雪，江南雪不仅仅望来了孩子们喜悦，更望来了江南的丰硕。

1．题目“望雪”中“望”字，体现了作者怎样的心情。

2．赏析第六段“外面的雪沙沙地落在树上屋顶上菜园子里，如一曲美妙的歌谣，让孩子们进入了梦乡”。

3．为什么说“江南的雪是孩子们难忘的日子”？

参考答案：

1．“望”在文章中有盼望的意思，体现了作者对雪的期盼及喜爱之情。

2．运用了比喻的修辞手法，将雪落在树上屋顶上菜园子里的沙沙声，比作美妙的歌谣，生动形象地写出了下雪声音的动听，表达了作者对雪的喜爱之情。

3．因为，雪后的原野是孩子们快乐的天堂，打雪仗，堆雪人，滑雪橇……下雪的日子，是孩子们最为高兴的一天。

川芎：乡愁的味道

①母亲七十有三，每年总会来城里小住几天。来时一定会

给我捎上一小包剪得碎碎的川芎，一进门，那股熟稔的香味就弥漫在我小小的居室，暖暖的，贴心。

② 川芎应该是一味中药，中医上常用于活血祛瘀行气，祛风止痛。但在我的家乡却是泡茶的上好材料。饭后，尤其是吃上一顿大餐，大鱼大肉吃多了，肚子胀胀的，难受时，母亲总会泡上一杯浓浓的川芎茶，而且一定要加一点点盐。一杯热热的下肚，真的有顺气消食化腻的感觉。这是父辈们一代一代传下来的。外乡人却是喝不惯的，那股浓郁的味道完全是地地道道的中药味，不知为何到了我们的口中却成了上等饮品，喝得如此欢畅，落口逍遥。

③ 刚进城，累了烦了，我常常在办公室泡上一杯川芎茶。开始，同事总有一丝不解。时间久了，他们才问个究竟，你这是喝的什么中药？我一笑，这是茶——川芎茶，是老家的味道。他们疑惑的脸上似乎有些豁然开朗，但一定又有更多的不解。他们无法理解我与川芎所拥有的一种更微妙、更深切、更具情分的关系。回望离乡的行程，三十多年的风雨漂泊，多少酸甜苦辣，因为有这一枚小小的川芎，一路走来才显得如此温暖。

④ 在我的家乡，川芎确实是泡茶的，谁也没有把它当成一味中药。川芎加茶叶是老祖宗留下来的饮品里的黄金搭档。故乡的茶道还是有讲究的，平时在家里一般喝的是普普通通的绿茶，清明谷雨时采摘，制作有些粗糙，味道要清淡得多。夏天喜欢喝山椒子茶，清凉消火。来客了，尤其是贵客，娘家屋里来了人，俗话说，娘亲舅大，一定得罪不得的。抑或是相亲的，未来的岳母娘和媳妇上门，看女婿。有时是多年的老战友、老同学，数年甚至数十年未谋面。一进门，一定得冲上一杯鸡蛋红枣糖茶，稍

坐片刻，如果开饭还要个把时辰，还要泡上一杯阴米茶，饱饱肚。接着就是一杯芝麻豆子茶。主人的盛情款待后，酒足饭饱，不时会来几个惬意的嗝。此时，就该来一杯热热的川芎茶了。开水一定要滚烫，泡出的茶才香。不过，本地人还好，习惯了，你不泡还不行，不然心里有想法的。外地人却有些不习惯，但不会说什么，只是皱下眉，脸上闪过一丝困惑。或许，还会说一通拗口的普通话——打死咯人——向客人大说这茶的妙处。没办法，怕人家兴禁忌，明明来做客，你却搞上一大杯中药汤。

⑤ 年少时，印象很深的是，晚饭后，母亲总会给父亲泡上一杯川芎茶，有一股怪怪味道。年幼的我，故意捏着鼻子躲得远远的。有时，父亲也会逗逗我，拉着我的手，用双脚夹住我，非要我喝一口。我皱着眉头，怯怯地抿上一小口，然后躲到一边去吐了。有时也会尝试喝一口，其实，也并无什么苦味，只是怪怪的，过后，却有一种舒畅。父亲说，有一天，你爱上这茶，就长大了。乡下的老人常常会说上一句，小孩喝凉水，大人喝热茶。

⑥ 记得自己主动喝第一杯热茶，应该是读初三的时候。学习累呀，竟然想喝一杯热茶。母亲给我泡上一杯热热的川芎茶。看着冒着热气的茶，翠绿的茶叶，褐色的川芎片，在开水中上下翻腾，如云霞般绽放，溢出那或如春雨般清润的阵阵幽香。浅浅地小啜一口，一股热气经口入肚，直贯全身。慢慢地，一杯茶下肚，头清了，身轻了，好像有一股精气神盈满周身，书本上的字迹似乎格外醒目，一个个看起来意丰韵足，灵动可喜，连纸面也显出几分和静体贴来。

⑦ 我是真心喜欢上了这杯茶。

⑧ 后来，有了安徽的红茶、西湖的龙井、云南的普洱、福

建的乌龙，也有了茉莉花茶、菊花茶、枸杞茶，名目繁多，品种多样，但不管是什么高档的茶，我的最爱依旧是一杯川芎茶。茶叶，是母亲采摘的清明谷雨茶，用开水一捞，杀青，再用手搓揉几轮，茶汁淡了，却多了清香。放在屋里晾干，有时也会用铁锅慢慢地焙干。这样的茶叶，家乡称之为洗水茶。川芎是从乡下买的小籽土川芎，洗净泥沙，再放在太阳下晒过半干。坐下歇息时，母亲的手却没有闲着，拿一把小剪刀，剪得细细碎碎的，用玻璃瓶装好。每年母亲会给捎上几包。夜深人静时，看书写作，妻子总要给我泡一杯茶，拈一撮茶叶，放上几片川芎，再加一点点盐。在这熟稔的香味中，过去那些浸润着得与失、爱与恨的岁月，在水雾中忽隐忽现，渐渐淡化在虚无的空气中。

1．请简要分析标题的作用。

2．分析第七段画横线句子的含义。

3．本文讲述了哪些与川芎茶有关的事件。

4．赏析第六段画横线的句子。

参考答案：

1．点明本文的主要叙述对象——川芎茶，表达了作者对母亲、对家乡的怀念，点明主旨。

2．表层含义：作者开始喜欢喝川芎茶；深层含义：实则是借川芎茶表明作者对家乡的喜爱与怀念。

3．儿时饭后，母亲总泡一杯川芎茶喝；“我”常在办公室喝川芎茶，引起同事不解；在家乡，家里来客人，主人必为客人泡上一杯川芎茶；初三时，“我”自己主动喝一杯川芎茶：母亲为“我”捎川芎茶。

4. 运用了比喻的修辞手法，将川芎片比作云霞，川芎片溢出的幽香比作春雨，生动形象地写出了泡川芎茶时的情态，表达了作者对川芎茶的喜爱之情。

心灵的梦，究竟有多远

① 年少时，曾一遍遍地读过《边城》，对沈从文先生笔下的湘西情韵如痴如醉，不知愁滋味的心中竟有了长大了一定要娶一个翠翠这样朴素而又充满山水情韵的女子为妻的念头。那时，古城凤凰渐渐凝结成心灵中一个久久渴盼的又时隐时现的梦，一直躲藏在心中的某个角落，时时不经意地溜出来，在冬日温暖的阳光下，或是初秋有月光的晚上。

② 时近不惑之年，终于有了寻梦的机会。正是仲春，梦如这春日的绵绵细雨，长长的，牵扯不断，扰得人有些躁动不安。

③ 一路上，仲春的阳光已有些热烈了，碎碎的，让你感动这日子的明快。临近湘西，天竟下起了雨，急急的，像是匆匆回家的游人，却让我的心"唰"地一下绷紧了，远远的故乡正在村口守望着，却有了让雨阻隔着的心情。

④ 骤雨初歇，湘西的山水愈发显得空蒙。凤凰，宛如唐朝的仕女来不及略施脂粉就羞涩地展现在世人眼前。

⑤ 我是裹着这样的心绪，一脚踏进凤凰温软的怀抱。

⑥ 山涧，苍翠一片；溪水，脆响成音；重重叠叠，错落有致的古建筑群，在晨曦中，在淡淡的薄雾里，若隐若现，充满了

神秘……凤凰，迫不及待地把一幅沐浴过盛唐诗韵的山水画很刻意地悬挂于如织的游人面前。

⑦ 出了檐牙雕琢、雄浑激越的北门，一转身，走进纵横交错的青石小街。

⑧ 小街深深深几许。

⑨ 走在凤凰长长的古街，青石条铺就的街巷，苔痕依旧斑驳；挂着灯笼的木屋，依旧绵延。然而在汹涌的人群中，却让我陡然间默默无语。

⑩ 凤凰真的很美，恍惚如置身前世的画卷，我心中在问，那水，是秦时的水吗？那风，还是唐宋的风吗？明清的建筑早已涂抹艳丽的姿容。我企盼独行的寂寞，一人独行在小巷。雨纷纷落落，无人，无伞，有丁香淡淡的味道涌来。纷纷而落的却是尘世的喧嚣，酒肉的喧哗，游人，一副副刻满渴求的面孔，在小巷中拥挤成失落，相机咔嚓的闪光中，叹息被深深地挤进某个角落。有穿着蓝印花布的店主向我推销姜糖，堆满笑容的脸上却是唯利是图的铜臭。城市繁华的触须已紧紧携住了凤凰朴实的古镇，唯有城墙根基的苔藓依旧保持着明清的缄默。

⑪ 沈从文先生不再寂寞，他是否欣慰百年之后有如此之多的世人千里迢迢来拜谒他呢？在中营街，我默默地站在他的故居前，先生执着的人性目光，穿越时空，与我的目光相接。

⑫ 千年万水易去，故乡故土难离。十五岁的沈从文带着湿湿的思念离开了这片天空，小小的心灵思考着繁华似锦的城市，思考着车水马龙的热闹。其实，先生行走在城市万家灯火，始终找不到心灵栖息的角落。

⑬ 他挤在窄而霉的书斋里，用浸满灵气的文字一次次地怀

恋着湘西的迷离山水，让心灵回归，让灵魂皈依。他一生以山之厚、水之容去包纳百川，淡泊明志，于沉浮间不怨世，静若幽兰，将馨香献于世，世事洞明，人情练达，如凤凰古城清拂下的雾霭，不能落于人间，不折不从，亦兹亦让，星斗其文，赤子其人，是先生一生的写照。

⑭ 暮色四合，遥想一代文豪，眼看古老故居，人世沧桑，我在读一部历史巨著。

⑮ 幸好，沱江的水还很清澈，如梭的小鱼在水中惊慌失措地奔走，如穿梭的游客。成线的乌篷船载满繁华扑面而来，船头那个唱山歌的女子正张扬喉咙，唱着远古的山歌。那是叫翠翠的女子吗？

⑯ 山歌悠扬，却握不住日益失落的情绪。心中哪个无数次跃现的梦竟在渐渐远去……

⑰ 凤凰，我一路寻来，原以为是一路浅吟低唱，却哪料到，誉为千年古镇的凤凰竟让我的心灵无处可栖。那些远古的历史，古老的岁月，老屋墙头上蓬蓬勃勃的植物，以及越来越多的人影和长街边越来越长的车队，我梦里的凤凰，画里的凤凰，竟是如此这般的遥远？我的来寻，是否和别人的来寻一样，损了你的容，毁了你的貌，偷了你的原汁，洒了你的原味？

⑱ 走出凤凰，我担心的是沈从文先生是否皱着眉头，是否有千年一叹的气息呢？

1. 文章以“心灵的梦，究竟有多远”为标题有什么好处？

2. 赏析第四段的画线句子。

3. 文章为什么一直强调那个叫“翠翠”的女子？

4．作者为什么对凤凰有一种失落的心境？

参考答案：

1．点明文章中心，吸引读者的阅读兴趣。

2．运用了比喻的修辞手法，将“凤凰古城”比作“唐朝的仕女”，生动形象地写出了凤凰古城雨后的朦胧美，表达了作者对凤凰的喜爱之情。

3．这是文章的暗线，借“翠翠”象征“原来的凤凰”，侧面反映了凤凰古城原来的美好，表现了作者想寻回凤凰最初模样的期盼，渴望自己的心灵得到归宿的迫切心情。

4．主要是景区过度开发，原本是一处清静之地，如今变得喧哗热闹浮躁。

夜守鸡冠石

① 鸡冠石，一个在地图上怎么也找不到的山丘，小小的，如春天的一粒野山莓，偎依在长江之北的黄盖湖畔，千百年来与滔滔长江之水唇齿相依，肌肤相恋。

② 倘若不是防汛，我怎么也不会相识鸡冠石。然而，此刻我就蹲在鸡冠石一块斑驳的青石上，听黄盖湖的涛声与机帆船桨声相间，看天上密实的星子与湖面闪烁的渔火相映。此时正是仲夏的某一个夜晚。

③ 我驻守在鸡冠石的湖堤上。一边是浩浩汤汤的湖水正在

缓缓地上涨，不动声色，却每时每刻都牵扯着无数人的心；一边是稻菽飘香的田野，这是劳作了一个春天的农民渴盼的丰收，镰刀正在农家院落闪动着诱人的光泽，期待把丰硕收进粮仓的日子已为期不远了，在老农皱纹布满如沟壑的脸上，悄无声息，我读到的却是一种迫不及待的焦灼。而此刻，混浊的湖水正一步一步地逼近它们，一层层汹涌而来的波涛，张牙舞爪。我深深地感受到肩上的压力如这无边的夜色，牢牢地网住我，寂寂地挤压我，有点喘不过气来。

④ 已是深夜，星子闪烁。白天的酷热已被一波波涌来的水气所掩饰，不时有鱼儿跃出水面，一股沁凉就随着水的波纹缓缓地散开。独坐在湖堤，遥望湖心深处，身上的压力竟荡然释去，看到的是岁月深处的风风雨雨，看到的是黄盖湖千年烟雨浸润的历史。

⑤ 恍若有雄壮的水军击鼓声响起，那是三国时期黄盖将军操练水兵的激越场景吗？恍若有金戈铁马的轰鸣声响起，那是野心勃勃的曹军挥师南下的步履？恍若有如歌如泣的微风悄然响起，那可是神机妙算的诸葛孔明借来的东风？

⑥ 满腹经纶的诸葛亮、英姿焕发的周瑜、憨厚朴实的黄盖……这些曾经叱咤风云的风流人物早已随这滚滚长江水逝去，灰飞烟灭。但青山依旧在，几度夕阳红，英雄的故事却源远流长，如黄盖湖滔滔不绝的水永恒地生生不息地轮回。

⑦ 黄盖湖，一个平凡地生长在乡野的湖子，它没有与它仅咫尺之遥的洞庭湖那样浩瀚，更没有远在苏杭的西湖那样秀气，但诸葛孔明火烧赤壁的经典战例却使它声名远播，尽管它只是赤壁之战的大后方，如果没有黄盖的苦肉之痛，如果没有孔明的谋

略，曹操的铁蹄必会势如破竹，那个懦弱的刘备能与百万大军抗衡吗？三国的历史势必重新书写。

⑧“万卷诗书消永日，一窗昏晓送流年”，这是黄盖当年驻守此地的诗作。历史的背影早已走远，曾经风流一代的黄盖、鲁肃等只不过是史册上的一个个让人拜谒的名字，但在黄盖湖却留下星星点点的迹痕，鲁肃司鼓的司鼓台，周瑜阅兵的鞍咀，孙权磨刀的将军石，还有状元桥、太平城等，尽管这些名字平凡地相守在湖的某一个角落，而不为天下人所知。如今距黄盖湖不足十里的赤壁早已名扬天下，让无数人争相膜拜，而黄盖湖只是默默地驻守在一侧，静静地注视着它的辉煌。湖水日复一日拍打着堤岸，那些英雄的传说在湖边村落的炊烟中袅袅升起，又融入大自然的氤氲中。

⑨其实，黄盖湖并不企求惊天动地的浮躁和虚名，它千百年来以母亲般宽广的胸襟环抱着它的村庄、牛羊和稻子，尽管有时它也暴躁过，抱怨过，曾经给周边的生灵带来过苦难与屈辱，但它始终是湖畔人们的摇篮。倘若湖水永远地平静着，我是否能有这样的日子与其相守呢？

⑩此刻，我就蹲守在黄盖湖畔一个名叫鸡冠石的一块湖石上，看天上闪烁的星子，听湖水娓娓地絮说，如一位年长的母亲滔滔不绝地讲述着芝麻豆子之类的家事。幽幽芳草，淡淡远野，细品烟雨如洇在湖面上的水墨，淡去了古史中的哀乐，维系在村野上的田园牧歌，袅袅不尽。

⑪或许明天，明天的明天，我就会带着黄盖湖的烟雨与梦幻离开，或许在我的人生岁月中，再也没有这样的日子蹲守在鸡冠石，但鸡冠石会永远蹲在我记忆中的某一个角落，在某一个寂

静的晚上，或者是在某一个温暖的阳光下，鸡冠石一不小心从我的记忆中的窗口裹着湖水和荷叶的清香弥漫开来，让我沉醉其中而不知归路。

1. 请用一句话简洁概括课文内容。

2. 分析文章第五段的作用。

3. 本文的主要写作手法是什么？

4. 本文作者在鸡冠石驻守时想到了历史人物在黄盖湖留下星星点点痕迹，请再举一个类似的例子。

参考答案：

1. “我”因防汛而驻守鸡冠石。

2. 内容上：写“我”当时在鸡冠石独坐湖堤的感受；结构上：承上启下，承接上文黄盖湖的千年历史，引出下文对黄盖湖的描写。

3. 借景抒情。

4. 屈原在汨罗江（项羽在乌江）。

雨中的张谷英

① 拜谒张谷英，是在一个烟雨蒙蒙的下午。

② 这个隐居在群山环抱之中、朴素而古雅的建筑群，就这样落落大方地展现在我的眼前。山苍苍，林莽莽，只因有了雨，便有了空蒙，使张谷英有了浩浩渺渺的神秘之感。蓦然间，“水

似青罗带，山如碧玉簪”的唐诗绝句给这幅江南水粉画作了最好的眉批。

③ 石狮坐卧的祠堂门幽幽深深地洞开着，门楣上苍劲的“文魁”金匾，带着久远而古朴的原始气息，带着历史遗风遗韵的痕迹，于这烟雨迷离之间向世人呈现岁月尘封的黯黯银色。

④ 跨过高高的石门槛，我的思绪就已经融入了张谷英的历史，恍然间，鹤发童颜的张老夫子峨冠博带、慈眉善目踱出来，让我这个后生小辈受宠若惊。他柔韧而有力的手挽着我，穿巷道，越天井，过高堂，一重又一重，重重叠叠，绵绵延延。看到的是屋宇绵亘，檐廊衔接，听到的却是张谷英村的百年沧桑。

⑤ 屋外的雨淅淅沥沥地下，屋内的我却似闲庭信步。看琳琅满目的雕画，看禀实厚重的石刻，精致流畅的木雕演绎的是丰收祥和的太平景象，这浅尝辄止民俗风景，折射出的是张谷英百年先辈勤劳的精髓。祖先堂的肃穆，应该让每一位游人的心灵沉重起来，不然又何以有儒生迭出呢？分明感觉到了夫子如炬的目光，让我如刺在背。“户外五株柳，墙头几树花。路人遥指点，此是读书家。”张谷英十九代孙张涯潜随意挥洒的学子启蒙诗，虽然只是轻描淡写点了一下，却让我看到了一幅学风浓厚的山水画。

⑥ 走出祖先堂，往右过几许廊檐，有河如玉带。河名渭溪河，迂回曲折，穿屋而过。我惊叹张谷英村人与自然的和谐统一。水为村之魂，大屋人企望的是这条玉带水给村人带来灵气。河畔有井，虽近在咫尺，却互不干涉，河水涨，井水亦涨。河水浊，井水却清澈如镜。玉水村中过，麻石搭为桥。河中多桥，百步三桥便是一景。石桥、青石板路、廊檐，交相衔接，相映成

趣，使大屋有了江南水乡的秀丽姿色。“人行十里观四坳，水流百步过三桥”的诗句便是生动的写照。

⑦ 走得累了，随意在一天井坐下来，品一杯清茶，回味着观景时的心境。茶雾深处，张谷英手执古书，淡啜香茗，浑然教子的姿态跃然而出。一位老婆婆絮絮叨叨地讲述张绍昆割肉为娘治病的故事之余，竟依旧能朗朗而清晰地背诵“劝善书多皆切记，我劝为人从孝起。堂前父母大如天，须知万善孝为先”的《劝孝歌》，孝友家风至今可见一斑。这是张家大屋的传家至宝、度世金针。

⑧ 雨依旧在下，走出大屋，上龙形山，但见千山叠翠，云烟苍茫，而张谷英大屋状如飞鸟凌云，势如卧龙欲腾。古屋院墙高筑，青砖碧瓦，典型的明清遗风。“天街小雨润如酥”，仿佛这眼前的美景，便是诗中的境界了。

⑨ 沿着一条蜿蜒曲折的林间小径，走向张谷英墓。山路默默的，有如思绪的触角，一直伸向远处山坡之上茂密的森林中。墓茔静静的，在空蒙的烟雨中，呈现出一种迷离。我立于墓碑之下，有鸟鸣声在风雨中轻轻荡漾，一切那么平静，那么真实。当年躲避战乱的张谷英是否想到几百年后有那么多生灵来叩拜他？或许他应该感谢孔孟之道，才有了今日的辉煌。

⑩ 走出张谷英村，回头看那山那屋，山也朦胧，屋也朦胧，于是生出许许多多关于山、关于屋的遐想，有淡淡的山歌萦绕，有浅浅的水墨画渲染，更有历史的烟雨浸润，渐渐地酥了筋骨，迷了魂魄，差点儿让我醉倒在斜风细雨中而不知归路。

1. 分析标题的作用。

2．本文记叙的线索是什么？有什么作用？

3．文章第一段有什么作用？

4．赏析文章第六段画横线的句子。

5．文中第七段画横线的句子中，“传家至宝，度世金针”是指的什么？

参考答案：

1．点明了本文的主要叙述对象，吸引读者的阅读兴趣，表达了作者的喜爱之情。

2．以地点的转换为线索。地点的转换是贯穿全文的脉络，使文章条理清晰。

3．结构上：总领全文，点明文章线索；内容上：交代事件发生的地点、时间，渲染了张谷英神秘的气氛。

4．运用了引用的修辞手法，引用“人行十里观四坳，水流百步过三桥”这两句诗，体现了张谷英中水坳、石桥数量之多，侧面体现了大屋有江南水乡的秀丽景色，进一步写出了张谷英的百年沧桑。

5．孝友家风。

了一层期盼一层乐趣。每逢佳节，酒的醇香弥漫乡间院落，穿梭在整个村子，菜园子、水井旁，甚至牛栏也不会放过。农家的日子，因为一盆自酿的米酒，把原本清苦的生活酿出一屋子的馨香和欢愉。

这样的场景至今难忘。午后的光景静谧而慵懒，屋顶明瓦上的阳光漏下来，父亲的手在光线里麻利地伸伸缩缩，空气中氤氲着隐隐的喜悦。父亲做酒的整个过程，口中喃喃有词，像是一个十分庄严的仪式。在这个仪式中，一个蓄势已久的故事就有了一个淡淡的情节，浮出的是一缕暗香。父亲说这是喊酒。我不懂。乡村有太多的隐喻，你永远也禅悟不透。

譬如这做米酒，就离不开酒曲。我对小小的酒曲充满了敬畏，原本只是一粒汤圆大小的曲丸，灰不溜秋，却有如此魅力，让平常吃的米饭变成浓香的酒。

酒的好坏，关键全在酒曲。曲好，酒好；曲不好，酒就会酸辣。而做酒曲更是神秘的事情，至少在乡下，酒曲并不是人人能做，每一个村子里只有两三个人会做，他们总是神神秘秘的，好像是江湖上一帖秘方。我叔父就是做酒曲的高手，他告诉我，并不是所有的蓼都能做酒曲。在洞庭湖边，蓼草有几种：小蓼草，植株小，细茎，叶椭圆形，不辣，平时常常拔来做猪草。至于小红蓼我还能记得的用处，是洞庭湖上的捕鱼人用它穿过鱼的腮和嘴，打个结，买鱼的人拎着拿回家去。蓼红正恰鱼肥时，这样的画面，好像鱼、蓼草和人都得到了最好的归宿。大蓼草，植株又粗又长，可以长到半人高，茎秆粗，节膨大，叶较尖，也不辣，只能当柴烧，常常在夏夜时分，被村子的老爹们砍来堆在晒场里熏蚊蝇，也是不错的去处。辣蓼草，植株较大，秆深红色，叶子颜色较深，狭长，顶部尖，最明显的是叶子上有不规则的暗黑色的斑点，叶子是辣的，很辛苦的味道，这种蓼草才是做酒曲的原料。在乡下，每到夏末，收完庄稼，叔父挎上篮子，到野外去寻找这种叫大叶蓼草的植物，连根拔回来，洗净，装到坛子里，灌上水，盖上一个木盖子，等到草汁全泡出时沥掉渣，用汁水拌和谷粉、小麦粉、麸皮做成土曲，捏成汤圆大小的丸，铺在竹篾上风干。到了酿酒时，这一枚枚小小的土曲将给这个村子里带来无穷的馨香。

做酒是一个神秘的过程。酒曲与蓼草的关系更是神秘。蓼草秆叶花皆红，酿出来的酒虽然无色透明，人醉倒时却也全身皆红，仿佛还原成了蓼草的颜色。这是一个奇怪的曲里拐弯，草变成曲，曲做成酒，酒又醉倒人，一步步都有造化的痕迹。但如果人不喝酒，看这些就觉荒诞，那么喜乐又从何而来？古人的诗句“数枝红蓼醉清秋”里面，就有这种酒意和乡情。米酒做的南方呀，醉了岁月。在南方的时空里行走，浸染的是一身的香甜。

蓼草，生长在南方的蓼草，给乡下人带来的是酒意，而在文人雅士的眼里，却不是乡下简单的野草，它浸润着一种诗性的生发，一种文人的落寞。

翻开古诗，能读到很多关于蓼草的描写，大概在古人的眼里，它和秋天有关，跟离别有关，跟寂寥、落寞有关。中国诗词里写过太多的一江春水、桨声灯影、渔舟唱晚、岸芷汀兰、蓼草芦花、缥缈孤鸿、鱼翔浅底……唐朝诗人薛昭蕴的“红蓼渡头秋正雨，印沙鸥迹自成行”，北宋词人柳永的“临岛屿、蓼烟疏淡，苇风萧索”。细细读来，满是若有若无的寂寞。《红楼梦》中的“蓼汀花溆”更有一种深秋寂寞惆怅之感。蓼，似乎成为了古人内心一种残败、荒冷的风景。爱花惜花懂花的白居易，也以蓼草叹息自己怀才不遇，曾写道：“风荷老叶萧条绿，水蓼残花寂寞红。”把原本还有点红火的蓼花，写凉了，写冷了。或许，花本不冷，只是诗人彼时的心冷，凄凉、哀伤凝成一株沾染秋霜的蓼。

蓼，不仅入得诗，而且入得画。自古至今，多有画者。确实，蓼立于水泱，轻盈、俊逸，如正临水照面的清雅、娟秀的女子。来得轻，来得淡，来得孤微。丰子恺先生曾画过一幅画，虽然没有直接画出蓼草，却将唐朝诗人罗业的诗“暮天新雁起汀洲，红蓼花开水国愁。想得故园今夜月，几人相忆在江楼”写于画中，一定是借他乡之红蓼水国生发乡愁。细细看画读诗，心中陡然有了思乡的情绪，一不小心泪湿衣衫。而大画家齐白石更是直截了当，他画的“红蓼花立轴”，蓼叶，以墨笔绘出，肥硕而张扬；花穗，则用彩笔绘出，干净而俊逸，一串串，或挺立，或微垂，横逸斜出，姿态纷呈。在此画中，蓼花不再寂寂，昂扬中蕴含一种静穆。

入诗也罢，入画也罢，走入百姓生活的蓼更是摇曳多姿，乡下人不懂文人雅士的阳春白雪，只知道蓼对于他们生活的好。蓼就是一种野草，一种可以养猪，也可以入药的野草，在他们的眼里，大多数植物都是一味能派上用场的药，蓼草也不例外。而更吸引父亲的蓼，因为酿酒，显然有了比一般野草更高一层的位置。此时正是小寒，年的影子日益迫近，我似乎闻到了年的味道，父亲一定在盘算，怎样酿一盆更加香甜的米酒，他的眼光早已盯住了秋色里饱满而丰腴的蓼……

黄 荆

大暑，七月的阳光塞满了整个大地，江南进入一年当中最晴热的夏天。

七月的田野里一大片恣肆汪洋的野草，譬如艾蒿、红蓼、菖蒲、商陆等知名和不知名的野草，当然还有一种最为常见的叫黄荆的野草，它们在炙热的阳光下舞动蓬勃的茎叶，与田间、树林中歌唱的鸟声、蝉声一道撑起原野中生命的奔跑。

大暑后的阳光饱含着炫目的光芒，催促着庄稼、野草们忙着拔节、扬花、抽穗，如果在田间地头坐一坐，分明可以听到“噼里啪啦”的细微声响，那是枝叶的延伸拓展，是花骨朵的膨胀绽放。此刻遍生洞庭湖周边山坡田垄的黄荆，在七月的阳光下更是青葱浓郁，呈卵形的叶片，很像小叶杨的叶子，叶面就像打了一层蜡似的油绿闪亮，临风摇曳。它们努力汲取阳光的温暖，不声不响地开出一簇簇细碎的、繁密的淡紫色小花，形状如微缩的槐花，呈圆锥花序，花香郁郁的却又是散淡的，甘馨的却又是苦涩的。从黄荆身边走过去，细细的花香就会扯住你的头发你的衣袖你的裤腿，大大方方地走进了村庄走进了农家院落。

守望的母亲耸了耸鼻翼，用满是老茧的手轻轻扇了一下空气中隐含的花香。母亲平静地说，是时候了。她站在屋檐下向田野里望了望。开花的黄荆也在守望，守望着母亲熟稔的目光。

黄荆与母亲有关，黄荆也与历史有关。

身处荆楚之地的洞庭湖，黄荆裹着一段厚重的历史。夏夜，听村里的三爷讲春秋战国、刀光剑影、马蹄声碎。讲到“廉颇老矣，尚能饭否？”我们开心一笑。笑什么？笑那个“尚能饭否”的老将军廉颇负荆请罪。三爷说，“负荆请罪”的“荆”就是村外四处张扬的黄荆。呵，我们齐齐的一声惊叹，一下子将黄荆抬高了一个维度，至少在我们幼稚的心中。确实，黄荆的枝条细而长、柔而韧，用它当条子来打人很痛，是“家法”的忠实执行者。其实，苦难与伤痛，每个人在他的一生之中都会遭逢，需要勇气去接纳错误和超越苦难，正如黄荆。

一部春秋战国演绎一段天下事，想不到这个叫黄荆的平常植物竟肩负着一段历史一种使命，一根细小的黄荆条成就了一曲将相和的千古绝唱。我终于明白，原来作为农村每一个普通家庭平常“家法”的“荆条”，竟源自这一段历史，源自那个不服老的廉颇大将军。黄荆穿越几千年时空，变成约束鞭策孩子成长的物件，虽然留给肉体的是疼痛，但荆条的背后却是一种温暖，饱含着浓浓的希望。我不得不佩服三爷的伟大——斗大的字不识一个，却能将黄荆的细微内涵与光芒，从一丝发黄的岁月中拾起，让人铭记在心。

三爷说，故事的发生就在距古城巴陵不远处的荆州。回首历史，我们世代生活的洞庭湖就是荆楚之地，我们都是荆楚的后人。西周初年，楚国先君熊绎被封在荆山，国号为荆，直到春秋初期才改为楚国。因此，荆楚就是楚国的别称。在《诗经》中，黄荆的名称也叫“楚”。《诗经》说，“翘翘错薪，言刈其楚”，就是说的黄荆。《说文解字》明明白白地告诉我们，“荆，楚木也”。楚楚，丛生纤弱样，鲜明。原来荆与楚，是黄荆这种植物的两个名称。荆楚之地正是因为遍地黄荆而得名，这是李时珍所言。说到了荆楚之地，一定要说说屈原，这是一位享誉世界的老人。三千多年前，屈原流放于荆楚之地，游走于大江大湖之间，忧天下忧民生。遥想当年，他老人家一定闻过黄荆的香，他的目光一定抚摸过黄荆的枝叶。我固执地遥想。

夏夜幽深，我四处寻望，星子闪烁，虽然看不到黄荆的身影，却隐约听到了黄荆深深浅浅的呼吸。

“棍棒底下出孝子”，“黄荆条下出好人”，黄荆在家法中扮演了实实在在的“黑脸”，但在母亲的心中，黄荆更是美食中不可或缺的辅材，在制作豆豉中扮演了重要角色。那么这个黄荆，是怎么用来做出乡土气息浓厚的风味小吃豆豉的呢？

豆豉是我童年中最佳美食之一，一直延伸至今。辣椒炒肉、清炒苦瓜、炒空心秆、腊味合蒸等诸多美食中，更是少不了豆豉的身影。一小把干豆豉，黑黑的，不上眼，却爽口。至今怀恋中学时光，住校读寄宿，一瓶水豆豉，那是一个星期的美味下饭菜。

每年大暑一到，母亲就准备忙着做豆豉。

这时，田间地头早熟的黄豆已饱胀着一串串豆荚在田野里摆动，言语不多的父亲顶着烈日割回一捆捆黄豆，放在地坪上太阳下曝晒，猛烈的阳光拥抱着它们，黄豆迫不及待地“噼里啪啦”从豆荚中跳出来。除掉豆秆豆叶豆荚，一粒粒圆润饱满的黄豆呈现在母亲的眼前。可以想见，母亲的目光中一定闪烁着溢于言表的喜悦。洞庭湖的山丘上孕育生长的黄豆多为黑色，扁圆形，不像北方用来榨油的黄豆，色泽淡黄，外表好看，南方的黑黄豆不仅可用于做豆豉，还可以打豆腐，是南方人最佳的食材之一。一捧炒黄豆，更是童年时代不可多得的零食，嚼在口中，脆脆的，格外香哩。

母亲将洗净的黄豆，先用清水浸泡一个晚上，第二天中午，用铁锅、大火煮。做豆豉时，豆子煮的软硬程度很讲究，煮黄豆的时间要把握好，不能煮烂，烂了，豆豉不成形一包渣，而且不美观；煮太硬，吃的时候会觉得没熟，甚至会有苦味。如何掌握，全凭经验。母亲说，熟能生巧。黄豆煮到刚过心，尽量不要让豆子破皮，这样做出来的豆豉才能颗颗色泽黑亮剔透。黄豆煮熟后，熄火，取出沥水晾干，放进竹盘箕并均匀地铺开。

黄豆在厨房里开始飘香。用不着母亲吩咐，我们立马去寻找黄荆。其实，我们早在放牛或扯猪草时，就留心这些黄荆的长势，哪些地方的黄荆多，哪些地方的黄荆匀称，我都默记在心，等到母亲烧火煮黄豆时，我们就开始实施谋划已久的收割。就在旷野无人的时候，身带草绳，手握镰刀，直奔山田岗地，找寻枝繁叶茂的黄荆。生机盎然的黄荆正在张望我们。割黄荆要在阳光最好的时刻，早上露水太浓，傍晚割，又伤了精髓，唯有正午时分的黄荆清清爽爽，没有一滴露水。我们很细心地砍回黄荆，此时，摊放在竹盘箕中的黄豆在阳光下晒得半干。母亲把竹盘箕搬进屋中，用黄荆的枝叶密密地盖住。黄荆的香与黄豆的香裹住母亲。

母亲也会给我们一点犒劳。当我们扛着黄荆归来，母亲已盛好一碗香喷喷的黄豆，放一匙红糖。香呀！这个香已在我的脑海漂浮了四十多年，一直未散。

黄豆在黄荆的呵护下，慢慢地长出一层密密的、细细的浅黄色茸毛。这是黄豆的发酵过程，先人的话说是“沤豆豉花”。发霉最为关键，最好是黄霉，白霉的豆豉不好吃。这便是豆豉制作的关键所在。大约一个星期左右，掀起早已枯萎的黄荆，拿出发霉的黄豆，拌上红辣椒、生姜、大蒜、花椒、盐。拌均匀后，放入早已洗净且在太阳下高温晒过的坛子，封盖，坛沿注入清水，放在院子里，日晒夜露，使其接受自然的精华，星光和月光、雾气和露水一定会溜进坛中，怪不得豆豉如此美味。

霉豆豉的过程是一个神秘的过程，这是我至今没弄明白的事情，黄荆在这个过程中究竟扮演了怎样重要的角色，至少黄荆的香浸润豆豉饱胀的身体，封存了一个乡村故事的记忆。乡下有许多诸如酿酒、霉豆腐、熬谷糖等风味小吃，是一代传一代的技艺，经由千年演化而来的民间智慧，浸染着农人的汗水，饱吸着阳光的热情，寄托着人们美好的愿望，终成一种农人般朴素亲切的美味，温暖农家人的平常生活。

豆豉是家的标志，离家的儿女，简陋的包裹必定有母亲放进去的一瓶（包）豆豉。它们随着远行的足迹翻山蹚河，潜入到陌生的城市，不时慰藉孤独漂泊的灵魂。乡愁，其实就是人间烟火的味道。

吃一枚豆豉，味蕾沾满了乡村的气息和黄荆的记忆。黄荆淡然地生活在乡村，成就的是一种最为朴素清淡的滋味。一粒小小的豆豉，仿佛是一双出神入化的手，瞬间把农家的小日子揉捏得芳香四溢。我认为这一切，得道于黄荆沛然而莫之能往的香气，一点点穿到心脾深处，漾出安暖踏实的感觉。

黄荆是一种极普通的多年生灌木，耐干旱，耐瘠薄，不择地而出，瓜瓞绵绵。它们就像是生活中的平民，来来往往，数量众多，默默无闻。古代的骚人韵士，爱兰，爱竹，爱菊，爱莲，爱松，爱梅。黄荆却从不入雅人的慧目，它不是花，也不是树，实在是太平俗，太朴野了，只有俗凡如我辈者，才算是黄荆的知音。

一方水土养一方人，再贫贱的植物，也有它的可用之处、用武之地。它不仅仅可以用来做豆豉的配角，也可以入药，李时珍说，黄荆，性温，味辛，可以祛风、除痰、行气止痛。到了秋天，黄荆籽成熟了，也有乡亲采下来做枕头。劳累一天了，枕上清脑、安神的黄荆枕，自然能够香甜入睡。荆还是贫穷人家最佳的饰物，紫花盛开时，乡下女人就地取材，插在发上，久了，遂有“荆钗”之名。荆，是百姓柴，荆，是贫寒木，“倚杖候荆扉”，简单而不简约。《春秋运斗枢》说，“玉衡星散为荆”，荆木，原来是星星的化身。荆，是一种永远也长不大的树，木匠说“千年锯不得板，万年架不得桥”。

千百年来，黄荆就这样不动声色地生长在洞庭湖畔的山山水水，它既不秀颀，也无幽姿，甚而有点窳劣丑陋，只是蓬蓬然恣意地生长，用亘古的低调和隐忍，默默地散发朴素的香气，不惊艳，不扰人，但我们总会在不经意的一个转身或一个回眸，或一个面对面的直视，就与它热烈相遇，生出如见故人的欢喜。

葛

葛，一种绿色藤本豆科植物。

在乡下，山林沟壑之中，不管是光山秃岭，还是石骨子地、砾石地，只要有一丝细小的缝隙，有一点点可趴窝的泥土，葛即可扎下根去。有风有雨，再加上阳光的浸润，春天一到，葛藤就从泥土里钻出来，开始匍匐蔓延，一路攀爬，渐渐舒展开来，热热闹闹地分枝、散叶、吐须，不经意间就爬满了山坡，霸气、强悍、张扬。等到农历六七月，葛藤更像个任性的孩子，以不可阻挡之势，在空旷的山谷间疯长，逶迤蔓延，繁叶茂密得一塌糊涂，茎蔓更是张扬妖娆。长长的藤，有的长达百米开外，甚至可覆盖上百平方米的晒谷场。有一次，回到乡下少年时就读的小学校园，因为撤校，已荒芜衰败，杂草丛生，那个曾经让我们汗水飞奔的操场，如今却成为了葛的领地。阳光下，透过葛的背影，旧时光中的情景仍历历可寻，但年少时的那种情怀却无从寻觅了。不远处，黄雀们依旧在灌木丛里嬉戏唱和。

葛是纤弱的草本植物，不像挺拔的树们，它唯一能展现自己的生机与活力，就是漫山遍野地圈地盘抢位置。确实，葛所到之处攀岩爬树，所向披靡，狂野不羁。它似乎从不管其他草木的生计，一股脑儿地，就趴了一地，像极了乡村顽劣的少年，精力旺盛，上蹿下跳，把原本安静的山村搅得生机勃勃。唯有秋天，葛终于可展示它娇羞的一面，红灿灿的葛花开得酣畅，仿佛烛台上跳动着无数紫色的火焰，有淡淡香气弥漫，生动了山坡。

在乡村，葛再霸气，再张扬，也是卑微的，仿佛是丢在路边的半截草绳，只能用来做系系绑绑的事。譬如，我的父亲上山砍柴火，葛就是现成的绳索，即使从深秋的菜园子里来，也会剁几根葛条系上几棵饱满瓷实的大萝卜，带回母亲的厨房。母亲把那些翠绿肥嫩的萝卜缨切下，也是用葛条编成串，一串一串，挂在房前屋后的果树上风干，留着过冬。

但埋在泥土中的葛根，却是另外一种待遇。

葛根发达，去泥削皮，柔滑细腻，玉脂纤嫩，泡在水里，又变成了十足的睡美人。将葛根磨碎，滤去茎渣，白色的葛浆在水里沉淀下来的便是葛粉了。秋风起，桂花香，艳丽的阳光下，乡村的院落里到处是葛粉，匾里晒的是葛粉，竹篱笆上晾着的是葛粉。有的村民将葛粉从缸里盆里倒出，整个儿将“粉坨”风干撂在家里。有大粉坨撂着，日子也仿佛踏实了许多，有一股沉甸甸的味道。月光下，睡觉也格外香格外沉。

“十碗大菜九碗粉，赚块肥肉捞捞本。”在二十世纪六七十年代，粮食原本就十分拮据金贵，葛粉自然成了宴席的“主角”，你方唱罢它登场，村民家的红白喜事都靠它了。葛粉是“大众情人”，跟哪道菜都合得上配得拢。葛粉在锅里红烧过，切成细碎的块，也可做成汤。头道“大菜”当然是肉。说是“大菜”，其实村民们知道，这碗底垫的都是葛粉细块，肉只是薄薄的几片覆在粉上。厨师好像算好了的，一人一块，可又往往不够数，常常是人多肉少。村民顾不得吃相，还不待出菜的将碗在桌上放稳，有人已伸过筷子来夹肉了。听父亲说过去的事，总少不了说说去邻村喝喜酒的事。那时，嫁女的酒席是办在新婚的前一天晚上。一碗肉刚端上桌，灯却叫风吹灭了，正是紧急关头，大家急着享受大餐，主家急忙找火柴点上。一分钟的工夫，父亲说，真的是一分钟，时间绝对不会长。等他再一看那碗上的肉，一片也没有了，只剩下细碎的粉块，好些人懊悔自己没有“先下手”。饥岁荒年，毕竟是出了礼随了份子的，“捞捞本”也没错。原本是辛酸的故事，现在听来却是充满了诙谐，因为与葛粉有关，记忆中却是抹不去扯不掉。

我对葛零零散散的记忆，都封存在童年的故乡。但记忆却总是关不住，就像清晨推开门，一眼的山色就迫不及待地挤进了院落。回忆总是甜蜜的，再苦再涩的事，到了怀念时也是一种美好。

打葛粉就是这一种美好，这是年少时的我最喜欢的活之一。秋天的日子很是惬意，阳光暖暖的，透过树叶筛在地上的斑影，如白白的馒头。但白馒头只是一种奢望，葛粉才是摆在现实中的美味。白天大人们上工去了，我们兄弟几个便到山坡上挖葛根。挖出葛根后，又搬到河里去清洗刨皮。捶葛粉是个体力活，必须要等到大人们晚上下工后才干，捶的捶，洗的洗，磨的磨，淘的淘，十分忙碌也十分热闹。葛粉加工也是个细活，那时没有粉碎机，全凭人工加工。先把大的葛根用斧头剁成小块，放在青石板上用木榔头把它捶得很烂，然后用布袋装起来，放在装满清水的水缸里摆袋。刚打出的葛粉要漂洗好几道水，不漂水的葛粉很黑，吃起来又苦又涩，必须换三四遍水，当水色由褐色变成白色后才能取粉。摆袋就是过滤，细细的、白白的葛粉透过布袋的缝隙渗漏到水缸里沉淀，最后布袋里剩下的就是葛渣，葛渣再用石磨磨细，加上碎米面拌和后用蒸笼蒸成“葛巴”，在当时也是一种很不错的“食品”，虽然有点糙，但还是让我们吃得津津有味。这时已是夜半时分，月色满院，如一地秋水，招惹得秋虫悉悉。满满一缸的葛粉乳慢慢沉到了缸底，让梦中多了一丝甜美。第二天早上取出葛粉放在竹席上晒干，几个太阳天就变成了洁白的葛粉。打葛粉的场景在我小时候每年秋天都会延续，有苦有乐。

在饥荒的年代，葛根是生活中的充饥物，葛粉让我的童年多了洁白的记忆。年岁大了，长见识了，翻开中国的历史，葛却是一株重要的植物，在历史的深处闪耀着光芒。葛是中国不折不扣的民族植物。早在尧、舜、禹时期，葛是衣服和食物的主要来源，搓经绳、编篮筐、制葛履，更重要的是织葛布。而用葛布缝制葛衣、葛衫、葛巾等，可以说葛是人类文明的开始。到了先秦，葛是身价不菲的。在江苏一个叫吴县的地方，有一座名不见经传的草鞋山。而正是这座小小的草鞋山，却见证了新石器时代的繁盛，虽然只是发掘出三块葛布残片，其制作在今天看来依然技艺精湛。这三块葛布残片是我国六千多年前就已经开始利用葛根的可靠见证。葛穿越岁月的长河，理应摆上一个仰视的高度，甚至摆上神坛。

这里，还得感谢《诗经》为我们提供了自有文字记录以来最远古、最完整、最系统的记载。在《诗经》中，葛是多么优雅温婉的名字呀，带着馨香，穿越岁月。千年之后，葛成就的是烟火日子，殷实，安稳。记得采葛制衣的民歌，有《葛覃》《葛藟》《采葛》《葛屦》《葛生》等："葛之覃兮，施于中谷，维叶莫莫。是刈是濩，为絺为绤，服之无斁""葛之覃兮，施于中谷，维叶萋萋。黄鸟于飞，集于灌木，其鸣喈喈""彼采葛兮，一日不见，如三月兮"，生动地记录了古人采葛、煮葛、织布、制衣的劳动过程。葛与人类的生活，丝丝缕缕，点点滴滴，让我们摸触到古人与葛的情感纠葛。老酒三杯千愁去，葛衣一撩万事休呀！

不过，这似乎不是我关心的。我所关心的是，在那么久远的朝代，采葛藤，纺葛线，织葛布，做葛衣，要多么健硕又心慧手巧的女子才能完成呢。想想那时的女子，采葛、煮葛、纺纱、织布、缝衣、浆洗，忙忙碌碌中，长成了大姑娘，选在该嫁的时候嫁了。史料上记载，粤地增城的女儿葛薄如蝉翼，为天工之物，未嫁女子终岁才能织出一匹，重约三四两。这样的葛布，是织给她未来夫婿的，集市上也没得买卖。看来，除了品貌，织葛布缝葛衣的技艺，也是嫁人的资本吧。女人，太像葛藤了，在哪里都能扎下根，少有水土不服的时候。婚后的日子，波澜不惊，除了侍候一家人吃吃喝喝，依然要采葛、织布、缝衣、浆洗，只不过是为他人了，或者换些油盐柴米，不知不觉鬓染霜花，所有斑斓的憧憬都变成了过去美好的回忆。

可惜这样的年代已远，这样的女子也只是留在《诗经》里让后人怀想。“冬日霓裘，夏日葛布。”这样的装扮，搁在今天，算得上潮人了吧。到了秦朝后期，以葛织布做成葛衣已经逐渐走向衰亡。那时，一片叫桑的叶子，让葛衣退出人的视线。丝绸诱惑了达官贵人，平民也穿上了麻布衣，只有穷困潦倒的人才穿葛衣。而稻谷、玉米、高粱等作物走进田园，成为人类的庄稼，葛终于淡出了舞台，回归了它原本的真实面目，重新在山坡上恣肆生长。

其实，葛并没有真正退出历史的舞台。在民间，秋叶落、霜降时，山野庶民，上山掘葛，以木棒捶，山溪水洗，取其精华，或充饥，或制成葛汤早点，或作祛瘀清火、止泻、治寒热之妙方，在民间代代相传，延续至今数千年。汉朝的一味解表名方——“葛根汤”，被名医张仲景收录在《伤寒杂病论》中，历千年风雨，穿越岁月的波澜，犹存民间，不屈不挠。《医林纂要》说它“除烦、解热、醒酒”。也是，酒后归家，喝一杯冲好的葛粉，色汁清纯，绵糯可口，知寒知暖，红袖添香，举案齐眉，酒醉人酣，这等情境让葛粉调剂得恰到好处。

食色，性也。本来就是。

桑

桑是归乡的站牌。

每一个漂泊在外的游子，在远方都有他的一隅故乡：小桥流水，茅檐低下，炊烟袅袅，鸡犬相闻，有两三棵桑树掩映着古老宁静的村落……

桑在乡间实属平常植物，但平凡的“桑梓”却代表着故土家园，桑树显然已超越于其他草木之上，就因为它让远行的天涯游子永远记住了故乡，牵扯着心底深沉的思念。桑，历经了千年风雨，岁岁繁华，青枝绿叶红桑葚，送别了一朝又一朝的将相帝王，见证了一代又一代古老民族的淳朴艰辛，成为中国文化的一节简史。纪念，永远是一种牵挂，正是桑的春秋夏冬，成就了人们对故乡美好的向往。桑在游子的心中已定格为一种家园意象。

其实，桑叶不平凡。历史折回千年之前，桑的地位高贵而厚重，桑树在国人心中是圣树、生命树。桑成为了生命创造者延续者蜕变者的象征。翻阅古史，《春秋谷梁传》记载的“天子亲耕，王后亲蚕”，虽然只是简单的八个字，却将桑的地位显摆得淋漓尽致，万人之上的帝王要享先农、亲耕田地，这是怎样的境界；即使皇后也要恭行享先蚕和采桑喂蚕，足见桑树的价值是多么的荣耀呀。事实上自周朝始，桑就昂首步入了国家祀典中，确立了“天子亲耕南郊，皇后亲蚕北郊”的祭祀格局。先秦时期，已是农桑遍野。农耕与蚕桑是中国古代社会赖以生存与发展的最重要的生产活动，甚至因为一块桑田，国家之间大动干戈，发生大规模的“争桑之战”。曾经在周敬王元年，也就是公元前519年，吴楚两国就因争夺边界桑田，导致了一场血雨腥风的争斗。一部《史记》，阅尽天下事，也不忘记录桑的故事。一场战争足以说明蚕桑之利在当时经济上的重要地位。

细读《诗经》，三百首吟唱洋洋大观，竟然多达二十多篇来自桑蚕丝织。丝绸的空灵，灵犀的轻点，流淌不尽诗情画意。在《诗经》里桑的倩影频繁出现，她是爱情的象征，也是女子美貌贤德的影像。轻轻一句“爰采唐矣？沫之乡矣。云谁之思？美孟姜矣。期我乎桑中，要我乎上宫，送我乎淇之上矣”。桑成为故事中的重要场景，美丽的孟姜主动约请心上人到“桑中”幽会。诗句简洁，故事却不简单，幽会原本就很煽情，纠结着更深的思念与忧伤。闭眼一想，眼前恍若出现了那个提篮的孟姜，仿佛从两千年前的风尘岁月中低头走来，魂不守舍的模样，如何不让那个故事背后的男儿心痛三分。采桑，本来就是一个借口，不过是为了心仪的他跑出家门，痴想而已。是桑提供了思念的场所，桑又见证了多少风情万种的片段，只是桑不语。那时候，该是桑林遍地吧。桑林成了男欢女爱的乐园，无比向往的乐土。桑树，爱情的隐语，桑园是先人的伊甸园，是滋养爱情的一片好林子呀，背山面水，幽静温暖，采桑养蚕的女人或割麦割草的男人站在青青的桑树下，空气里弥漫着甜蜜的气息，让人眩晕，未来让人憧憬，也同样让人担忧。一片桑叶如一颗心状，粗钝锯齿的边缘就是爱情的隐喻。

我更喜欢乐府民歌中桑树的意象。“蚕生春三月，春桑正含绿。女儿采春桑，歌吹当春曲。”“冶游采桑女，尽有芳春色。姿容应春媚，粉黛不加饰。”简洁明净的语言，描绘出轻快明艳、生机无限的阳春采桑图，把江南女子的蚕桑劳动和春情展现得淋漓尽致、活色生香。窃认为最有名的，还是那个叫罗敷的采桑女，她有多美？耕者忘其犁，锄者忘其锄，这是怎样的意境。我想穿越时空，就做一个执锄的小农，站在田埂上，等待罗敷采桑归来。正是江南女子的艳丽滋润了桑树的韵致，绿更绿，红更红，情也更长。

“开轩面场圃，把酒话桑麻。”唐代那个叫孟浩然的诗人，虽然不及李白、杜甫的盛名，但他成功用酒与桑麻轻易地将故人的桃花源细笔勾出，淡而不薄。也许是他开了先河，让桑这种植物由农家寻常树木变成一种田园生活的象征。桑梓之地，父母之邦，系生命之根，恭之，敬之，总也少不了桑蚕的一份情谊；一脉相承的桑麻之为，丝绸之衣，为生存所必需，总也离不了对故土的重重依偎。“桑梓”，这浸透亲情含有生命滋味的词汇，是故乡的代指，更是乡愁的一种标识或旗语，在无声宣告着自古以来桑蚕丝绸与华夏子民密不可分的联系。

桑树的伟大贡献在于它的绿叶。桑是丝绸的源头，简简单单的一片叶子与一只小小的蚕扯上千丝万缕的关系，便产生了令世界惊奇几千年都不老去的丝绸。桑叶养蚕，蚕作茧，茧抽丝，丝织出又轻薄又靓丽的绸缎，极尽天宝温柔，舒尽物华优雅，从此华夏族人衣不再粗砺，住不再简陋，行不再风寒，正如雪会融化荒芜的冷酷，露可浸润干涸的死寂，丝绸的出现最早撬开了中国文明的大门，提升了炎黄子孙生存的品位，宣告了原始粗野的彻底沦陷。也就是这样一根小小的丝线，织出了长长的、宽宽的丝绸之路。这条路从古长安出发，经甘肃、新疆一直西去，经过中亚、西亚，最终抵达欧洲，横跨欧亚大陆，是当时世界经济的黄金线路，是世界贸易的大动脉。驼队叮当，马蹄声声，丝路花雨，源源不断输出的是友谊、温暖，是文化、曙光。沿着丝绸之路一路走来，火药、造纸术、印刷术、指南针，把华夏的博大坦荡写进了世界无法磨灭的文明殿堂。只因为他们有丝绸一样春天般的心田，只因为他们心中始终充满阳光。无论时光如何古老，岁月如何沧桑，剪水穿花，裁虹叠香，桑闪烁着柔美的光华，始终充满着无法抗拒的力量。

桑赋予了蚕生命华丽蜕变的不竭动力。一片叶，一只虫，一根丝，改变了人类的生活，衣服遮羞、御寒、美观，让世界变得斑斓多彩。“蚕种须教觅四眠，买桑须买枝头鲜。蚕眠桑老红闺静，灯火三更作茧圆。”丝绸细腻舒适，璀璨夺目，几乎无人不爱。春蚕多生于阳春三月，那个时候，桑叶嫩绿，农家女儿提篮采摘桑叶，兴起之时乘兴长歌一曲，感春风拂面，看绿波荡漾，该是怎样恬淡舒心的田园生活啊。那采桑的女子，不施粉黛，清水出芙蓉，似春风轻柔，似春雨细腻婉约，似桑叶柔嫩水灵，不正是乡村瘦山净水的风骨滋养出清澈灵动、赏心悦目、不事雕琢的女子吗？

曾几何时，穿着绫罗绸缎是一种富贵的象征，属于贵人和富人的专利，对于老百姓却是一种奢望。“五亩之宅，树之以桑，五十者可以衣帛矣。”沧海桑田，男耕女织的艰辛和太平时节的丰衣足食，这只是孟子仁政的理想。“昨日入城市，归来泪满巾。遍身罗绮者，不是养蚕人。”句句是泪，字字都是悲情。在底层的疾苦民众，有着不绝的忧虑和悲伤。

“绿遍山原白满川，子规声里雨如烟。乡村四月闲人少，才了蚕桑又插田。”一直记得小时候学过的这首诗，很喜欢，清新灵动。我与桑的缘分，亦是朴素真切。我的故乡在洞庭湖边，幼时乡下有养蚕的习俗，乡村门前屋后皆种满了桑树。青翠桑林，繁枝茂叶。镇上的丝绸厂清晰可记，却踪影全无，养蚕的九奶奶也早已老去，只是成匾成匾的蚕，几担几担的桑叶，沙沙的蚕食声，像春天的雨声，也像六月的风声，给我烙下了深深的影像，一幕幕，永不消逝。

九奶奶是我家邻居，一个小脚老太，盘发髻，眉眼细小，记忆中的她总是穿青灰色的大襟布衣。九奶奶一生尽心劳作最多之事，当数养蚕。养蚕以及和养蚕有关的活动，九奶奶均视为头等大事。养蚕是一个精细的活。清洁蚕室，洗晒蚕具，消毒增温……昼夜小心，精心呵护，九奶奶一双小脚，轻悄悄进了蚕室，戴一老花镜，屏声敛息，取下发髻上的一管鹅毛，轻轻地，把那些黑黝黝的蚕蚁抚平，嫩嫩的桑叶切成细丝，铺撒在竹匾里……对于养蚕，奶奶是那样乐意，从不会抱怨，“遍身罗绮者，不是养蚕人”这样的愤懑，不会出现在奶奶的心怀。一辈子没有读过书也不会写自己名字的奶奶肚子里，藏了不知多少养蚕曲子和故事。洞庭之地，蚕事不断，乡村里流传着无数熟稔的谜语童谣，也多与蚕事相关。记忆犹新的“桑叶嫩，桑叶香，蚕儿吃，白又胖，吐银丝，细又长，织出绸缎做衣裳”，如今，我已人到中年，还可随口诵来，却不知现代都市生活的孩子又能背诵多少。念几句童谣，似乎又闻见那股暖烘烘独特的茧子味道，恍惚间又见到头插一管鹅毛的奶奶缓缓地走近蚕房……

童年的记忆中，桑叶永远只是配角，在南方，每一个少年都有过养蚕宝宝的日子，虽然短暂却深深地铭记在童年的梦里。读小学的时候，养蚕是最佳的游戏，乐此不疲，每年总要找九奶奶要几颗蚕卵，或几条小蚕宝，放在自家的抽屉里，或放在柜子里饲养。放学回家，第一件事就是守在蚕宝宝边，看着蚕宝宝吃桑叶的场景，听沙沙的吃桑声，看着蚕宝宝一天天长大，特别有成就感。如今，在电游肆虐的时代，养蚕依旧是不少童年的游戏，虚拟的电玩，也被自然的生灵所阻击。

养蚕虽说是童年的游戏，但最让童年留恋的却是桑葚。鲁迅的百草园里就有一棵桑树，门两侧的联为“俯听蟋蟀鸣，仰视桑葚熟”。桑葚清甜可口，清香怡人。“桑舍幽幽掩碧丛，清风小径露芳容。参差红紫熟方好，一缕清甜心底溶。”桑葚，晶莹剔透，明丽可人，在枝头是摇曳着万紫千红的美丽，入口是清甜芳香的柔嫩。“恰是春风三月时，芳容依旧恋琼枝。情怀已酿深深紫，未品酸甜尽可知。”这般的桑葚竟也有了人的灵气。儿时乡村，桑葚是我爱吃的食物。隔壁汉爹的菜园就长着一棵粗壮的桑树，树冠如华盖。还是孩童时，是不愿等待它成熟的，每每青色褪去，刚被淡笔描上了一点微红的时候，就会和玩伴们一同采下，那酸酸甜甜的感觉至今难忘。后来我离开了村庄，再后来，汉爹也从人间隐于泥土，而那株桑竟不知何时消失在村庄的岁月，是自生自灭，还是他人盗伐，无人念起。在灯火阑珊的街头，每每遇到桑葚便迫不及待地买来品尝，可是殊不知，一切都变了，时间变了，地点变了，就连那份简单恬淡、无邪天真的心境亦是变了，无论我吃了多少，也吃不出当年的滋味。那些在岁月中该丢失的，终究还是丢失了，只是不知，那些本该重逢的，又是否依旧会重逢？

桑也有药用价值，儿时乡村，总喜欢将各种草木花草制成花茶，闲暇时候泡来，便是诗情画意般的生活。菊花、金银花、茉莉花皆可入茶，桑叶也是其中一种，可入药，亦可制茶。药学巨典《本草纲目》中对桑作了至高无上的赞誉：“桑，东方之神木也。”乡下的老中医说，桑叶可疏散风热、清肺、明目。只是喂蚕要嫩，入药宜老，传统中药讲究“经霜”。万物经霜一打，就蔫了，枯了。丝瓜的藤，葡萄的藤，都瘦成了国画里的枯笔。而经过寒霜历练的桑叶在枝头挂着，手一碰簌簌作响，却演绎成了中药的极致，所以中医处方多写“霜桑叶”或“冬桑叶”。将霜降这一天采摘的桑叶切碎，炒干，再加蜂蜜拌炒，成就了一味凉润补肺的好药——蜜炙桑叶，生药解表，蜜炙润燥。确实，很多老人把干桑叶又叫“神仙叶”，可见桑叶的药力之神奇。感冒了，有个什么头疼发热，抓一把干桑叶放到锅里煮沸，然后头上裹上一个毛巾，俯身把头向着桑叶水对准脸部蒸，直至水凉了为止。蒸个两三回，人就清爽了。无论冬夏，大人、小孩都适用。此外，桑叶和菊花也是绝配，搅和在一起泡水喝，眼睛肿痛立马见效。据说，还能缓解高血压引起的头痛，我没有试过，只是听说而已。记忆中乡村很多的草木都可以酿酒，桑树亦不例外，桑葚酿出的美酒最是让人醇香浓厚，只是未尝过，如今怀想桑葚酒，却已遍寻不着，寂寞的村子里何人能动手酿制呢？喝着桑葚酒，喝得眉开眼笑，聊得海阔天空，总要谈起小时饲养蚕宝宝、摘桑葚的往事。隔着久远年代，回看千年前朦胧的云和月，品着千年后醇香的诗和酒，竟酽酽地醉了。

生活原本就是这般简单，几株草木，只要你有心便可以成为养生的物品或者治愈疾病的良药，若是你有那般细腻婉约的心思，它亦可成全你青梅煮酒、月下填词、泼墨弄笔的意兴。这就是桑的本质。细细数来，桑树一身是宝，叶饲蚕，果食用和酿酒，木材制器具，枝条编筐，树皮制纸，而且叶、果、枝、根、皮可供药用。春取桑枝、夏摘桑葚、秋打霜桑叶、冬刨桑白皮。它从古老的时代走来，陪伴我们走到今朝，无论是在真实的生活中，还是在诗词曲赋里，它早就不只是一株凡尘的草木了。

桑，真的能代表一种文化，是中国古老的文化，刻进了中华文明史册。我惊叹先人的伟大，破解了大自然的谜团，破解了桑、蚕、丝的种、采、养、缫、纺、织、染的秘方，把桑的蚕食、茧的羽化，蜕变成如此圆融、温润、光滑、轻软、华美的呈现。桑闪耀着一种蕴藏和体现着生命力量和生命意义的宗教文化形象。日常生活也罢，诗词曲赋也罢，处处都是桑树的身影。有时不知是该感谢土地的神奇，还是该惊艳于古人的情怀，桑树被赋予了情感，增添了诗情画意，它是远行的游子怅望的故土；它是边塞征夫对家中妻子的怀想，亦是妻子对远在天边、生死未知的丈夫的守望……

时光飞逝如电，令人触目惊心，而历史只不过是昨夜吊起的一桶井水，随意地冲洗着光阴。桑树遭遇的误解来自棉花的兴起。元代初年，棉布就开始作为夏税之首，一个时代一种见证，棉布已成为主要的纺织衣料。棉花的兴起，丝绸之路的荒废，人们依赖桑树养蚕满足穿衣的需求大大降低，桑树甚至在生活中可有可无，自然而然，人们对它的感情色彩就淡化了，社会的进步总是以旧物的流逝为代价。岁月变迁，回首乡野，曾经遍布的桑树，已难见踪影，世俗的浮华，名利的逐舍，桑树早已化作了柴火，只有残存的模糊的记忆。那些曾经记忆里的东西，一点一滴地被时间抹去，生活中许多细碎的东西，终究要随着桑树的老去，或消失，或难以言语。哪一天，在山野，一转身，一株桑树劈面相逢，犹如他乡遇故知，心头一热。“桑柘影斜春社散，家家扶得醉人归。”在这美丽醉人的桃花源又夫复何求？

桑，是游子一路风尘中寻找乡愁的标志和符号，即便我们行至天涯海角，它依旧羽化成千结的茧，化作茶水，或是入了药，陪伴你我红尘游走，抵达或许依旧遥远，但目击之处还是看到了故乡的彼岸。

我最爱人间草木，每每看见草木，心便莫名的变得柔软，总觉得今生，真的不需要繁花著景，只愿在江南那座古老的乡村，守着门前屋后我亲手种植的花草树木，种桑，采桑，养蚕，织布，种花，浇水……做一回陶潜，梦一回江南，瘦山瘦水都是风景，一花一木皆是平宁安静。我想，若是真能回到千年以前，桑树，该是我穷尽一生想要追逐的风华。

麻

去乡下，总能很随意地遇到一种叫麻的草本植物，山谷、田坎、地垄，甚至在村庄里的某个角落，或篱笆旁石沿下，一转身，一回头，它正张望着你，有意或是无意，正如走在质朴的田间小路上，不时有扯草的大婶、斫柴的大伯、洗衣的阿姐，还有放牛的顽童，熟稔地与我打招呼，一声小名，竟是格外的亲切。这就是麻与我简单朴素的关系。麻在乡下，简约但不简单，平常也不平凡，说它是野草，它时时出入在乡村的田间地头，与庄稼为伴；说它是庄稼，又在荒郊野外随处可见，一丛丛，一簇簇，生机勃勃，自生自灭，不怨不烦，不怒不争，风来不惊，雨来不挠，四季轮回，甘甘愿愿。春生苗，夏苗壮，秋丰硕，即使在寒冬枯成了残枝萎叶，也是谢尽春华秋实。

大地是最忠实的造物者，永远不会亏欠每个热爱它的孩子。每一片蓬勃生长的麻都有着天生的使命感，在日月变化中，等着造物者来开启它们的新生。几千年前，倘若祖先没有发现它们“会呼吸的纤维”特性，或许它们只能随着时光，静静地埋没在土里。人类最早发现并使用的天然纤维是以植物的皮为原料，在远古的类人猿时人们就以树皮遮体，最早应用纺织技术的天然纤维也是植物的皮——麻。远在石器时代，人们就栽培亚麻，抽出其纤维，用植物汁液的红黄绿漂染成鲜艳的色彩，编织出美丽图纹的衣料，虽然粗糙，但温暖着先人。麻是人类时尚的先驱，麻点燃了人类服饰的光芒，麻与人类文明同行至今。在中国，苎麻所织的布被称为夏布。夏布也就是夏天所用的布，这是我的肤浅理解。制麻，每年春秋各摘采一次，经过打麻、挽麻团、挽麻芋子、牵线、穿扣、刷浆、织布、漂洗、整形、印染等工序纯手工纺织成布，新夏布硬而糙，须放在水锅里加入适量碱水进行煮练，再用衣捣练，噼里啪啦的棒声中，夏布柔软如水。《礼记》中的深衣即由苎麻所制。《乐府白纻歌》曰："质如轻云色如银，制以为袍余作巾。"中唐时"沤纻为缊袍""春衫裁白纻，朝帽挂乌纱"，乃是一种时尚。

透过时光凝望历史的深处，沿着麻长长的秸秆，溯着时光的隧道，逆麻而上，找寻麻的前世今生和繁华沧桑。早在几千年前，麻并不平常。先民种麻，一为取麻纤维御寒，二为麻叶麻籽果腹度日。细读《诗经》《楚辞》，寻觅潜伏着麻的踪影，字里行间，随处可见其身影不屈不挠地闪耀着。麻在农耕社会对我们的先民可谓居功至伟。《齐风·南山》："艺麻如之何？衡从其亩。"讲的是怎么样去种麻，平整土地，排列成行点播栽植。可见麻的种植已不是自生自灭，而是摆到了技术层面。道理很简单，这样能最大限度地利用水土阳光。《齐风·东门之枌》提及"不绩其麻，市也婆娑"，仿佛让我看到了一个青春飞扬的少女，蓄谋着一场千年的约会。而接纳爱情的空间，就是那一片密密的麻田吧。高大的麻叶勾肩搭背，让麻地有了悬念——悬念最终为产生爱情铺下了厚厚的注脚——爱情又是如此类似扯麻纱的纠结。麻，原来也是爱情的另类使者，沾染生鲜气息，让人念想。那个纷争的年代，西施曾只是乡间一个默无声息的浣纱女，"浣纱弄碧水，自与清波闲"（李白《西施》），命运的转机只在旦夕之间，“朝为越溪女，暮作吴宫妃。”（王维《西施咏》），范蠡的一次偶然到访，惊破曾经多少年来平静如初的若耶溪水。一个平凡的村姑为了越国的命运，最终成为吴王夫差最宠爱的美人。正是这个浣纱的村姑助越王勾践卧薪尝胆，一举灭吴。几千年的历史已悄然翻过，有关西施的印记也只是一个浣纱的村姑、一个沉鱼的丽影、一个效颦的事典、一个惑主的红颜。

唐代诗人孟浩然的“开轩面场圃，把酒话桑麻”，桑麻就是农活的代名词，可见麻在先民生活中的重要性，俨然与桑成为一对形影不离的兄弟，有一种混合的植物清香。陶渊明的《归园田居》，“相见无杂言，但道桑麻长。桑麻日已长，我土日已广”，二三闲人，盘腿而坐，闲聊农事家常，描绘了恬淡的乡居时光。桑是达官贵人的专供材料，一片桑叶，一条蚕，演绎的是绸缎，美轮美奂。而麻却是平民百姓赖以裹身的材质。北宋年间，棉花作为舶来品从国外沿长江流域进入神州大地，棉纤维以其柔软舒适，且更加保暖的优良特质打败麻制品，一时成为富人绅士的青睐之物，棉很快成为制衣的主材，棉花的铺天盖地，麻不得不退出历史的舞台。退出，不代表消失，麻依旧不折不扣地生活于大地上，即便从田间地头退出，也能在田坎山坡见到它的身影，不求富裕之地，仅索一口泥，可扎根而已，阳光明媚，风雨无阻，顶天立地，生命中充满着高贵的情操，永远向上向光明。其实在今天，麻依旧是制衣的重要材质，这一点足以证明麻在曾经的岁月中是何等辉煌与荣耀。

“麻”是麻类作物的通名。麻是一种植物概念，它拥有一群庞大的孪生兄弟，如大麻、亚麻、苎麻、荨麻。大麻是一种毒品，与罂粟为友，我不认识大麻，或许即使相遇，因为陌生就擦肩而过了。荨麻野外遍生，随处可见，它是乡下一种普通的中草药，可以化瘀毒。亚麻是西方人制衣的主要面料，别称胡麻。但我要讲述的是中国的苎麻。苎麻，为中国特产，被世界誉为“中国草，中国宝”。苎麻古时称“纻”，秦汉时期“纻”演变为“苎”了。在中国，苎麻不仅仅是一种草本植物，更是一个时代的象征。早在几千年前的农耕时代，麻为我们的先人遮风挡雨，可谓居功至伟。一直沿袭至今，麻依旧不折不挠地陪伴我们的生活。在洞庭湖广阔的平原，棉花占据了生活的日常，但麻依旧不可或缺。打麻、绩麻、纺线、浆纱……织布就是一个驯服苎麻的过程。麻线织成的花布，纤维细长，质轻气透，是农家人最喜欢的服饰与用品。

我至今怀恋麻布的馨香。

苎麻也点燃了我对外祖母的怀念。外祖母是村里织布的高手，多用麻类织物，棉花也用，但山里不产棉花，需要从游港河下游的岳州府买来。外祖母幼时裹足，一双脚如三寸金莲，裹得脚骨都折断了。那时，我纳闷外祖母走路一扭一扭，似乎十分痛苦的样子。外祖母从小心灵手巧，十岁时就开始学习打麻、绩麻、纺线、浆纱，十二岁上机织布。一间阴暗的房子，一扇窄小的窗，窗外是青山，室内摆放着一架高大笨重的织布机——那台红椿木织机被岁月打磨成古铜色，外祖母正忙着纺麻织布。她脚踏踩板，腰系绷带，一手执竹挑拣着经线，一手喂着纬线，然后用木梭将纬线催紧，发出“吧嗒吧嗒”有节奏的声音，一排密麻麻绷紧的经线已呈现出家布的雏形。一缕阳光透过窗棂，映射在外祖母细弱的肩上。这个场景总是如此熟稔温馨。正是这样的劳作，温暖了外祖母一家人的平常生活，为我们撑起了一片明朗的天空，包括我的母亲和幼稚的我。

苎麻曾是乡村的希望。坡前梁后，房前屋后，滩头林地，总有一片一片的植物，绿绿地，密密地，站直了身子生长着，而且是身子挨着身子，那就是麻地。儿童躲身其间，捉迷藏，流连忘返。麻带给乡人许多的美好和感动，温暖与幸福。麻们很坚决地生长在叫作故乡的地方，故乡总是有意地生长出一片又一片的绿色，让远离绿色的人们产生一种叫作怀念的东西。

草木茂盛的乡野，雨水充沛，苎麻在温润中欢娱生长。才到农历四月，麻已初长成，密密丛丛，茂茂盛盛。一根根麻无名指般粗细，一人多高，笔直挺立，绝无旁枝；麻叶如跃动的手掌，紧贴麻秆，片片向上，迎着初夏的阳光，在风中翻舞，昭示着自己成熟的畅快和得意。父亲将麻一捆一捆扛回家，母亲总会把稍嫩一点的麻叶留着当猪菜。麻扛回了家，就得开始破麻和脱麻，这些活多是女人干的。一捆捆麻放在院子里，给它浇上水，这样破麻的时候容易些。只见母亲或邻居婶婶、嫂嫂们搬上一条凳子在院子里，一手拿一根麻，一手拿削尖的筷子，用削尖的筷子轻轻用力向麻秆插去，而后迅速划向麻秆的另一头，只听得长长的“嘶”的一声，麻的一边便被划破了。折断麻秆根部的一头，用右手的大拇指和食指把麻的皮与麻内的秆剥离开来，一匹一匹或长或短的皮就整齐地放在装有水的脚盆里。母亲她们一边谈笑，一边破麻、脱麻，小孩子是最爱凑热闹的，蹲在大人身边看大人们破麻、脱麻，或一个个拿一根剥离皮的麻秆打闹，小小的院落充满欢声笑语。最让我印象深刻的是，母亲她们划麻的动作和破麻的声音，动作是那样的娴熟、潇洒，“嘶嘶”的划麻声此起彼伏，是那样的悦耳、动听，她们似乎不是在破麻，而像是一个个技艺高超的音乐家在弹奏优美的乐曲……

一匹一匹的麻在脚盆里泡上不久，变得酥软了，母亲用麻刀剐去麻外深绿色的皮，一绺一绺浅黄的麻线便被剥离出来，再晒上几天，晒干后，就成了一丝一丝的麻线，可用它织成麻布缝制衣服和麻帐，可用它搓成细细的麻绳来打鞋底。午后，做完农活的母亲就坐在院子的小巷搓麻绳。一把一把的麻线放在地上，而后挽起裤腿至膝盖以上的大腿处，一只手拧住两绺麻线在大腿上用手掌那么轻轻地来回一搓，如此反复，麻线便被搓成了一根根麻绳。此时，午后阳光透过枝繁叶茂的大树，在院子里洒下斑驳的树影，树上小鸟叽叽喳喳，微风不时拂过小巷，屋檐上的天空碧蓝碧蓝的……

小时候我们姐弟几个，穿的都是母亲做的布鞋。母亲做的鞋结实、耐穿，而且柔软、舒服。母亲把旧衣服洗好晒干，再把它剪成一块块，将门板倒放在有太阳的地方，用早已在锅里熬好的米糊，把这些布一块一块地粘贴起来，一直粘贴完整个门板，一个夏天要粘贴好几个门板，放到太阳下晒干，再把它撕下卷起，放到衣橱里，这叫作鞋的布帮。母亲在布帮上统一剪好我们每一个人的脚样，然后将一条凳子放在面前，把剪成的布帮鞋底样放在凳子上，用米糊将一块块布粘贴上去，粘到一定厚度，中间又隔一层布帮，然后上面又粘贴布料，到了最上面再用布帮封顶层，用剪刀修理好，一只鞋底才算帮成。

鞋底帮好，母亲用麻绳子纳鞋底。纳鞋底是最累人的事，纳成一双鞋底往往需要成百上千次穿针引线，那飞针走线时响着一种剥甘蔗叶的嗞嗞声，这是一种只有女人才能做出的声音。伴着这种声音，母亲脸上便洋溢着甜甜的笑容。母亲端坐在灯下纳鞋底，一盏如豆的油灯相映窗外的明月，母亲每穿几针，又用针尖在自己头发上抹一下，好像在头上揩油似的，针头穿进去似乎更省力。母亲潜存在心底的温柔和安详渐渐展示出来，她脸上虽挂着疲倦和淡然，心底里却漾着殷殷的欢喜，时不时对坐在一旁的我们展开慈祥的微笑。一拉一抽间，躬腰挺背，一道黑黑的剪影投映在白晃晃的墙壁上，就是一场闪亮登场的独角皮影戏，激活我整个孤独寂寞的童年。

我们就是踩着母亲纳的布鞋走出了大山，走进了城市。岁月如梭，穿布鞋的时光已经渐渐远去。我想，现在不会有太多的女人会忆起苎麻的，这种牵扯女人幸福的宽叶植物。在那渐行渐远的年代，割麻、漂麻、晒麻、搓线、纳鞋底，每个动作都缠缠绕绕，让一个女孩的心智在缠绕间成熟。

麻仅仅用于搓麻线、纳鞋底，是对麻的亵渎。在乡下，麻的归宿更多是流送到乡镇上的供销社，然后沿游港河漂泊到洞庭湖，一船船的麻线送到岳阳麻纺厂，制成一条条麻布口袋，又回到乡村，成为稻谷短暂的歇脚地。恍若一个轮回。那些散发着植物气息的麻袋，纵横经纬，将米、麦、谷物等装入其中，一只麻袋渐渐鼓起，饱满丰盈，又将运送到很远的地方，甚至漂洋过海，远走异国他乡。后来有了岳阳纺织厂，就是专门用麻制线、制衣服的大型国企。二十世纪八十年代，我有好几个伙伴被招到岳纺，进了城，穿上了皮鞋，让我羡慕不已。只是后来才知道，他们多是在生产一线，从事浸麻、剥麻等工作。苎麻布的制作要由种麻、浸麻、剥麻、漂洗、绩麻、成线、绞团、梳麻、上浆、纺织等十多道手工工序组成，一道也不能少。单调和乏味的工序绝对考验每一个造物者的耐心和对麻布的忠诚度。后来麻纺、岳纺相继破产，乡间的麻终于无人问津，流落民间，与野草为邻，俨然是一个隐者，逍遥在不为人知的丰腴膏泥，莹莹水泽。

麻，曾几何时是乡人温暖的代名词，岁月蹉跎，春秋几度，麻已沦落为乡下搓麻绳的材料。翻检服装的历史，葛、麻、桑、棉均成为不同时期的主角。葛始于春秋战国，后被麻取代。桑叶与蚕的相融，诞生了一种叫丝绸的服装，至今居高位，难以进入平常人家。杜荀鹤诗《蚕妇》曰："粉色全无饥色加，岂知人世存荣华。年年道我蚕辛苦，底事浑身着苎麻。"讲的就是贫苦劳动者——蚕妇虽然织出精美的丝绸，却只能穿低等的粗麻布衣服。几十年前，曾有一种叫的确良的服装风靡一时，它不是植物，它只是科技的结晶，冰冷的化工产品终究无人青睐，退出衣服的世界。棉、麻、手织土布、粗织蚕丝……每一件物件都是历史的记载。一花一世界，每个物质自有它存在的机理，都是伟大的造物者。几千年前，苎麻完成了从植物到面料的跳跃，变成麻布，融进了人的生活，曾风光无限，如今却落寞无声。传承千年的麻布，还有多少人知道它的存在？历史总是令人唏嘘不已。

麻与华夏文化传统连接深厚。苎麻虽是织物，也可药用，在中医的处方中，有补阴、安胎、治产前产后心烦等作用。听说秋天而生的麻籽也是一种食物，只是我没有吃过，现在很难想象麻籽该是怎么个食法，我猜测不会那么有滋有味，不然不会埋没在时光的尘埃里。麻也是朝廷必备之物，古代官人的“乌纱帽”称作“麻冕”，它是统治阶级权力的象征。麻可做纸的原料，质地坚韧、厚实。南宋词人刘克庄的“三麻九制笔如神”，在纸上游龙走凤应该是文人的一种快感。唐宋时期，朝廷的任命诏书，用的黄、白麻纸书写，上面密密麻麻，抑或疏朗简洁，临危受命，赈灾济贫，不知写过谁的名字？真的无从寻觅了。麻衣成为普通百姓的代名词，“臣本布衣”，则只是官人的一种自谦。在民间，麻还是魔力无比的化身。以麻器具驱鬼避邪，沿用至今。麻以洁白、洁净、阳刚、正气、古老成为一种百邪不侵的圣物和神圣祥瑞的载体。许多流传至今的信仰民俗，还不容置疑地带有汉代道教文化初始时期的浓烈色彩，与麻关系非同一般。道士的法衣法帽用麻布，汉代祖宗雕像的衣着用麻布，长辈仙游的着装用麻衣，后辈祭奠故祖也着麻衣，相命的法书都要托名“麻衣相书”，赐人长寿的女仙还得叫“麻姑”。小时候家乡老人过世，孝子孝孙们用柔弱的麻，编成麻辫，系在肩上和腰间，再戴上白布做的孝帽，叫作披麻戴孝，以示对死者的哀悼。也许活时一生劳碌，一身坚强，在人生的最后一程，相送的竟然是一束柔弱的麻。尽管它有时候斩不断，理还乱。在洞庭湖畔、汨罗江边、幕阜山下，乡人们现在依然以这样的形式送别亡者，足以证明麻这种植物与人有何等密切的情愫。

麻是一种力量，一根麻绳，到底能承受多大的重量？在需要力量的乡村，麻在春夏季的绿色中丰满壮实，变成一种力量，那就是一根又一根的绳子。绳子把麻的力量扭麻花一样扭在一起，力量就在绳子不断缠绕的过程中，变得强大起来。麻，并没有因为地位低下而自取其辱，依然努力地生活在它们的世界里。

一丝看似柔弱的麻，却隐藏着坚硬锋利。

茶

茶与人类生活联系十分紧密。自古开门七件事，柴米油盐酱醋茶。茶虽然排在座次表中最后一位，但丝毫不影响它在人类生活中的重要地位。早在史前的神农时代，我们的祖先就发现了茶及其药用价值，人们也养成了煎煮饮茶的习俗。从唐朝开始，茶叶更是进入平常百姓人家，饮茶已成为人们的一种生活习惯。茶圣陆羽就是唐朝人。

我的家乡位于湘北之地，有“湖南封面”之誉，要山有山，要水有水。山水交融，自然是一幅绝妙的山水画。山为幕阜山，水为洞庭湖，还有长江侧畔而过。有道是山水之地，必是草木之乡。自然，茶树也不例外。漫山是茶，遍地是茶，穿行洞庭湖畔、山丘，触目可遇。有茶树，少不了名茶。湘北之地，还真有名茶，君山银针、北港毛尖、洞庭春等皆是响当当的，不逊西湖龙井、安溪铁观音、江苏碧螺春、云南普洱。而最有名的还是君山银针，蜚声海内外，为中国十大名茶之一。君山原本是烟波浩渺的八百里洞庭湖中一座小岛，又称洞庭山、湘山、有缘山，与千古名楼岳阳楼遥遥相对。刘禹锡的“遥望洞庭山水翠，白银盘里一青螺”更使君山名声大噪。君山茶是一道亮丽的风景线，一层层的茶园像一条条碧绿的玉带围绕在大小山头，君山银针就产自这里。相传四千多年前，舜帝南巡，娥皇、女英寻夫赶至君山，听说舜帝驾崩，抚竹痛哭，泪洒成斑，并将随身带来的茶籽播于君山，以寄哀思，感谢百姓。如此美丽动人的传说，又怎会没有精妙的茶叶留传于世哩。

君山银针茶，芽头茁壮，紧实挺直，白毫显露。茶芽大小长短均匀，形如银针，内呈金黄色。饮用时，将君山银针放入杯内，以沸水冲泡，这时茶叶在杯中一根根垂直立起，踊跃上冲，悬空竖立，继而上下游动，然后徐徐下沉，簇立杯底。军人视之谓“刀枪林立”，文人赞叹如“雨后春笋”，艺人偏说是“金菊怒放”。冲泡后，开始茶叶全部冲向上面，继而徐徐下沉，三起三落，浑然一体，确为茶中奇观，入口则清香沁人，齿颊留芳。《红楼梦》第四十一回“松翠庵品梅花雪”一节中，妙玉用梅花积雪烹煮给宝玉和黛玉喝的老君眉茶，就是君山银针茶。

茶是岳阳古今的特产。古人曾赞赏岳阳，一定离不开岳州的茶。元代高爵尚的《洞庭竹枝词》中有云“雨前雨后采茶忙，嫩绿新抽一寸香”，记述了洞庭采茶的繁忙景象和茶质的美好。清代万年谆又有诗云：“试把雀泉烹雀舌，烹来长似君山色。”清人曾燠的《茶歌》描写道“荃盖兰旌纷满堂，别开秀采森旗枪。一枪一旗此时摘，煎入瓷瓯湘水色”，描绘了岳阳洞庭茶的特色，叶片伸展壮实，叶心尖竖，似枪似旗。沏于杯中，几起几落，亦貌如刀枪并举。其色若江中之水，古人说“春来江水绿如蓝”，可知茶色绿艳润泽。君山的毛尖、雀舌、银针，历代成为贡品，早已名传海内。古人喝茶十分讲究，除茶、水的质料有所选择外，还讲究茶具的质料与样式。茶圣陆羽的《茶经》一书，提到岳州窑青瓷的特色，“岳州瓷青，青则益茶”。岳州窑始烧于东汉，中经西晋、南朝、隋，一直延续到唐代，是唐代的六大名窑之一。岳州窑烧制的青瓷，釉色与茶色颇似，令人赞赏。通过《茶经》提到岳州窑的产品，可证当时饮茶极重视茶具。岳州窑青瓷杯冲泡岳州㴩湖茶，在唐代堪称一绝。只可惜到了晚唐，岳州窑开始衰落，风光不再。岳州窑活了千年，又死了千年。

我的家乡多山，但不险峻，多为馒头状，系罗霄山系的余脉幕阜山的尾巴了。绵绵群山，缀以青青翠翠、莽莽苍苍的松树或楠竹，其间藤萝遍布，间或有溪流淙淙。而更多的是丘陵坡地，一排排一行行绿叶澄碧的茶园，片片翡翠般如链如带，小山如螺，大山似塔。遍走故乡，眼之所及，皆是如此，牵牵连连，如梯、如浪，一层压一层，那青螺之间的村舍户落或曰冲，或曰坳，或曰湾，上依山，下临溪，山后茶树如羽，屋前小溪淙淙。不难想象，先前连接湘鄂的驿道边，不时有竹篱围成的茶馆，一叶杏黄旗上偌大的“茶”字，让跋涉的旅客口舌生津，是否兴致之处，随口吟出“笑问茶馆何处有？牧童遥指桃林镇”的佳句呢？

走近家乡，随意踏足一农舍，推门进屋，必有茶农满脸堆笑相邀小歇，一方竹椅，一杯绿茶，极普通，却有一股熟稔的清香入鼻，入得口来，劳累疲乏已是烟消云散，长留的是一齿丝丝缕缕的清香，绕齿三日不绝。

茶乡自然也风行茶道。

茶农一般饮用茶多为洗水茶。用开水杀青、揉搓、晒干，俗称“洗水茶”。夏天喜欢泡山椒茶，平常作凉茶之用，劳作之余，几杯下肚，全身清爽，阳气顿生而精神倍至。有客至，一壶山泉水，几片农家茶，但也清香宜人，或许是“君子之交淡如水”最好的诠释吧。如有贵客至，必有三道茶。客进门，第一道茶为芝麻豆子或花生红枣姜糖茶，为远道而来饥肠辘辘的客人缓脾补气。稍后，泡上一杯清茶漱口。酒足饭饱后，必送一杯川芎盐茶，消食化腻。青年男女成婚亦有“吃茶”之俗，新婚翌日清晨，新郎新娘泡糖茶遍左邻右舍，不过喝了糖茶就得送礼，物什随便。如今又演绎成新婚夫妇抬茶盘请父母、兄弟、伯、叔、姑、舅吃糖茶，喝完糖茶必以礼回报，即放茶钱，多少不限，轻重是礼。其实，喝茶之意在于茶树多籽，寓新婚夫妇早生贵子，又茶树长寿，谐夫妇白头偕老之意。

在家乡吃茶还有一妙。俗话说“家丑不可外扬”，倘若婆媳、夫妻间有了小小的纠纷，于是邀上年长者或明白人或威望高的人进屋调处，几杯川芎茶，你一言、我一句地评起来，谁对谁错无关紧要，关键是要相互谅解。几杯茶下肚，婆媳之间喜笑颜开，夫妻之间相敬如宾。茶可以宽心，茶可以去愁，不是吗？几片绿叶，些许清水，就把人间的恩恩怨怨荡涤得干干净净。

有茶道，更有茶艺。春摘芽尖，制龙井、银针，此为上等茶，古时称作“官茶”，为朝贡之物。清明过后，制毛尖、绿茶，多为家用，不甚讲究。过了夏至，茶叶疯长成势，一片葱葱郁郁，这时采摘的茶叶叫老茶，制成茯砖，白纸藏封，外贴红纸，专销青海、蒙古等地，为少数民族之用，有解油腻、助消化、祛腥味之效。临湘黑茶可谓名声在外，自康熙年间起，临湘青砖就远销俄罗斯。临湘聂市是茶马古道、晋商万里茶路的南方起点之一。黑茶具有降糖降脂、消腻去油的效果，涤烦闷，扫腥膻，非凡茶可比。陈年的千两茶醇酽隽永，善饮者将其开卷敞放一段时间，待其“睡醒”再畅饮，有琼浆玉液之妙。在民间，用老砖茶治腹胀腹痛，如药到病除。

还值得一提的是秋茶，史书载“冬培秋摘，童男制”，其制作的茶叶以汁绿味香且绵长而闻名湘鄂，元明清时也是贡品，非一般人所饮，如今却也成了普遍人家的品茗之物。

人生如茶。世上纷扰，人间沧桑；来来往往，匆匆忙忙。您不妨忙里偷闲，呼朋引伴或携妻拥子，走进故乡，喝一两杯茶，清清脑袋，静静心灵；亦可孤身寡人，在窗摇竹影之时，或在月色当轩之际，举杯品茗，慢慢啜饮，细细品味，就会把充满喧嚣充满诱惑的世界关在门外，疲惫的心灵就一定会渐次地轻下来、静下来，清静得如同一池秋水在故乡弥漫开来。

第二辑　味蕾上的舞者

藜　蒿

深夜，我听见初春的雨洒在无边的洞庭湖草洲上。

我最喜欢这样的初春之夜，听细小而密集的雨落在玻璃窗上，身子陷在松软的沙发里抑或是温暖的床上，心绪却在雨中游走，想象不远处的洞庭湖上发生的那些事，想象迷迷蒙蒙的雨阵在夜湖和草洲之间来回走动的情景，想象藜蒿和其他植物喝饱了春雨一扭一扭地挣脱泥土束缚的样子。藜蒿正是在无数场由冷至暖的春雨中一点一点地挤进春天的门庭。尽管青草率先抢得头春的阳光雨露浓密翠绿铺在湖滩的沃土上，似乎占据了每一寸土地，但藜蒿总能一丛一丛在草的世界里找到自己的空间，并且勇立草头，环视那些草。原来，被淫雨浸泡也是件很温暖很有美感的事。

“暮春三月，江南草长，杂花生树，群莺乱飞”（丘迟《与陈伯之书》）之际，正是藜蒿最肥最嫩的时节。藜蒿原本是遍生湖乡的野生植物，细微质朴，却有着与普通的植物不同特质的芬芳。正是这种独特的味道，让藜蒿变成了一种怀乡植物，它柔柔的根系，扎根在游子心中深处，再远也无法拔除，永远绿油油的，一大片一大片，独具情怀。

藜蒿，别名芦蒿、蒌蒿、小艾、水艾、水蒿、柳蒿、皤蒿、艾蒿，为菊科蒿属野生草本植物，性喜温湿，“生于阪隰，而以沼泽尤佳”，在洞庭湖湿地遍地皆是。

初春，阳光正好，帅气，养眼。此时，洞庭湖水绿如蓝。湖水绿如蓝时江南总是要吃藜蒿的。

去旧城，旧时光的街巷尚在，渔巷子、茶巷子、桃花井，随意找一条百年老街，陈旧的青石板，还保留了那么一点诗情画意。寻一家小酒馆，“吱呀”的木门，两三张乌黑的木桌子，古意十足，店子的一侧砖墙上悬挂着一块招牌，上有用粉笔新写的几个字：清炒藜蒿。字不工整，完全没有字帖的规矩，歪歪扭扭的如藜蒿的那种野气。藜蒿，凌乱地摆在竹篮里，鲜溜溜泛着绿光，缕缕的清香味儿，活色生香。临窗而坐，阳光铺洒，柔媚，窗外是一湖春水，溶溶漾溢，大地一片温润。我感到一股春味与水汽阵阵涌来。好久没尝到新鲜的藜蒿了，清鲜、脆嫩、素净，鲜香水腥扑鼻。和其他菜蔬不同，藜蒿生时和熟时的样子都是很好看的。生时绿莹莹的满含着洇洇水汽，做熟后不仅姿色依旧，还显得更加润泽透明了，这哪里是菜啊？简直是一碟碧玉簪。只有这时才可体味文学大师汪曾祺笔下的藜蒿：食时如坐在河边闻到新涨的春水的气味。

民间采集野生藜蒿为食的习俗，历史弥久。《神农本草经》中，藜蒿被列为野蔬上品。宋代“老饕”苏轼诗云：“渐觉东风料峭寒，青蒿黄韭试春盘。”把吃藜蒿和韭黄当为“尝春”的首位。“竹外桃花三两枝，春江水暖鸭先知。蒌蒿满地芦芽短，正是河豚欲上时。”苏轼的《惠崇〈春江晚景〉》诗中则飘出一股浓烈得不可抵挡的藜蒿香气。虽然哲学家赞美“春江水暖鸭先知”的深蕴哲理，但美食家则更钟情于把藜蒿与河豚并列为人间美食的高见。陆游《戏咏山家食品》诗云：“牛乳抨酥瀹茗芽，蜂房分蜜渍棕花。旧知石芥真尤物，晚得蒌蒿又一家。”把大诗人对田园生活的恬静舒适的渴求表露得十分得体而不失天真。正所谓“农家别有农家语，不在诗书礼乐中”。《红楼梦》第六十一回燕儿吩咐柳家的“晴雯姐姐要吃芦蒿，荤的因不好才另叫你炒个面筋的，少搁油才好”，足以看出曹公是个美食大师。难怪元诗人耶律楚材在垂垂老矣的时候，依旧忘不了那“细煎蒌蒿点韭黄”的日子。“登盘香脆嫩，风味冠春蔬”，可见对藜蒿的评价之极致。

吃藜蒿要趁早，不能误了大好春光。湖区有“一月藜，二月蒿，三月四月当柴烧”的谚语。过时的藜蒿，入口如嚼草根。“听说河豚新入市，蒌蒿荻笋急需拈”，就是咏叹藜蒿青春年华之不容耽搁。

腊肉炒藜蒿是味道最为浓郁纯正的农家土菜，最能代表洞庭湖乡的民俗民风菜。

湖区人做藜蒿是很讲究的。事实上，要做出上品乃至极品的藜蒿炒腊肉，对原料的要求很高。对于藜蒿这样清新脱俗的菜，必须是采生于湖洲的野生嫩茎，其绿叶红蔓，气味芳香。挑选的藜蒿要毛衣针粗细的，绝对不能用菜刀切，怕粘上铁腥气，一定要用手折掐成寸许长的段。藜蒿的叶子是不要的，蒿茎最好也只留秆尖部分，摘叶子要顺着捏住藜蒿上部，从嫩尖往根部倒着捋，小心翼翼地摘，别伤了嫩尖。似乎特别难得的菜蔬，都需要这样的“特殊待遇”，比如江南的草头，也叫紫云英，四川的豌豆尖，还有葵菜，又叫冬苋菜，从采摘清洗到下锅，都是要倍加呵护的。腊肉必须是农家自己腌制的土猪腊肉。北风起，腊月至，农家杀猪过年，腌制腊肉，新鲜猪肉分割成巴掌宽的条，再把盐均匀地撒在肉条上，反复搓揉，然后，肉皮向下，放在大缸里，腌上十天半月后，用青翠的棕叶把肉穿起来，选择有太阳的日子晒几个大日头，再一块块挂在火塘上方慢慢熏烤，熏得越久，腊肉越香。即使用作配料的红辣椒，也必须是农家自己晒的，这样炒出来的菜，方能香辣到位，让你酣畅淋漓。原材料选好了，要做出一盘让客人大快朵颐的藜蒿炒腊肉，也就不难了。先把洗好的藜蒿嫩茎掐成寸段，再把腊肉切成丝或片装盘，锅烧热，不用放油，把腊肉肉色煎到金黄，将藜蒿倒进油锅，加红辣椒，爆炒稍许。菜尚未起锅，满屋溢香，直将人勾引得涎水直流；待得端上桌来，但见藜蒿清爽鲜嫩，腊肉醇美柔润，黄绿相映，于浓鲜中透出一抹清香，真是绝妙的搭配。其色夺目，其香盈鼻，其味爽口，真乃玉盘珍馐！

在洞庭湖水乡泽国，“藜蒿炒腊肉”这道菜做成了一种美味佳肴中的极品，吃成了一种境界、一种情怀，甚至是一种文化、一种乡愁。可以毫不夸张地说，“藜蒿炒腊肉”作为一种打上了浓郁乡土印记的食谱，已进入洞庭湖区人民的血脉之中，几乎成了那些漂泊在外的游子们的精神图腾。

当然，藜蒿的吃法不少，比如和香干同炒也是一道家常名菜，一个白如玉，一个翠似翡，可谓珠联璧合；一个香得飘逸，一个香得醇厚，可谓相得益彰；一个来自山野，一个出自坊间，可谓门当户对。藜蒿浓厚的香味和香干浓郁的豆青味在牙齿的撮合后还能混合出一种只可意会的清香。藜蒿和香干的搭配，我觉得，最早把它们结合在一起的一定是位散尽诗书归隐田园的高士。另如“藜蒿炒肉丝”，藜蒿经过冬天厚味滋补以后，更觉清鲜不腻，脆嫩味美。还有“冷拌藜蒿”，将藜蒿放在沸水里烫上数分钟，捞起后用盐、味精、香油等拌之即可。也可用藜蒿烧汤，荤、素皆宜，成汤后，漂起根根青绿的藜蒿，色、香、味俱佳。无论哪种做法，都是绝好的美味，都是地地道道的农家精品菜，充满浓郁的农家风味。不过，听说有人喜欢拿藜蒿和臭干子同烹。藜蒿和臭干了炒在一起是否好吃，我没尝过，但我是不喜欢，这等于是把曼妙少女嫁了个俗物，虽花容不改，但青春暗投，多少有点“鲜花插在牛粪上”的意味，让人难以接受。藜蒿本是那种“一身清淡百味香”的妙物哩，其实是我心中还久存着郎才女貌、才子佳人的审美古训。

尽管藜蒿的吃法颇多，凉拌、炒食，甚至可以做汤。而我最喜清炒，旺火急就，除了少量油、盐外，不放任何佐料，翠色可掬，味虽寡，却是最本真的。一盘鲜绿油亮的藜蒿端上餐桌，我想整个江南的春色已经尽入我的胸怀，每次吃藜蒿时都有了把春天含在口中的感觉。若寻春归何处，挟来藜蒿同嚼，那桃花春雨江南便永久地留在肚腹中，永远地留在记忆里。

藜蒿不仅仅是美食，正因为有着冰清玉洁的气质和香甚远兮的品质，古往今来引无数文人竞折腰。藜蒿作为一种文化符号，频频出现在我国古代典籍中，素幽的清香一直氤氲在已然泛黄的诗卷里。春秋时期，藜蒿作为一种君子之草和献祭之草，享有崇高的地位。《诗经·鹿鸣》有云："呦呦鹿鸣，食野之苹。我有嘉宾，鼓瑟吹笙……呦呦鹿鸣，食野之蒿。我有嘉宾，德音孔昭。"诗中的"蒿"，即皤蒿（白蒿），也就是藜蒿，是与君子的交游和德音相匹伍的。藜蒿又别称"蘩"，最早人们是把它用作祭祀神灵的祭品的，如《诗经·采蘩》："于以采蘩？于沼于沚。于以用之？公侯之事。于以采蘩？于涧之中。于以用之？公侯之宫。""采蘩"就是采藜蒿。在哪儿采呢？在沼泽地、在山涧中；采来做什么用呢？献给公侯们祭祀祖宗和神庙。藜蒿更有着诗意的浪漫，"……翘翘错薪，言刈其蒌。之子于归，言秣其驹。汉之广矣，不可泳思！"（《诗经·汉广》）那清扬婉兮的采藜蒿姑娘就要出嫁了，那个在岸边观望的小伙失望了……汉江滔滔又宽又广，把他们的爱情割断了。藜蒿这个春天的使者成了凄美的爱情故事中必不可少的映衬。

从《诗经》中穿越而来，藜蒿在中国博大精深的历史进程中，不仅仅是一种草本植物，而且成为一道文化和乡愁名蔬，以其馥郁芳烈的香气，氤氲出弥漫在人心房的一片静夜思；而每一个坚守土地上的生民，以及那些在异乡的月光中辗转反侧的游子们，又任由这青翠柔韧的藤蔓，爬满思乡的心壁。可以说，在洞庭湖区的食物谱系、话语谱系和情感谱系中，藜蒿，已同春天、亲情、友谊、乡愁等词语紧密联系在一起的，一直萦绕在民间的烟火里，那样的真实，那样的洁净。

藜蒿仿佛是人间烟火的诗意画，不仅是乡下人招待客人和犒劳自己的上好食材，也是他们走亲访友、联络感情的佳品，出差会亲友，往往会捎上几把码扎得整整齐齐的鲜嫩藜蒿送给对方，让亲友们在分享家乡风味时，慰藉心头的故乡之思。每个漂泊的游子更是刻骨铭心地记着家乡的“神草”，每逢过年过节，那些返乡的游子们，总要带几把藜蒿回客居地；即使不能回家的，也要托回家的人给自己捎回几把，聊解嘴里的馋涎和心中的思乡之情。藜蒿成了加深感情的精神纽带，在每一个人心中，已不仅是一份思之馋涎欲滴的美味菜蔬，更是一种令人无法割舍的家乡情结、一盘香气缭绕的浩渺乡愁。

清人马曰琯《咏春蔬组诗·蒌蒿》诗云：“厥蒿二月生，细白美盈寸。”早春二月，藜蒿应市，绵绵春雨柔情又缠绵，把江南的原野润染得如诗如画。“好友围桌三面坐，还有一面让桃花。”一盘碧绿的藜蒿冒着热气透着丝丝香味，江南的春天便永久地留在人生的记忆里了。

一盘清炒藜蒿吃完了，洞庭湖的春，正在藜蒿香里越来越深，越来越鲜明。

青　蒿

原本是中国荒野的一株草木，只因为一个女人的轻轻一握，走上世界医学论坛的顶端，就让世界看到了它的神奇力量。青蒿素是传统中医药送给世界人民的礼物。人类应该永远记住这个不平凡的女人——屠呦呦——2015 年诺贝尔医学奖获得者。这是中国科学家在中国本土进行的科学研究而首次获诺贝尔科学奖，是中国医学界迄今为止获得的最高奖项，也是中医药成果获得的最高奖项。石破天惊。

这个至高无上的荣耀来自这株简单而质朴的草木——青蒿，一种叶子细小、开黄花、带有清香味的蒿尾植物。而正是简单的背后深藏着厚实的内涵，温暖了这个世界，让人类在病痛面前多了一份坚韧不屈。屠呦呦正是从这株小草中萃取了一种名叫青蒿素的物质——用于治疗疟疾的神药，给人类带来了福祉，改变人的生命轨迹。

青蒿，一种南方很常见的植物，郁郁葱葱地生长在荒山野外，外表朴实无华，却内蕴治病救人的非凡魔力。我时常感慨先人的睿智，扁鹊、张仲景、华佗、葛洪、孙思邈、李时珍……还有更多不为人知、隐匿民间的普通医者，是他们的不懈努力，悬壶济世，把草木的光芒从隐藏的背后挖掘出来，顽强地穿透历史的隧道，温暖世界，让后人享受了大自然的力量。侧耳根、车前草、何首乌、当归、黄芪……一株草木就是一味良药，一株草木就是一束光亮，驱病逐魔，济世救人。这就是大自然神奇的地方！中医是一个古老的传奇，博大精深，源远流长。青蒿也是其中的杰出代表。青蒿古名“菣”（qìn），意为“治疗疟疾之草”。在古代医者中，青蒿具有清热退蒸、清暑截疟、除湿杀虫的功效，其茎、其叶、其花，浓香、淡苦，蕴含丰富的艾蒿碱、苦味素，是大自然送给人类的一种廉价的抗疟疾药。李时珍的《本草纲目》介绍，蒿为草之高者，“常蒿色淡青，此蒿深青，如松桧之色。至深秋，余蒿并黄，此蒿犹青，其气芬芳”，因而得名。青蒿入药，始见于马王堆三号汉墓出土的帛书《五十二病方》——中国先秦医方书，公元前168年就有“煮青蒿”疗病的记载。《神农本草经》曰：“草蒿，味苦寒，生川泽。”《本草新编》对青蒿的注解，更是详尽：“专解骨蒸劳热，尤能泄暑热之火，泄火热而不耗气血，用之以佐气血之药，大建奇功，可君可臣。”公元前340年，东晋名医、炼丹术家葛洪在《肘后备急方》留下了十五字：“青蒿一握，以水二升渍，绞取汁，尽服之。”这就是一副治疗疟疾寒热的方剂。而正是这“一握”，启发了屠呦呦，这是一个科学家超凡的智慧和襟怀呀。正是凭借对中药的不懈研究，她努力挖掘青蒿深藏的秘密。心静自有成，坚持才成事。从英姿焕发的青年才女，到白发沧桑的老人，屠呦呦坚守了几十年光阴，终成正果。青蒿又成就了她。

初见到屠呦呦的名字，觉得这个名字奇特。“呦呦”二字出自《诗经》：“呦呦鹿鸣，食野之蒿。”宋代朱熹注云：“蒿即青蒿也。”名字是父亲起的，古色古香，寓意深远。也不知道屠爸的初衷是什么，但却把屠呦呦与青蒿结下了不解之缘。当时，并没人预料到诗句中的那株野草会改变这个女孩的一生。她的名字与事业就这样巧合，也许是命运的安排，或许是冥冥中早已注定。如今，吟诵着《诗经》，想象着一个被诗意环绕的科学家的名字享誉全世界，民族自豪感、成就感、自信心就一股脑儿地奔涌在心田！隐约的书香里，有“呦呦”鹿鸣在历史深处，荡气回肠。透过两千多年岁月，那只可爱的鹿呦呦叫着，闲适地吃着青蒿……

蒿的种类众多，艾蒿、藜蒿、茼蒿、白蒿、绿绒蒿，虽同为蒿类，又各自不同寻常。蒿的生命力顽强而旺盛，在很多地方都能窥见它们的身影。蒿其实是一类很普通又很文艺的植物。它是端午时节悬挂的香草，是早春时节的牧草，是法式大餐的关键调味料，也是苦艾酒的核心成分。更是山野路旁、房前屋后的杂草，尤其是撂荒地，大片大片的蒿，聚集成群，浩浩荡荡。野蒿千名——莪、苹、萧、蘋、荻、蘩、蔏、蒌、蔚……它以许多名称，活跃在古典诗词中。“彼采萧兮，一日不见，如三秋兮”“于以采蘩？于沼于沚”……这些名目繁多的植物，都是蒿属植物。

青蒿同样有它的故事。

青蒿本是普通植物，民间又称臭蒿、苦蒿、黄花蒿，属菊科一年生草本植物。青蒿和菖蒲、薄荷一样，弥漫着苦涩的味道，丰富、内敛、灵性，充满让人心安的意味。在乡下，它质朴而不事张扬，淡定生长在荒野间，贫瘠也罢，丰沃也罢，一掌泥土，砾石尚在，一丛丛、一簇簇肆意生长，冒出葱翠欲滴的绿意，摇曳在轻软的风中，发出窸窣之音，笛声一样悠远。青蒿呀，如邻家娇羞的村姑，静静居于一隅，细细低语心事。

青蒿是一种凄苦的植物。苦涩的滋味，如同童年时代贫瘠而艰难的日子，浸润进我们的骨髓和血脉。青蒿和苦楝、苦藤、苦瓜一样，冠名苦字，凝聚了乡村所有的苦难和清贫。青蒿香味浓烈，却恬适安详，如同一个人丰富而干净的内心。普通野草从民间走进古籍，又从古籍走向世界，皆因其独特的芳香。

一缕蒿香包裹了我们清贫而快乐的童年。儿时乡间的田边、地角、路旁，青幽幽、绿油油的，到处都是青蒿，如稻子一样分蘖、扬花、抽穗、灌浆，在风中自由地成长……青蒿把乡村里流动的善良、隐忍和坚韧注入我们的筋骨和血脉里。记得小时候，家家户户都挂有用青蒿辫成的草绳，用来驱蚊蝇。随手扯随手点燃，满场药香惠及众人。在穷苦年代，夏秋的晚上，农忙之余的乡人，三三两两聚集在晒谷坪上聊天，说者津津有味，听者聚精会神。顽童劣子，摇着小小的蒲扇扑打飞舞的萤火虫，或是坐在散发着香气的蒲垫上，看满天的星光，听母亲讲牛郎织女、嫦娥奔月的故事。听着听着，在蒿香中进入梦乡。到了秋天，割一背青蒿晒干，放在厨房的角落里做引火柴，特别好使，一点火星就能燃烧起熊熊大火，烧水、煮饭、炒菜，香气四溢，温暖着乡间的每一个日子。青蒿，成为田园生活的一种标识。

在我的记忆里，侧耳根、车前草、何首乌……这些山间植物，寻来、弄净、晾干，都可以卖钱。青蒿亦然。犹记少年采割青蒿的日子。少时家贫，农人的孩子大都在暑假期间赚好自己的学费，那时候没有暑期工，更不可能外出打工赚钱，采中药是一条最佳途径了，割青蒿就是其中的主要来源。又到春归去，青蒿遍地生。青蒿春天发芽，夏天长得枝繁叶茂，泛滥得牛都不吃，正是收割的绝佳时节。青蒿即将开花的时刻是最佳的采摘期，到了秋天，药用价值变差，就只能当柴烧了。记忆中的日子格外清新。阳春三月，就留心青蒿的生长，只待暑期一到，选择在清晨，手执父辈收割谷子的镰刀，将近人高的青蒿在太阳下放倒，青蒿扑地而伏，在阳光下曝晒两三天，打捆送到供销社药材站，学费就在青蒿的芬芳中聚集。初中、高中的学业在青蒿弥漫中走过，那段芬芳的日子永存。

其实在民间，青蒿早就在我们的乡间生活里关照着民生。那时乡里缺医少药，一些病痛总会寻求草木弥漫的慰藉。譬如，年少时喜欢打赤脚、光着脑袋淋雨，满山疯跑嬉戏，难免长疖子生疮，母亲就把青蒿捣烂，滗出汁水，在我们身上涂搽，不消时日得以痊愈。譬如，在田野里掏鸟窝却挨了马蜂蜇，立马薅些蒿叶的嫩尖，揉碎，捏出汁水，擦在患处，瘙痒顿消。至今还清晰地记得，有一个叫三鸡婆的小伙伴，天生的沙鼻子，动不动流鼻血，洇红一片，有些吓人，后来打听到了一个小偏方，就是采几片青蒿叶，揉碎，塞在鼻孔里，立竿见影，将鼻血止住，效果不错。不知人到中年的小伙伴，如今是否安康依然。星星点点的记忆，遍野的青蒿，浸染了童年时光。“万家年后炊烟起，白米青蒿社饭香”，是对土家人“过社”的真实写照，他们将田园、溪边、山坡上的鲜嫩青蒿采撷回家，洗净剁碎，揉尽苦水，焙干，与野蒜、地米菜、腊豆干、腊肉等辅料掺糯米蒸或焖制而成，其味鲜美，芳香扑鼻。这是土家人传统药膳中的一种，可惜我没有尝过。

年年泥暖生青时，青蒿散漫肆意地生长着，用它们朴实无华的生命点缀着山野的四季。而今昌明的时代，看似卑微的，迎来了更美好的春天，但它们依旧朴实无华地摇曳着。花开千年的青蒿，还将继续馨香、温暖着百姓寻常的日子。

“一岁一枯荣的青蒿，生，就生出希望；死，就死出价值。”这是屠呦呦在卡洛林斯卡学院演讲《感谢青蒿，感谢四个人》里面的一段话，也是一个伟大医学家对生命真切而又深邃的理解。

草有药性，更有灵性。草与人类共生共荣，共命运。一枝青蒿，走向了世界；无数不知名的草，有待更多的人去善待、发现、挖掘。

耄耋之年的屠呦呦对于蒿草的钟情、酷爱，有她诗一般的语言为证：

我喜欢宁静，蒿叶一样的宁静。

我追求淡泊，蒿花一样的淡泊。

我向往正直，蒿茎一样的正直。

洋　姜

有一种人，是需要深入细致地了解之后才能真正懂得他的好，就像这植物中的洋姜。向日葵喜欢把它的果实张扬在脸上，让人一眼就能看出它的价值所在，而赢得了世人的称颂和赞扬，尤其是荷兰画家凡·高对向日葵的不倦绘画，更是把向日葵推向神坛的高位。而洋姜，不但没有葵花的艳丽，更没有它的丰硕，难以让人一下子就了解到它除了表面之外的好处。唯一与葵花可比的是葵花的花期短，而洋姜的花期长，一开就是数月，从初夏到仲秋，从不消歇几天。花再灿烂再鲜艳，在追求温饱的年代，除了偶尔会得到文人的几声赞叹，更多的却是漠视与冷落，直到人们惊讶地发现深埋在地下丰富的根茎，才让洋姜进入人们的视线，成为居家餐桌上的一碟佳肴。

洋姜的学名叫菊芋，是一种菊科多年宿根性草本植物。根茎呈块状，但绝非姜类植物，因其根的形状有些像姜而得名。没有一丝辣味，反而有一种甜，率直的东北人直呼其“姜不辣”。

洋姜，从字面上一眼就可以看出，它并非本地土生土长的植物，它的真实身份是一个舶来品，漂洋过海，一路颠簸，从遥远的异国他乡，披风沐雨，长途跋涉，于十七世纪来到中国——正是中国的明清时期。三百多年来，洋姜见证了中国的屈辱苦难，也见证了中国的兴盛繁荣。最初，洋姜只是德国人入驻中国青岛时，作为房前屋后的一种观赏植物。洋姜来到中国后并不叫洋姜，而叫鬼子姜，可见洋姜在老百姓心中的位置，这是对侵略者的蔑视。至今在山东、江浙一带，仍然有老人叫洋姜为“鬼子姜”“鬼子山药”。我曾查阅了一些书籍，又在电脑中找了“度娘”，洋姜漂泊中国数百年，竟然找不到一首关于洋姜的诗词歌赋，甚至连一句打油诗也没有，可见中国文人的傲骨。

洋为中用是国人的传统，洋姜也不例外。正如乡下人对洋姜的认可接纳。乡下人注重结局，因为结局意味着收获，抑或是丰收，在老百姓的心目中，只有拣到篮子里的果实，才是实际的物质，花开得再艳丽，只是一时的养眼，一个虚无的过程，而填饱肚子才是真理。随着时间的推移，时代的变迁，事物的更新，“鬼子姜”渐渐让老百姓发现了它的好，饱满厚实的根茎，也可以丰实百姓的居家小日子，慢慢地便被改称为洋姜。旧时代的国人，对于外来品总是要冠以一个“洋”字，比如，火柴叫“洋火”，柴油叫“洋油”，的确良叫“洋布”，而洋姜进入饱受国门紧闭之郁的先人眼中，自然也要冠之以洋字。“洋”，大抵有两种意义，一是指西洋，来自西方强大的欧美国家；二是有洋气之意，甚至在先人的眼中，外来的东西一定是好东西。

当然，称呼的改变并没有改变国人对洋姜骨子深处的蔑视，几百年风雨过后，洋姜依旧没有得到国民的高看一眼，国民从不把洋姜正儿八经地种植在庄稼地或菜园子，即使发现了它的一根小小的苗子，也会毫不留情地将它请出菜园，视为野草扯掉，扔到某一偏僻的角落，任其承受生或死的煎熬。

正是这样的煎熬，抑或铸就锻造了洋姜的坚强禀性。洋姜籽落地扎根，四处繁衍，大江南北处处有其身影。只要有土就能安家，不需栽培它也会自然地生长。它不需要良田沃地，不需要水乡泽国，一样可以长得任性而自在，不争雅室，不争净土，农家的屋前屋后的角落、旮旯，甚至废墟之地，都成了洋姜的安居之所，简单，朴实，哪怕只是堆砌废渣的场所，它同样可以扎根、生长，不惧风吹雨打，总是会长出一片摇晃的葱茏，蓬蓬勃勃，抱团妖娆，却又拒绝暗自成蹊！如今，洋姜的身影已走出穷乡僻野，出现在菜市场，与豆角、茄子摆上菜摊，而且已走入了大超市、大卖场，只是它不再叫洋姜，而是有了一个很优雅的名字——菊芋。这是它的学名，因其花像菊，而埋藏在地下的根又像极了芋头，我猜想。

从鬼子姜，到洋姜，再到菊芋，名字的变化，折射了洋姜的坎坷与曲折。

逢春腆出头，群蕊笑寒秋。洋姜如大自然所有的植物一样，春天来了，发芽；夏季到了，开花。确实，只要头年在挖洋姜时，不一窝窝捡干净，第二年春回大地，准又是一轮新芽绿叶。抑或是随手将一点洋姜扔到墙根，它们就会长出一大片，生猛、泼辣、明亮，也是诗意满满。一场春雨，几度春风，它就蹿出茁壮的嫩芽来，数日已是蓬蓬勃勃，恣肆生命的旺盛。乡下人说，洋姜很皮实，生性很顽强，种一年可终生受用。

洋姜，其身影极像向日葵，花朵也像，有葵花的魂魄，向着太阳的方向抬头和伸长，唯一不同的是洋姜花小而繁密，又比菊花要热烈、野气、强悍，却疏于菊花精心的打扮和梳洗。花开时屋前屋后都是一片金灿灿，花朵娇嫩又俏丽，嗡嗡的蜜蜂络绎不绝。秆子和枝叶上，与葵花无异地布满着硬硬的毛刺，透露着生冷的拒绝；叶最大也只有手掌般的大小，与葵花相比就大相径庭了。洋姜生长得高高大大，挺拔茁壮，其茎可达一两米高，成片成片的洋姜，站成与油菜花相似的模样，有青纱帐的姿态，微风吹动洋姜叶会发出沙沙的响声。秋天里，洋姜叶变黄了，秋风吹过，叶子一片一片掉了下来，地下的根，却是呼之欲出。在这个季节，乡下，正是收获的季节，稻谷黄了，苞谷摘了，瓜果也进入尾声了。洋姜深藏在地下不露声色。直到深秋，父亲空闲下来，抄一把锄头，把冷落在一边的洋姜细细地挖出来，一锄头下去，翻过来，都是可爱饱满的洋姜。

刚挖出来的新鲜洋姜，炒出来有很重的土腥味，口味平淡无奇，并不招人喜爱，但腌制后的洋姜却特别出众，又脆又嫩，清香爽口。母亲会做很多关于洋姜的菜，炒的，拌的，腌的，味道清脆爽口，最好的吃法莫过于腌制。洋姜的最好归宿，是躺在红彤彤的剁辣椒坛子里。母亲的经典语言永远难以忘怀。洋姜的卑微身世，也许决定了它的出路。洋姜好像就是为了做咸菜而生。

洋姜腌制过程很简单，也如它的生命，卑贱。母亲把完好无损的洋姜选出来，洗净，放在阴凉通风的地方晾干。母亲告诉我，鲜洋姜一定要晾透水分，水多，易酸，不脆，且难以储藏。腌制洋姜不能沾水，否则会变黑发烂。干净的洋姜放入坛中，加入剁辣椒、醋、盐、生姜和大蒜等，盖好放上几天就是一坛上好的菜肴。本是黑黢黢、软蔫蔫的洋姜被酸辣鲜红的剁椒浸泡，便脆生生、水汪汪，让你唇齿一紧，生出不少口水。

母亲是腌菜的高手。在乡下，媳妇如果不会做几道腌菜，乡亲们会在背后指指点点，落下一个不会持家的骂名，在婆家抬不起头，挺不直腰杆。所以，在乡下未出嫁的女孩子，母亲一定会教她学会做腌菜。那时乡下粮食拮据，尤其是在冬天，本来瓜菜就少，雪一飘，到处是白茫茫的一片，难免会有巧媳妇难为无米之炊之感。因而一到秋天，正是瓜菜丰收之际，乡下的女人就忙着做霉豆腐，做剁辣椒，腌酸豆角、酸黄瓜、酸菜，等等，她们用灵巧的双手，使乡村生动鲜活，也让自己的小家庭生活变得丰富多彩。从冬天到来年的春天，这些腌菜就成为农家下饭的开胃菜。炊烟升起，家家户户的餐桌上都会摆上一两碟香扑扑的坛子菜。乡下的腌菜，大抵是酸、辣、咸，唯有腌洋姜是甜甜的，又脆又嫩，清香爽口。

正是洋姜的甜、脆、爽，它一直是我童年记忆中的美食佳肴。

至今记得某一个冬天的夜晚，喝着母亲熬制的一锅喷香的玉米红薯粥，就着一小碗儿脆生生的腌洋姜，点上几滴香醋和麻油，真是暖到心坎里。窗外雪花儿飘，室内却是满屋生香。这是多么温暖惬意的场景啊。

如今父母已经老了，眼花了，背驼了，也伴着我们几个兄弟姐妹走出了乡村，在县城里安了家落了户，虽然不时做一些霉豆腐、酸豆角之类的腌菜，但洋姜却是难以见面了。我曾经在市场上买过两三回腌洋姜，却是找不到童年的味道。腌洋姜，成为了童年中记忆里最深刻的味道。细细想来，这就是最老底子的味道，自家酿的米醋、酱油，最普通的盐，还有自家种的洋姜，那块种姜的泥土。城市的味道真的很奇怪，同样东西，怎么就出不来小时候的味道。

于是，格外怀念在冬夜里就着洋姜喝粥的温暖，依然清晰而温馨。

山　椒

又是春分。

父亲站在日历前喃喃自语。他时不时摇晃到窗前，盯着马路对面的珍珠山，眼光中闪烁着一丝渴盼一份期待。我知道，父亲是惦记山上的山椒子。此时正是生机盎然，丰沛充盈。

父亲今年八十高龄了，前两年虽不说是健步如飞，也还行走自如，对山有着深情，他最喜欢上山采蕨挖笋子摘栀子花，空手进山，满载而归。说老就真的老了，因为腰椎骨质增生，影响到双脚，从去年开始行走都很困难，爬山就更艰难。再说，八十岁的老人独自外出，做儿女的很是担心。山椒大都长在密林之中，草木葳蕤，藤蔓丛生，荆棘缠绕，要采摘也并不容易。执镰刀，背背篓，披荆斩棘，寻觅山椒树的踪迹，对一个老人来说何等艰难。但在父亲的脑海中有一幅活地图，树的踪影了如指掌。一棵柔弱的树，枝叶扶疏，绿的叶，绿的山椒，缀满枝头，年年春天就蹲守在某一个具体地点等待着父亲的如期而来。父亲说，采摘山椒，万不可残害树的性命，对树要温柔，用木钩将树枝钩下来，轻轻掐下结满山椒的细枝，丢进随身携带的背篓里，手一松，树枝又挺立在阳光中，格外精神。树，最懂感恩，来年依旧还你一树沉甸甸的果实。可惜这只是过去的时光了。我恍若听到父亲长长的一声叹息，无奈，甚至有些落花流水的落寞。

父亲立在春光的背影里，长久地惦记着。

山椒是洞庭湖畔山丘的一种常见落叶灌木，也是南方山野中一种平凡朴素的植物。山椒子更喜欢生长在向阳的山坡、灌木丛或疏林中，有时也会跑到山林的小路旁，抑或守在水边与你咫尺相逢。山椒子又名山鸡椒、木香子、木姜子、辣姜子、山苍子、珊瑚椒。每个地域都有自己钟爱的叫法，昵称的背后隐藏着一股热爱。山椒树茎、叶、花、果实都散发着一股天然的辛香，好闻，怪不得有不少的地方称之为过山香、满山香。我喜欢这种称呼，一股浓浓的诗意，念着念着就满口生香了。

山椒花可算一年当中最早的山花了。只不过那花过于细碎，入不了人的法眼，通常很少引人关注，只能独自守在山坡上芬芳四溢。二月初，湘北山野依旧沉寂，山林尚未从冬眠中苏醒，万物还在沉睡着，大多数落叶类树木的枝条还是光秃秃的，山椒却早早地开起花来。一树嫩黄，让人心生爱恋。山椒花是点燃山野春天的第一把火。“万树寒无色，南枝独有花。”原本是赞美春梅的诗句，要是明朝那个并不出名的道源诗人在山野中遇见过山椒花，他一定会毫不吝啬地夸奖它。

进山，最令人期待的事情之一就是与山椒子的偶遇。它不像一些不常见的珍稀植物，一定得在那种荒无人烟的深山才能被寻着，但很多时候想要寻到它那翠绿圆润令人着迷的身影也需要几分运气。穿行在山地中终于遇见一树淡黄的花影，那就是山椒花了。成群的小黄花儿簇拥在光滑的裸枝上，一粒粒精神抖擞，小巧精致。贴近细看，山椒开六瓣小花，花内结构繁复，看上去满满一小苞；许多小苞聚于一簇，就成了花团；小花特别繁密地挂满枝条，远远瞅着酷似一条条淡黄色花棒，许多花团聚于一树，就成了花树；许多花树聚于山野，这就是山野的早春了。它们的花事像早春的风一样轻微。三月，山椒收花。这时节，湘北的山野才真正开始烂漫起来。各种草木争先恐后绽露花容花貌，远望沉静，近观热烈，像山村里的一群女娃，随着春风的一声吆喝，不约而同地穿上最干净最美丽的新衣裳，一起亮出来，彼此独立又遥相呼应，把原本寂静的山野搅得热热闹闹的。身处山野，沐浴春阳，看山花初开，品味着香魂，怦然心动，来自山野的温馨，在这一刻不知不觉盈满我们的丹田。

早春山野轻淡的花事，朴实的父亲不会在意。父亲在意的是山椒子，花事一完，立夏刚到，就结出一粒粒小果子，绿豆大小，圆形，青色，柔韧有弹性，皮嫩肉脆，包被着的核也如软骨一般。正是这个时节，山椒子成为乡下人一种很好的餐桌美食。此刻，他一定会呼朋引伴，叫上陈爹、江爹几位老伙计趁着春光的尾声，披着夏阳的翅翼，一路穿过鸟鸣清幽的山林，走入春色深处的山峦。半天的光景，带回来的是一篮子鲜嫩的山椒子。

回屋，父亲并不急着歇息，而是与母亲一道忙着挑选山椒子，一边小心翼翼地一粒一粒摘，一边细说着山上的见闻。午后的阳光照在两个碎碎念的老人身上，小院里便有了一幅特别安详的画面，那是一道春末最后的风景呀。此时，我有一种冲动，把眼前的情景定格下来，以时光为证，记录一个初夏的午后，一间老屋，两个耄耋的老者和一段缓慢的传统时光。

山椒子除掉枝叶杂质，用清水洗净，晾干水，然后用适量的盐腌一个小时，加上剁椒和拍碎大蒜、芝麻油，搅拌均匀，腌制半小时，就是一道爽口的美味了。大蒜莹洁剔透，有着玉的质感，山椒子青翠鲜活，充满了动感，加之红亮亮的辣椒点缀，盛在乳白色的瓷盘，这哪里是菜肴，分明是一件雅致的艺术品，让人不敢轻易下箸。不过，山椒的清香实在太过诱人，怎能忍得住，伸筷便夹，入口有一种很浓郁的辛香味，微辛微辣微麻特香，非常爽哦。最好是现腌现吃，色香味俱全，让舌尖心尖不由自主地痉挛。我甚至觉得，这种味道不是通过舌头感知的，纯是嗅觉，吃得惯的人觉得特别香，吃不惯的人会觉得味道有点冲，有一点像芥末。初次相遇，是不容易接受，但随着时间转换，多次品尝，味蕾渐渐由陌生到熟悉，再到喜欢。

过程如此简单，但要花费父亲一整天的时间，大山深处青青的山椒与红红的辣椒相逢，成了最刺激味蕾的美食，绝对是味觉和神经的绝妙碰撞。大蒜和山椒子，好像它们是天生的一对孪生姊妹，都有辛辣味，但融合之后，会有美妙的辛香味滑入口中。一个精心地种在菜园里，一个生在荒芜的山野中，在同一个时节，它们机缘巧合地碰撞，然后相融，成了一道别的食材难以复制的美味。鲜嫩的山椒子，犹如花期，只有那么几天绚烂着开放。为了长期贮存，一般是用坛子泡制，放置时间一久，会渐渐变黑，失去了颜色，但味道不变，甚至会更加醇香。做红烧鱼、鱼火锅的时候撒上一把，鱼的味道会无比鲜美爽口。甚至炒茄子、豆角，它也是极好的佐料。爆炒牛肉时加上山椒子和少量小米椒，既保持辛辣的鲜香，又有一种混合了柠檬、罗勒和香叶的浓香，是夏日里一道十分开胃的美食。舅佬在湖南怀化地区工作，曾经陪我吃过当地著名的“芷江鸭”，就是使用山椒子做调料入味的。

我忽然明白，父亲为何总是在阳春三月和金秋十月不愿进城小住，他是眷恋山上的植物们，春有栀子花、水竹笋、山蕨，秋有栗子、苦槠、金樱子，当然少不了山椒。每每看到我们津津有味地吃着他制作的山椒，应该有些劳累的父亲坐在椅子上却一脸幸福地笑，那笑多么像秋天灿烂的金丝菊呀！很久我才明白，父母亲不愿进城住那个高楼上的新房，原来他们是舍不得这些朴素、自然、纯粹的草木，这些一日三餐延绵不断的烟火的幸福。鱼腥草根、香椿芽、地米菜……这些原本生长在野外，味苦、辛辣、刺激的植物，其实很普通，经父亲的精心调理，一转身，从山野中屈身厨房的小木桌上，毅然变成了我们不舍的味道，很独特也很深刻。这是父亲用心做出来的美味，才能让舌尖和情绪共出美好。在他的眼中，无论我们的心有多远，又走了多远，寻找着自己所谓的自由和幸福，远不如这样和家人吃一顿简简单单的午餐，这才是真正的幸福、最大的幸福。每个人都会有不同的情结，或者心结，而简单地生活，透着自然、质朴、欢乐、团圆。

其实，在每一棵草木背后，无一不讲述着底层小人物的命运、生活故事及乡愁。在我心中，父亲虽然是烟火中执锤的一介铁匠，却也有其柔弱的一面，布满厚厚老茧的大手粗糙，刺手，却有温度。父亲会做甜酒，会做蒸青椒茄子，会打苦槠豆腐……而每一碟小小佳肴的制作，都凝结着他深深的祝福。这些源自乡野的平凡之物，在那个物质贫乏的时代，总是能给我们的胃带来一些温暖，更是唇齿留香的美味。

那一碟小小的山椒，不也正是如此吗？

花　椒

花椒既是树的名字，又是果实的名字。

乡下老家的旧院子里就生长着一株花椒树，屈身东北角破旧杂屋的边上，环境荫凉，生长却恣肆。花椒树究竟什么时间种植的，父亲不知晓，应该是一棵年事已高的树了。有时我站在花椒树前，寂寞地看它，也寂寞地想，它从何处来，它又将到何处去？我来到人世前，它就站在这里，它见证了爷爷奶奶的一生，只是它不会说话，它一定洞穿了这一个家族的悲欢离合。想必，这棵树与清寂的旧园子有着同样的悠长岁月。还好，再久远的树，它在春天义无反顾地发芽，与众不同的是却是夏季开花，花尽处又是果实的开始，倒不像人类，年轻时意气风发，老了就一副弱不禁风的样子。

花椒树不粗壮也不高大，甚至只有锄头把那样粗细，不像村口的百年樟树，树干粗壮，枝叶茂盛，一副功成名就的姿态。花椒树枝遒劲有力，树皮斑驳有痕，羽状的叶子蓬起，边缘有圆齿和透明腺点，倒是四季常绿，一年常青。花椒树是有性格的树，一树的三角形钝刺，厉害着呢，让人敬畏，即使猫狗也不敢在树下撒野。年少时曾帮助母亲摘过花椒，那不是件容易的事，花椒树的枝条上的尖刺，一不小心，与肌肤的亲密接触，却是痛苦的记忆。摘椒的日子，也是馨香四溢的日子。花椒味辛而香烈，弥漫庭院，使秋天的空气一阵阵颤抖。如今闻到这种味道就有一种莫名的愁绪，或许这种味道就叫作怀旧。

父亲对花椒似乎视而不见，从不正眼瞄它，因为在父亲的眼中花椒的用处不大，还说一棵树生长十年二十年就是上好的木材了。言下之意，花椒树再长也是一根铁骨头。而在母亲的眼中，花椒却是生活中不可或缺的树。

春天的花椒芽，母亲拿来煎蛋。花椒芽切碎，加盐，打入两个鸡蛋，调一点生粉，快速搅拌，锅内油热冒烟，倒下去，刺啦，香味便四处蔓延，盘旋不去，馋得我们流着口水等这道美食出锅。花椒芽不麻，特殊的香气入口之后在舌尖会盘旋很久。炸花椒叶，比香椿还好吃，花椒叶洗净用盐腌制入味，调面糊，热油，花椒叶裹一层薄薄的面糊入锅，像花儿样开放，煞是好看。当炸成金黄色时出锅，酥酥的、淡淡的花椒香味。这是童年不可多得的美味呀。此外，焯水过后凉拌的花椒芽，也别有风味，成为一道淳朴的家常小菜，细嚼，花椒的鲜香麻辣如同一道小溪，缓缓流入腹腔，濯洗般，倍感清爽。

不过，这不是母亲对花椒的专注，她关心的是秋天的花椒。

秋风至，桂花香，这也是花椒丰硕之日，一簇一簇地挂在树上，像一粒粒的小珍珠。原本青色的果子，此时已是红褐色了，身披红袍，俨然乡下行将出嫁的女子。母亲每年秋天都要采摘一些花椒，用来泡茶喝。当然是指花椒的壳，老家人把此物叫椒子或茶椒。“临湘爱喝椒子茶，过年过节打糍粑。”这是临湘的又一习俗，在临湘民间饮椒子茶成风，比饮川芎茶来得地域更宽，人数更多。当然，在岳阳还有岳阳县、平江县等山区的一些乡镇，甚至岳阳的邻居湖北通城县、江西修水县等地至今也有泡椒子茶的习惯。每家每户，有茶叶必有椒，沏茶必放椒。尤其是夏天泡隔夜茶。晚上烧一大壶开水，放几粒椒子，隔日不馊，在田间劳作了半晌，回家，堂屋的一方木桌上一壶椒子茶静守着时光中的亲人。一杯花椒凉茶，“咕咚”一下穿喉而过，直抵身体深处，顿时生津解渴，醒脑提神，自然抵得上几缸凉水。母亲时常夸奖，喝椒子茶有两个好处：一是疲惫了、没劲了，泡碗椒子茶麻麻嘴皮子，立马便精神百倍、铆上劲了；二是吃了荤腻，或者滞了胃，喝碗椒子茶理理肠胃，两个响屁一放，什么都好了。母亲的神态俨然是在夸奖自己的宝贝闺女。母亲每年都会采摘一些椒子，晒干，收藏在陪嫁时的蓝花瓷坛里。每次我回乡下时，母亲会包一大包椒子放进我的行囊里。现在，我茶几上的玻璃瓶子里还装着椒子呢，时不时泡上一杯，家乡的味道就荡漾在办公室。在城里，偶尔喝到一盅椒子茶，一切与故乡有关的信息便会通过这“乡音”传递而来。

自己喝，待客也是如此。来了客，进门一盅椒子茶。二十世纪六七十年代，乡村生活艰苦，一土钵鱼，一土钵肉，再加上几碗菜园子里的时鲜小菜，菜少菜差没关系，待客最真就是最好的礼遇，客人不会责怪，要是茶里没有椒，来客会问：“何哩？几粒椒都舍不得？”那说话的神气与口吻，貌似调侃，实则有些质问的味道。新媳妇刚过门，客人来了，敬过红糖茶、芝麻豆子茶，还有一道必是椒子茶。如果少了椒子，那是要挨骂的：“这个婆娘真小气。”其实，红糖或芝麻豆子比椒子成本高，但在喝茶人的眼里，最贵的还是椒子。至于婆娘，这倒是一种昵称。椒子茶罢，家乡还有另一道川芎茶，又是另一种风味！看来，真正的茶道还在民间哦！

椒子茶的做法很简单。泡茶用的茶叶是一种洗水茶，茶叶种在菜园边、山坡上，每到清明谷雨时节采摘，把揉捻后的茶叶在溪水或井水中漂洗，再用炭火烘焙，成茶清澈甘甜，风味独特。放几片茶叶，丢几粒花椒，从火塘梭钩上取下热气直冲的大铜壶现泡现冲——便是一盅椒子茶。茶椒的芳香与辛辣味，充盈茶水间并弥漫在四溢的热气里。瘪瘪的椒子遇开水，旋即又膨胀成球形，麻点也格外突出。沉浮起落间，即使看不见，却不能不正视它的存在。如果问："什么味道？"回答一定是："椒子的味道。"

"椒子的味道"是麻味，喝到口里仿佛有细微的电流通过。如果把椒子嚼碎，则"电流"强度加大，痛哉快哉的感觉由口腔迅速扩散到全身，再唆一口气，更有清凉相伴，进一步深入到五脏六腑。吃过饭，呷过酒，或者喝过红糖茶、芝麻豆子茶，如果不喝点椒子茶，口中那种腻腻的、干干的感觉总挥之不去，椒子茶一入口，问题就迎刃而解了。当然，外乡人是体会不到的。他们会说"椒子的味道怪怪的"，倘若不小心或硬充好汉咬破了椒子，则会舌头发硬，喉咙起火，说不定还会"闭了气"去。只有喝习惯了，适应了，才会觉得一日不可无此君，放了椒子的茶，真正称得上有滋有味、回味无穷。有的人加量泡茶，还不过瘾，后来干脆装一把放在衣服的口袋里，时不时放一粒在嘴里嚼，走路做事须臾不离。不少外来媳妇入乡随俗，时间久了，也恋上这椒子茶，自然而然地变成乡俗的代表者、维系者。

不要小看一杯椒子茶。堂兄看上邻村的姑娘，婶娘偷偷地上门去考察，假装是过路人，上门讨一碗茶喝。姑娘穿着一件新花布小衫，清清爽爽，入眼就让婶娘有些欢喜。姑娘热情地用圆形托盘端了满满的小花瓷茶杯，当然是一碗椒子茶。婶娘不急不慢地喝茶，末了，用手轻轻一拍，椒随着茶叶就到了茶盅的边边上，又用手指把茶叶带花椒一并"括"到嘴里，嚼着吃了。吃完这道茶，婶娘就暗暗地定下了这个未来的媳妇。果然，婶娘没有看走眼，姑娘真的是一个贤惠的好媳妇，待婶娘如亲娘，十多年了，婆媳没有红过脸。婶娘逢人就说，这是椒子茶的功劳，其实是在夸奖自己的媳妇。原本只是一杯茶，又有了新的意味，质朴厚重。

椒为芸香科植物。花椒入茶由来已久，蜀人作茶，吴人作茗，指的就是花椒同煎。《诗经·唐风椒聊》诗曰：“椒聊之实，蕃衍盈升。”由此可见，椒子茶是一种古老的茶俗。中国士大夫的精神领袖——楚国名相屈原受陷害被逐出郢都，流落洞庭湖一带，忧愁幽思，而作《楚辞》《九歌》《离骚》等名篇。他一定对花椒是情有独钟。细读屈子华章，便可发现一个有趣的现象，那就是“椒”气多。如“巫咸将夕降兮，怀椒糈而要之。”“步余马于兰皋兮，驰椒丘且焉止息。”“杂申椒与菌桂兮，岂惟纫夫蕙茝！”（《离骚》）；“蕙肴蒸兮兰藉，奠桂酒兮椒浆。”（《九歌·东皇太一》）；“惟佳人之独怀兮，折芳椒以自处。”（《悲回风》）；“梼木兰以娇蕙兮，凿申椒以为粮”（《惜诵》）；“荪壁兮紫坛，播芳椒兮成堂。”（《湘夫人》）。屈原的作品，反映了楚地的文化风貌，又使得这一文化积淀随着时间推移——越积越深，延续至今。后来屈原沉江而死，那条江叫作汨罗江。因为屈原，一条浅而窄的江毅然冠上了“蓝墨水上游”的标志，成为流传千古的文化符号。而屈原的作品中屡见花椒，又成为历史学家认定临湘市为屈原故居的有力证据。虽然争议颇多，却也是文化的寻根与探源。

其实，花椒在湖南却是委曲求全地生存，到了四川，花椒才是享有盛名的香料，位居十三香之首。一进四川，空气中弥漫的满是椒香，甚至于让你有些麻意，随手一抓，就是一把浓香。正如元代诗人马祖常咏叹：“椒花染紫风雨香。”花椒可以说是四川的标签，一日三餐，餐餐离不了花椒，甚至于糕点和蔬菜中也要放花椒。四川最有名的是火锅——清油鸳鸯锅，四周是辣的，红红的油水，里面掺着大片大片的辣椒和大串大串的花椒。锅炖得越久，麻和辣越发明显，吃到半饱，舌头发麻，嘴唇颤抖。而四川泡菜，什么泡辣椒、泡生姜、泡豆角、泡萝卜、泡鸡爪、泡猪耳朵……凡是能泡的，四川人都“泡”，泡菜更是少不了花椒这个主角。如果哪一天，在饭馆遇到有人对店小二说：多加点麻椒，这个人一定是四川人，无论他用什么口音说话。北方人做菜也用花椒，但只是用油炸一下，仅仅取其香而已。花椒是四川人的口味名片。四川人爱麻辣，湖南人怕不辣，但怕麻，所以花椒在湘菜中难以占据一席之地，却在民间茶道中守着一炉火光，也守着这传统生活的温度。

花椒不仅可以入茶，也是一味中药。花椒的根，民间用于治疗劳损、胸腹酸痛、毒蛇咬伤等，是一种野生的药用植物。椒子树的果、叶能祛风散寒、暖胃除风、消除解胀、理气止痛。有一次三更半夜，妻捂着胸口直喊难受，想吐。母亲惊醒了，披衣起床，沏了一杯热腾腾的椒子茶，而且特意多放了几粒椒，叫妻边喝边慢慢嚼。妻接过椒子茶，喝着，嚼着，脸上难受的神情渐渐消失……

在椒香中，夜色静好，时光安宁。

胡　椒

童年的影像里，厨房的调味品除了盐、酱油，再就是胡椒了。当然，菜园子有新鲜的紫苏、藿香、薄荷、大蒜和葱，生机盎然地生长着，诗意浪漫。

至今不知道胡椒究竟是一棵怎样的树，像山椒，或像花椒，但我没见过。对胡椒树的陌生，丝毫不影响我对它的热爱。而对它的热爱，却是缘于一杯生姜胡椒红糖水和一盘胡椒糯米猪肚。这是来自记忆中的美食呀，它构成了自己童年食谱的灵魂。

应该感谢明朝的那个李时珍老人，辞官不做，钟情于田野，遍寻天下草木，并挖掘出草木潜在的禀性，为化解人间疾苦绽现温暖的底色，至今尚存染亮岁月的温情。胡椒就是其中的代表。李时珍认为，胡椒性温热，善于温中散寒，对胃寒所致的胃腹冷痛、肠鸣腹泻都有很好的缓解作用，也可促使发汗，治疗风寒感冒，并摸索出一剂胡椒生姜汤的偏方。在宫廷，胡椒却有另外一个秘密的身份——宫廷阉割的消毒水。那时，宫殿对太监进行阉割，不是用酒精，而是用胡椒水作为消炎药，而且效果甚好，绝大多数太监幸存，只有少数人死于术后感染，当然这是宫廷的秘密。在民间，胡椒生姜汤才是一味正宗的良药，千百年来，穿越时空，一路走来，自然成为天下母亲的一剂偏方。我甚至佩服母亲，一介村妇，大字不识，但文化的传承在潜移默化中把一些传统的民俗烂熟于心。一粒小小的胡椒，是母亲为童年的我们抵御病疾时的良药之一，当然还有乡野中许许多多质朴的草木，如鱼腥草、艾蒿、经霜的桑叶、车前草等。在疼痛的历史和贫苦的岁月中，缺医少药是乡村的痛点，草木滋生出一种深厚的药用价值，让人保持和草木亲近，与自然为伍。年少时，常常满山疯跑嬉闹，解衣敞怀，一不小心，风寒入侵，颇感不适。母亲就会磨几粒胡椒，切几片生姜，再加入一勺红糖，熬制成一杯滚烫的胡椒生姜茶，椒味淳厚，汤色浓郁，趁热喝下，再盖上厚厚的棉被，发一场汗，第二天头清目爽了。后来年岁稍长，母亲也会煎艾叶水或紫苏叶水为我们散寒。如今，我也会给我的孩子煎一杯胡椒生姜茶，却遭到女儿的拒绝，理由是太甜。回想过去，甜是我们的奢望，红糖是那个时代的稀罕之物，有时因馋一杯红糖水，故意装病，尽管有胡椒和生姜的辛辣。如今回想起来，也会为少不更事羞愧，尽管是一段美好童趣的怀想。

胡椒的本职是厨房的调味品。每次胡椒的出场都能给我们带来欣喜，就因为它是鸡鸭鱼肉最佳的配角。一家磨制胡椒的芳香，能让整个村落弥漫着甜美的幸福。童年最大的企盼是过年（也就是春节），穿新衣服，玩爆竹，更有大鱼大肉可以把肚皮吃个溜圆。这个时节，大人忙得热火朝天，做小孩子的也忙，帮忙择菜洗菜，再就是争着磨胡椒粉。胡椒的芳香是极易挥发的，只有现磨才会拥有最浓郁新鲜的味道。自然，在每一家厨房都有一个专门磨胡椒的器具，木质，下面是圆形，中间是空的，放胡椒，然后有个木柄，磨胡椒的那头大的刚好嵌在中间的空间里。然后从细缝里把胡椒放进去，就这样磨碎胡椒。木柄大头不是放进去的，而是工匠用完整的木料雕刻的。一般做工较为精致，且多为陪嫁品。乡下女儿出嫁时，女方要置办嫁妆，多为床上用品和厨房用品，一定少不了胡椒磨，寓意生活丰美。天天磨胡椒，这样的日子多美呀，这是天下父母对子女的企盼。在调味品十三香中，专门配制了工具的，除了胡椒，似乎找不到第二香了。胡椒的地位可见一斑。

过年之外再就是过节，上半年盼端午，下半年盼中秋。春节、端午、中秋是中国传统的三大节日，也是乡下最看重的民俗。过了五月，满山寻粽叶；八月一到，天天晚上望月亮，盼着月亮快点圆。这是小孩子的心情，掰指头算节日是学习数学最好的时机。“上怕端午下怕中秋”“小孩望过年，大人望种田”的民谣，把大人们的心思刻画得淋漓尽致。有时也盼家里来客，厨房里也会有鱼肉飘香。在缺衣少食的年代，小孩子都有抢菜的历史，轻则讨骂，重则挨跪，荆条抽屁股或掌心的痛楚记忆犹新。我至今记得因为抢菜被母亲拎到菜园挨打的场景。怀想童年时光的人和事，即使酸楚甚至痛苦，时间久远了，也成了一种幸福的回忆。

我对胡椒的怀恋，更多的是与胡椒糯米猪肚的情愫。每到腊月，春节将近，解完年猪，母亲会用猪肚子做一道美味的佳肴。白天母亲把猪肚子用草木灰反复洗净，除去臭味，再把新鲜的糯米洗净后浸泡几个小时，稍稍发胀。到了下午时分，我们兄弟几个早早把胡椒磨碎，倒入沥干水的糯米中，拌匀，灌进猪肚，用棉线缝死，放进锅里煮，用树蔸柴火慢慢煨透。一两个时辰，炉中的柴火熊熊，映照着我们欢呼雀跃的身影。冬天的夜来得早，暮色苍茫中，糯米猪肚已香气四溢，起锅，用刀切成几截，每人一截，大饱口福，痛快淋漓。热气腾腾中猪肚的鲜美、糯米的绵软和胡椒的辛香几日不散。那个香味呀，一定有生命气息的，竟然长久地鲜活在我的味觉中，几十年了，还未散去，陪我到老。人，总是这样充满怀旧的情绪，对于一些口味，一纠缠上就是一辈子。味道真的是和故乡一样的顽固记忆。

其实，胡椒不仅仅是精彩的调味品。胡椒，历史上一直很有名，应该是草木中的奇物。翻阅《本草纲目》，才知晓胡椒为多年生常绿攀缓藤本植物，藤蔓像豆角，攀附竹木生长，盘旋蔓延，聚成一片浓绿。胡椒属于舶来品，原产地在遥远的他乡异国——印度，唐代中国已出现胡椒，如今主要生长在广西、海南。至于进入中国的具体年代，已无从考证，我想一定是踩着一串清脆硬瘦的驼声而来，要不就是在海鸥声中涉水漂来。中国历史中对外人多称为胡人，异乡引进的植物多带有一个“胡”字，如胡萝卜、胡桃、胡瓜，胡椒也是如此。胡椒可是神坛上的明珠，别看小小的一粒，它的故事十本书也讲不完，它直接参与了人类的历史，十字军东征，航海时代的开启，新大陆的发现，无不弥漫着胡椒辛辣芬芳的味道。胡椒开创了地理大发现的时代，改变了世界历史的进程。如果没有胡椒，哥伦布到底什么时候会抵达美洲，还是一个值得探讨的问题。在古代中国，胡椒的价值赛黄金，曾一度成为行贿官员的珍品。宋人陶谷《清异录·药谱》中便称胡椒为“金丸使者”。明朝陆宝的《相公来》写道“富贵如云真大梦，胡椒钟乳在谁边”，就是把胡椒作为聚财敛财的比喻。彼时，黄金常见，胡椒难买。因此，唐、宋、明时，胡椒是地位和财富的象征。曾官至宰相的唐朝大贪官元载被朝廷抄家时，竟然抄出了“胡椒至八百石”，举朝震惊。用现代度量为单位，竟然是六十吨，能够装满三个集装箱，称得上是世界贪污史的一个极具黑色幽默意味的纪录。以至于，明朝名臣于谦仍以此事作“胡椒八百斛，千载遗腥臊”之句警喻同僚。至今法国还有一句俗语，形容物价太高就说“像胡椒一样贵！”而“他没有胡椒”这句话，在中世纪的欧洲常用来形容一个无足轻重的小人物。如今我们轻轻放到菜肴里的胡椒粒，轻如尘埃，却在十四世纪的船舱里远比一粒珍珠昂贵。

如果说花椒是中餐的脊梁，胡椒就是西餐的呼吸系统，西餐如果没有胡椒简直不可想象。在西餐席上，胡椒瓶和盐瓶并列，西洋人认为

“不可一日无此君”。最有名的是牛排，无论如何也离不开新鲜碾磨的黑胡椒，好像是一颗颗携带着香气的微型炸弹，在舌尖上爆开，裹着浓郁的肉香冲击着味觉，从舌尖一直冲刺到脑门，霎时间微汗满面，香满唇间。其实生活的滋味，全在于自己的调配与品尝。胡椒不过是一料调味品，充当着挑大梁的角色，即使离开它，生活同样前行，绝不会停留半步。时代的进步，生活水平的提升，胡椒已经是非常稀松平常的东西，它是如此的平常，以至于它和盐一样，几乎被人忘记，但又真切地摆放在厨房。

山椒也罢，花椒也罢，胡椒也罢，其实都只是山野中的普通植物。一花，一草，一物，自然界再微小的风物，都能给人类带来一份温情和力量，都会照亮一方水土。其实，乡愁与味蕾有关。对家乡的怀念，不仅仅是因为家乡的人和事、影和像，还因为家乡的某一种草木，尽管它有点细小柔弱，甚至很卑微，但影响着一个人的牵挂和纪念。已是春色盎然，草木疯长，泥土发痒。春风摇曳里，又有了野菜飘香的味道。闻一闻，这才是家乡的味道，沁入心脾，令人沉醉！回眸乡野，花盈枝秀，或浓或淡，或深或浅，或喜或悲。生命就是一树花开花落，丰熟穰穰，在静美的乡村里守着四季的往复。

香　菇

突然想起了香菇，在寂静无声的夜晚，我甚至有些莫名。此时我仿佛闻到了从厨房飘来的一股浓郁的香味——一碟香菇酱的味道——黏在舌尖上的乡愁呀！在这个寂静无声不眠的夜晚，独自闪耀。

香菇，原本简单质朴的香菇，却是人间烟火中的美味佳肴。那些年的河水，那些年的阳光，那些年有过的生长……那时候，不叫美食，叫食物——赖以果腹的材质。我从小就恋上了香菇。香菇，念起来就格外亲切，正如偶遇乡下的数月未见的姑姑，一声“香姑”，温暖中洋溢着浓浓的亲情。记忆中，一清早母亲抹一把脸，就匆匆提着竹篮子去集市上买菜，无外乎白菜、豆角、茄子，总期望归来的篮子上有一蓬新鲜的香菇。香菇不仅看起来可爱，闻起来香，更是人间难得的一道美味，虽然是素菜，却有荤菜的鲜香。香菇青菜就是一道非常典型的家常菜，当然更妙的是香菇炒肉、香菇炖排骨、香菇鸡汤……每一道菜名，都让人口舌生津。逢年过节，家中来宾客，香菇都是餐桌上不可缺少的一种食材。中秋、端午或者父母亲生日，全家人团聚，中午少不了一顿大餐，鸡鸭鱼肉，满满当当一桌子。另外，母亲总会炖一锅香菇鸡汤。香气满屋时，一家老小围坐在一起，来一瓶父亲亲手酿制的陈年老酒——杨梅酒，温暖的灯光下，一边品着美滋滋的小酒，顺手夹一筷子热乎乎、香喷喷的香菇炖鸡，此情此景，不醉似已醉，心里一片暖洋洋、乐融融。到了晚上，一定会包饺子，我最喜欢香菇饺子。整个下午，屋子里挤满了各色香味，全家老少一齐动手，和面，擀面，剁馅。馅是五花八门，胡萝卜、大白菜、粉丝，当然也少不了香菇。平淡之中情趣盎然，其乐融融。包饺子被赋予了特殊的意义，俨然成了节日的载体，承载起我们内心深处温暖的记忆，也承载起我们许多美好的愿望。

香菇是一种真菌类植物，是正宗的土著居民，早在数千年前就被先人作为美食。而香菇栽培的历史却不漫长，以前一直是野生菇。直到宋朝，一个名叫吴三公的农民在浙江庆元县龙岩村发明了砍花栽培法，后扩散到全国各地，历经八百年的风雨锤炼，原本貌不惊人、秘藏深山的伞菌，悄然跃上了餐桌，成了更多人舌尖上的“新宠”。

香菇，因香气沁脾、味道鲜美而得名，素有“菇中之王”“蘑菇皇后”“蔬菜之冠”等一大堆美称，就像一个惹人欢喜的小女子，拥有众多的爱称。食用香菇分鲜品、干品两种。新鲜的香菇，拇指蛋般粗短的身子上扣着个壹元纪念币大小的帽子，嫩润光亮，胖乎乎的，奇香四溢，老远就撩逗你的鼻子，吃到嘴里，肉腾腾，筋蓬蓬，嫩生生，绵悠悠的，像噙着一辈子的好日子，不忍咬，不忍咽，一股醉醉的感觉渗开来，蔓延了全身，酥到发梢。

干香菇虽然貌不惊人，但香味更浓郁，无论蒸、炒、焖、炖都可以，最好与荤食搭配。干香菇比鲜香菇更有味道，多作为炖菜煲汤时的辅助食材出现。记忆中的场景格外鲜活，干香菇、药参、枸杞、鸡，把它们放在一个陶瓷罐里，用文火慢慢地炖着，白色的雾气从瓷罐盖子的缝隙间泄漏出来，袅袅蒸腾，香气自然浓烈复杂，飘满了一条巷子，连同幸福用一碗鸡汤伴着温暖着我的记忆。看似很简单的东西味道确实很惊艳。

鲜也罢，干也罢，香菇的美味远没有发挥到极致。一个村庄的变迁，一个人物的诚实厚道，香菇又演绎了一段传奇。香菇本身，却从不曾改变。每一个季节里，香菇正积蓄力量生长。

从三国历史深处一路走来的十三村，再度闪耀光芒，只是它不再是简单的村名，它已成为湘北美食的源地。质朴的榨菜、黄豆、豌豆、芝麻，那些人间餐桌的食材，因为十三村日复一日、年复一年的打磨，创造、改良、演变、提升，加了风土人情作为调料，添了日出而作日落而息的时光作为悠闲，充分绽放，多姿多彩起来，成为一种地方小吃。香菇也不例外，成为主角，它与酱、辣椒、芝麻的相遇、碰撞、融合、包容，成就了新时光的美食——香菇酱。菇香浓厚，鲜香微辣，粒粒香菇有嚼劲。如果加上花椒，麻得过瘾，辣得痛快。抑或加上牛肉，风味时尚，更受年轻人喜爱。原味也好，香辣也好，每一口香菇酱入口，舌尖震颤之后，生活有了被煽情过的幸福，它虽简单，却也美好。

酱是农家餐桌最为朴素的佐菜。在乡间，总有一些不起眼的小东西，看似平凡，实则深藏不露。比如芝麻、黄豆，做成辣酱后就是舌尖上的美味！乡下多会制作各类酱品，芝麻酱、豌豆酱、黄豆酱，把食材本身的鲜美，经高温的蒸煮、阳光的暴晒、夜露的浸润，酱的鲜香达到了极致。一钵好酱，不仅在选料发酵等各个环节上需要细心的加工和操作，或许还要一点天时地利，但更需要的是一家人的精心呵护。尤其是晒酱的过程，豆酱在太阳炽热和晚上柔情的露水双重作用下，酱的香气得到充分的融合、渗透和升华。而制作香菇酱的繁复工艺背后，却是极简心思，以及对食物的唯美情怀。

香菇酱得益于那个叫李国武的人，貌不惊人，他不仅将十三村从历史的深处挖掘出来，闪耀着光明，而且一手打造成为一方美食家园。他把香菇引入，更是强强联手，香上加香，成为一道舌尖上的乡愁，让游子难以忘怀。香菇酱属登峰造极的作品，它穷尽了香菇的精细味道，吸纳了辣椒、黄豆等几类作物的绵冽气韵，其鲜美无法形容，而辣中带甜的滋味幽幽然扩散，化作周身的通泰，最终让人深吸一口气：好酱！

香菇酱完成了对传统口味的逆袭，打破了乡下豆瓣鲜香辣的单一味型，制作出了家常原味、香辣味、牛肉味等多种味型的酱品，令人叹为观止。把一种食品做到这样的境界，十三村人的智慧和工匠精神真是让人不得不伸出大拇指啊！一钵好酱，吃得出太阳的心情和制酱人投入的时间。香菇酱的灵魂在于用心，急功近利永远制不出好酱。一瓶看似简朴的酱却能检验一个人的心境，也成为十三村人最古朴的生活方式。香菇酱，有人类的恒心和敬天畏地的情感。一些人躬身于太阳下，引阳光催化，飘作酱香。正如韩国电视剧《大长今》里面，李爱英发现花粉的秘密。食物的味美，需要工匠般的虔诚之心。

香菇酱是湘北土地上孕育出的最好的礼物。它借了十三村人的精工细作，赋予新的灵魂，任由人的情感映带，佐证生活，想象飞升，为田间巨匠的味蕾，造山水园林，见烈日燃情。

香菇酱可以是一种调料，炒菜时放一两勺，和豆瓣有着异曲同工的效果；香菇酱也可以是一种主菜，就着馒头、面条或者米饭，一瓶香辣酥脆的香菇酱顷刻间能让你的味蕾醉倒。美妙的香菇酱，美妙的鲜香口感，粒粒香菇有嚼劲，透着甘甜柔润！在每一个平淡的日子里，能够分享这份浓浓的酱香，也算是一种炽热的幸福吧。

在乡下，对草木的看法却是两种标准，一是食材，二是药材，除此之外，一律视为杂草。香菇绝对是上等的食材，同样也是一种药材，中国不少古籍中记载香菇“益气不饥，治风破血和益胃助食”。民间用来助痘疮、麻疹的诱发，治头痛、头晕。

回到各自与香菇酱的故事，每个人都有不同的理解。在年长者眼里，香菇酱是艰苦岁月里调苦回甘的一抹红。而在远离家乡的年轻人心中，香菇酱也是储蓄乡愁的容器。

凝视一枚香菇，就是记住一方家园。那是母亲的，也是岁岁开不败的灿烂，在紫云英掩映的原野，在星星草点缀的菜地。

第三辑　与水为邻

芦　苇

芦苇是洞庭湖的老居民，不折不扣的土著植物。

芦苇是一种禾本科植物，竹子的近亲，苇茎笔直且中空，苇叶细长，包裹苇茎，总是一副极其简约的模样，一节一节地向上生长，不像别的草木枝繁叶茂、荣华富贵的神态，删繁就简，坚劲修约。春雨过后，走在湖洲上，你要是足够耐心仔细，或许能听到它们拔节的声音，细碎，却有力。芦苇喜水，一生与水为邻，傍水而生，凡有水的地方，均有它的影子。洞庭湖因得天独厚的气候、地理环境及水质，吸引了芦苇的生长，且品质更胜一筹，有“千金苇”之誉。

一株芦苇，形单影只，尤其是远离水的芦苇，孑然独立，落寞无助。那株生长在大明王朝墙头上的芦苇，被神童解缙讥笑为“头重脚轻根底浅”，贻笑了几百年。而洞庭湖的芦苇一大群、一大片，俨然成为了野草的强势群体，湖汊、港湾、沼泽地皆密布其身影，旁若无人，恣意张扬，绵延不绝，甚至是一塌糊涂。大湖近岸几乎全部屈尊为这种植物的领地，在连绵无垠的苇地里只有藤蔓之类可以依附其而生长，水芹、藜蒿们只能在沟港渠边或者远离水源的湖洲滩地上寻觅生存的空间。正是这种一苇独大的格局演绎了洞庭湖洲滩上壮观的气势，号称天下最大的芦苇群，成为一方地理标志。

穿行洞庭湖岸，遇见的不仅仅是滔滔湖水，裹杂着鸟鸣与船鸣声，蜂拥而至，还有芦苇。扑面而来的芦苇，铺天盖地的芦苇，奔放热情的芦苇，俨然超越了湖水的汹涌，扑过来，有不可阻挡之势，葳葳蕤蕤，蓬蓬勃勃。风吹过，芦苇如水，荡漾开来。

去洞庭湖，一定要与芦苇来一场千年之约。

花开一季，草木一秋。芦苇正是如此，一岁一枯荣，如湖洲遍布的草木一样。春江水暖未必是一只水鸭子的先知先觉，而是成片的芦芽提醒了它们。初生的苇鲜嫩，正是水鸭子们的美食，它们争先恐后扑棱着翅膀穿越一个冬季的煎熬冲向湖滩。只是芦苇没有叫声，寂寂地蹲在水边，任由鸭子们掠夺，而水鸭子肆无忌惮的鸣叫提醒渔民，春天来了，该是捕捉河豚的美好时节了。河豚的美好离不开芦笋的鲜美呀。

春天不仅仅是捕捉河豚的美好时节，还有湖洲上遍生的野菜，如藜蒿、荠菜、马兰头等，当然也包括芦笋。春天真的是一个美食时光。一株绿绿的植物悠悠地进入口腔，浅浅的香盈满口腔，春天就这样盈满你的周身。寂静的周末，闲散地走在湖洲上，猛然发现脚下泥土的表层有些异样的东西，是密匝匝的褐色的小尖锥，那是芦苇的笋尖，那是又一茬新生的芦苇尖锐的宣言，那宣言同样是强大的、无可置疑和不可抗拒的。过几许时日，再去湖洲就可以掰几根芦笋了。除去笋衣，下锅用清水煮沸十分钟，捞起，用冷水浸泡，就可以是一道最佳的美食食材了。此时芦苇还没有成年的强悍与霸气，反而平淡如谦谦君子。芦笋的食法简单而地道，放油，加几片乡里腊肉，爆炒，起锅，装盘。一盘简单的芦笋，应当是湖乡最绵柔灿烂的乡愁。

采芦笋的季节，是湖洲少年的美好时光。可惜我只是山里的孩子，没有经历在一坦平原的湖洲中疯一样奔跑的姿态，但我想应该就像童年的山坡上偶遇一丛覆盆子的心情，喜、甜、爽。

随着时光的远行，当年喜欢光着脚丫子的我已从山村洗脚进城，在洞庭湖畔扎根下来，终于可以选择空闲的周日去湖畔，只是穿着皮鞋打着领带。第一次去看洞庭湖，湖水渺渺，却没有我想象的壮阔。但一望无际的芦苇，却让我惊奇。远远望去，满湖青翠，到处是绿苇摇曳。摇曳的姿态，凄美得像宋词小令。芦苇是洞庭湖的衣襟，让她披上了绿带霞衣。春天，铺天盖地的芦苇，构成了洞庭湖的底色。正是入夏，芦苇已经有两到三米高，苇叶舒展，气势阔大。寻高处放眼远眺，一片苍翠绵延到天际。风起处，苇叶波翻浪涌此起彼伏，一波推着一波顺风而起，浪尖上有低飞的燕子和高翔的白鹭点缀，更显生动大气。此时，胸中豪气便油然而起，仰面长啸一声，万千浊气一泄而去。走近芦苇，想跟芦苇说些什么？芦苇无言，我亦无言，少年不识愁滋味，时到中年，面对一切更多的是沉默。其实，沉默也是一种理解，一种沟通，一种心有灵犀。脚下泥土松软，头顶阳光充沛，泥土与阳光都是春天的样子。芦苇和我近在咫尺，这是怎样的一种亲近？生命的亲近，躯体的亲近，思想和心灵的亲近。

看芦苇最好是在秋天——芦花飘荡的季节。那一湖的芦苇，苇梢渐白，苇穗裹实，亭亭玉立。芦花盛放，蓬蓬松松，白花花的一片，如秋夜的月光，染白了一湖水波。风乍起，苇絮随风飘飞，漫天飞舞，弥天盖地，是一场雪提前而至吗？此刻，荡舟泱泱湖水中，穿行在蜿蜒曲折的水道里，听着风吹芦苇丛发出“窸窸窣窣”的响声，烟波渺茫中还不时瞥见一叶扁舟在水波中摇曳，那是鸬鹚捕鱼的场景。矫健的鱼鹰、迅捷的鱼儿、黝黑的渔夫、两岸的芦苇，构成了一幅格调悠远的中国山水画。走进芦苇，如同深入秋天的腹地。除了芦花，还有大雁、稻田、牛、羊、白鹭、菊花、梧桐、枫香……秋天的大美，在通往芦苇的途中一路铺开壮景，相得益彰。江月永恒，天地长存，芦苇历经一秋，就以白花花的身影谢幕。

法国最具天才的哲学家帕斯卡尔一句话，把芦苇提高到了哲学的高度，“人是一枝有思想的芦苇”。洞庭湖的芦苇更是诗性的芦苇。它作为一种古老的植物，在中国的第一部诗歌总集《诗经》里面就可以看到它的踪迹，且频频现身，“谁谓河广？一苇杭之”“七月流火，八月萑苇”，这说明早在春秋时代，芦苇就与人类的关系非同寻常了。一种古老的植物，承载了一种古老的爱情。一首“蒹葭苍苍，白露为霜，所谓伊人，在水一方……”倾倒了古往今来多少文人墨客。在《诗经》里，芦苇叫作“蒹葭”，一个很拗口但很诗意的名字。同样的草，名字一改就有了贵贱之别。穿越千年光阴，茫茫苇花丛中，有一个清亮的女子，在一个霜凝露结的清晨，伫立水边，有清香的风、明亮的雨、从容的流水、无声的鱼儿，在水汽氤氲中轻吟这千古绝唱。那晶莹的眼睛，粉面桃花，黑亮的丝发，柔情万缕，漫过霜露，漫过苇丛，将纯情绝情的蒹葭之梦梦越千年。《孔雀东南飞》说“君当作磐石，妾当作蒲苇”，芦苇因茎叶强韧，借喻坚贞的爱情。司空曙的诗《江村即事》，至今耳熟能详：“钓罢归来不系船，江村月落正堪眠。纵然一夜风吹去，只在芦花浅水边。”细细品味是何等的惬意，真是人生到此有何求啊！在古典小说中，芦苇荡更是不可或缺的场景。少年时最喜的《水浒传》，一帮英雄豪杰就出没于芦苇丛中。犹记书中宋江欲邀卢俊义上梁山，吴用在其墙上题了一首最好记的藏头反诗：“芦花丛里一扁舟，俊杰俄从此地游。义士若能知此理，反躬逃难可无忧。”智多星吴用的计谋之巧，正如扁舟行于芦花丛中之轻快。芦苇也可入画，五代赵干的山水画多作江南景物，生长在水边的芦苇就是画中出现的名角，他的传世作品《江行初雪图》画江南鱼米乡的湖泊江水，小桥行舟，也有芦苇、柳树。又一种植物，在文学艺术里获得不朽。

《诗经》里的芦苇，风雅婉约，让人怜爱心疼。但洞庭湖的芦苇却是顽强坚韧的。洞庭湖的芦苇是有血性的。一湖美景，一湖的历史。面对芦苇，细思量，枯叶与青剑相依。洞庭湖的历史是一部芦苇的简史。隐藏的芦苇中的人和事，太多太多。芦苇不语，它是在隐匿洞庭湖的疼痛。当年屈原浪迹湖湘，落脚于汨罗江畔，以芦苇筑墙，披苇衣，睡苇席，与苇为伴，芦苇的坚强不屈鼓励他前行，即使投江自尽。暴君秦始皇嫉妒尧舜的清政，曾下令毁掉君山岛所有树木，包括周边环生的芦苇，只不过，翌年芦苇长势更旺。战国齐将田单以火牛阵完成复国使命，牛尾所系也是芦苇。三国时期，诸葛亮以芦苇作屏谋划周瑜在赤壁与曹军抗守，鲁肃以洞庭湖为后方水军基地，操练水军，也是借助芦苇的力量——重要的军需物资之一。火烧曹营，是诸葛亮的谋略，也得益于长江连绵的芦苇，风助火势，苇助火力，芦苇也是功不可没呀。唐朝诗人刘禹锡站在岳阳楼上眺望君山岛，芦苇与岛上的香樟、杜英、斑竹将君山涂抹得绿意盎然，激发出他的灵感，写下了“遥望洞庭山水翠，白银盘里一青螺”的千古名句。宋代思想家范仲淹幼年丧父，曾跟随继父在洞庭湖畔生活数年，家贫，以芦苇秆为笔，沙盘为纸，发奋读书，后受滕子京所托，凭借对洞庭湖的短暂生涯，挥笔写下天下名篇《岳阳楼记》，“先天下之忧而忧，后天下之乐而乐”的光辉思想，历久弥新。君山岛上的飞来钟尚在，那是杨幺起义的战鼓与号角。杨幺率农民起义，就是以洞庭湖的芦苇荡为水寨，住的是芦苇扎的窝棚，睡的是苇席，披的是芦苇织成的蓑衣。尽管最终以失败告终，但他们的热血染红了芦苇与湖水，彰显了坚强不屈。孙犁的短篇小说集《芦花荡》更是让芦苇声名鹊起。而洞庭湖的芦苇荡同样演绎了一场血战史。芦苇荡，成为抵抗日寇的生死战场。那些临水生长的苇草，在血雨腥风的年代，个个都生了胆气壮了豪气，站立成了一个个杀敌除寇守卫家园的战士。是啊，一根芦苇是渺小脆弱的，千万根芦苇站在一起，就有了战斗的力量。一个篱笆三个桩，一个好汉三个帮。千万根芦苇手挽手肩搭肩，就长成了芦苇的海，蓬勃大气，书写着民族的大精神，永摧不折。

时光荏苒。芦苇挥花之际，也是芦苇一生终结之时。原本是一岁一枯荣、自生自灭的芦苇，却隐藏着巨大的经济价值——造纸，不朽的芦苇在现代工业社会又被发掘出新的实用价值。作为造纸原料，芦苇的纤维远比稻草、麦秆等其他草本植物强。位居洞庭湖畔的泰格林纸集团就是因为芦苇而声名鹊起，生机盎然，成为岳阳的品牌，他们生产的纸是一纸难求。于是，十月一过，季节就变得敏捷，日历一翻，季节就薄了，一年四季仅剩下这个冬了，又是收割芦苇的时节。芦苇的收割最为原始，挥刀苇倒，遍地横野。霜降至，人称“洞庭刀客”的割苇人一拨一拨地像候鸟一样，从贵州、湘西等地成群结队汇集洞庭湖，飞入洞庭长满芦苇的旷野里。背着行李，挎着砍刀，男男女女，成群结队，涌向每一个芦苇荡。几捆芦苇做墙，一张薄膜覆顶，搭起帐篷，就是他们的“行营”，安营扎寨。开镰收割芦苇，是洞庭湖水域最为壮观的场景。砍苇要先“烧”芦苇。所谓烧，就是要烧掉枯萎的苇叶，却又不能伤害苇秆。烧，风力猛了，烧不透；风力小了会把苇秆一并焚烧，得不偿失。绝非放一把火如此简单，需要有高超的“烧”艺。开烧的日子，应该是秋阳连续抚照芦苇荡好几天，晒黄了苇叶的青色和水分的时候。开烧的时辰，选择在不高不低的三至四级风，借助着不大不小的风力，一烘而过燎烧那薄如纸张的苇叶。火过去，就是一次洗礼。大火燃尽苇叶，千万砍伐大军开始了他们艰苦卓绝的劳作。他们以最原始的方式割苇，一人一镰刀向芦苇砍去，倒下去的是芦苇，收获的是他们的梦想，孩子的学费，老父亲的棉衣，还有妻子的洗发香波——都隐藏在这铺天盖地的芦苇中，挥刀，打捆，梦就在汗水中洇湿成形。枕芦香，听涛声，奋战一冬，他们怀揣收获而归。翌年，芦苇老桩再发新芽，染绿湿地又一年。岁月惊心，草木枯荣，洞庭湖滨数以万顷的芦苇在轮回着生命的绿意和空寂，延续着洞庭湖的生命力……

芦苇更是一株温暖的草木，它温暖着湖乡人的生活。“伐木为材，织苇为席而居”，是古人生活简单朴实的生活场景。靠湖吃湖，芦苇是洞庭湖区人千百年来的生活依托。他们在芦苇荡里挑土筑起一块高地，然后把屋建在高地上，安家立业，生儿育女。岛民们很快活，春采芦笋，夏秋打鱼，唱着悠扬的渔歌，吹着尖锐的口哨，韵味十足。“芦苇深花里，渔歌一曲长。”到了冬天又忙着收割芦苇，然后换成钞票。芦苇岂是一叶草，在湖乡人的眼中，全身是宝呀。芦根盘根错节，既能固土护堤，又能食用。芦秆编织成席，在盛夏的月光下，铺开，让山端坐，让水躺平。芦花是轻寒中暖人的花朵，可做保暖的鞋子，成为湖洲少年冬天御寒的宝贝，只是曾经的温暖早已成为儿时的记忆了。芦苇还具有清火解毒疗效，是入了《本草纲目》的一味良药，治热血口渴、淋病。唐代孙思邈《千金方》的一剂简单的中药方剂——“千金苇茎”，更是披风沐雨，流传民间，远走海外，不屈不挠，走上医学的神坛，护卫人类的安宁。

一叶芦苇，不是国色，也非天香，却沿着《诗经》活了下来，在千古的吟咏中深刻在历史的深处，青苍至今，成了文明古国最优美的诗行。闲读《离骚》，似乎依旧能看到屈大夫踟蹰在汨罗江畔，在他的身后是苍茫的芦花，衬托他寂寥的身影……

一个湖，一片芦苇，还有很多我们不知道的故事……那些安静如初的，温和如初的故事……

荷

除了芦苇，洞庭湖平原最常见的草木应该就是荷。

荷是我最喜爱的草木之一。“小荷才露尖尖角，早有蜻蜓立上头”等有关荷的诗词在我少年时代就随口而出，尽管在那个年岁并不知晓诗词的内涵。

洞庭湖，一座镶在湖湘热土上的大湖，不仅有浩如烟海的芦苇荡，更有种类众多的鲜美鱼虾，还有荷——恣意生长、芬芳烂漫的草木，自春至秋，花开络绎，饷惠四民。荷是洞庭湖的最为鲜明的标志。

六月又名荷月，莲荷当令的季节。五月蒲苇青青，小荷尖尖，六月莲叶接天，荷花映日。沿着洞庭湖的边缘，是曲折迂回的千里堤岸，看得最多的是荷叶连连。放眼望去，一片翠绿，荷叶亭亭如盖。走近水边，千姿百态的荷花映入眼帘。一前行，一转身，是叶大如盖的荷。一回头，一枝绽放的荷跃入眼中。随处可见盛开的荷花，亭亭玉立，鲜艳娇红，成了一道亮丽的风景线。

初夏，湖乡处处洋溢着荷叶的清香，一大片一大片矫情的荷花蓬蓬勃勃。幼时读旧诗："毕竟西湖六月中，风光不与四时同。接天莲叶无穷碧，映日荷花别样红。"面对西湖美景，却又想如果南宋四大家之一的杨万里走在洞庭湖的荷田间，他又会写出怎样流传千古的诗句？历史没有如果，但洞庭湖的荷年年岁岁盛开在时光中。

荷是一株古老的植物，它承载着历史厚重的华夏文化与内涵。从《诗经》到《楚辞》，从唐诗到宋词，从《三国演义》到《红楼梦》，到处都闪耀着荷的身影，荷是否最多人诗词的草木，无从统计，但随便一翻，荷扑面而来。从古至今，爱莲之人甚多，有多少文人墨客为之着魔，为之疯狂。有人赞美她清丽雅致的绝世容颜，有人歌颂她洗尽铅华的孤高旷远……《诗经·国风·郑风》里有《山有扶苏》："山有扶苏，隰有荷华。"意思是说，山上小树纵横，沼泽荷花盛开。《西洲曲》是南朝民歌的代表，多次写到莲花，"开门郎不至，出门采红莲。采莲南塘秋，莲花过人头。低头弄莲子，莲子清如水。置莲怀袖中，莲心彻底红"，用莲清如水表达爱情的纯洁。唐代刘商的《咏双开莲花》中"菡萏新花晓并开，浓妆美笑面相隈"，则借咏双开莲花来赞颂青年男女之间纯洁坚贞的爱情。王昌龄的"荷叶罗裙一色裁，芙蓉向脸两边开"，富于诗情画意，饶有生活情趣。在李商隐的心目中也是"惟有绿荷红菡萏，卷舒开合任天真"，还有"棹发千花动，风传一水香""湖边不用关门睡，夜夜凉风香满家"……荷染香了中国的诗词歌赋，诗词歌赋也传承了荷的文脉，绵绵延延。

荷的品质高洁，出淤泥而不染，濯清涟而不妖，让荷成为文化的标志，成为草木的典雅，让荷有了君子般高尚的品格。周敦颐的《爱莲说》里那一句有名的"香远益清"是脍炙人口的。

荷不仅是文人的常客，更是画的物象，画荷成为中国文人的一种气节。在中国传统美学中，荷可谓是最丰富的一个意象。荷入画，最早见于汉代的画像砖。画荷的历史萌发于汉，发展于盛唐，成熟于五代。后蜀画家黄筌、南唐画家徐熙等，都是画荷的高手。历代画荷名家还有徐渭、陈淳、陈洪绶、吕纪、朱耷、石涛、恽寿平、任伯年、张大千、齐白石……明代画家徐渭一生饱经忧患，个性狂傲不屈，他画墨荷如写狂草，大刀阔斧，纵横驰骋，不同凡俗。清代朱耷的《荷石水禽图》，虚疏淡泊，冷逸逼人。张大千一生中所画荷花成千上万，有朱荷、粉荷、黄荷、白荷、墨荷、金碧荷，也有风荷、晴荷、雨荷、秋荷，还有没骨荷、工笔荷、写意荷和泼墨泼彩荷等。他笔下的荷花落落大方，雅俗共赏，娇艳而不俗，沉着而不浮。在中国，一页柔柔的宣纸上，有墨香，有荷魂，跨古今，越千年。

荷花是圣洁的代表，也是佛教神圣净洁的象征。佛家称荷为莲，视莲为佛教图腾，依莲花喻佛法，故有《妙法莲华经》。因莲是佛教文化中的元素，佛祖释迦牟尼、“西方三圣”之首的阿弥陀佛坐在莲花台上，佛经说，这是释迦佛祖修道成佛后向信徒们讲经说佛的姿态。以大慈大悲闻名的观音，更是身穿白衣，坐在白莲花上，一手持一只净瓶，一手执一朵白莲，仿佛在表露观音怀着的一颗纯洁的菩萨心，全力导引信徒脱离尘世，到达荷花盛开的佛国净土。翻读佛经书籍，佛经把佛国称为“莲界”，把寺庙称为“莲舍”，把和尚的袈裟称为“莲服”，把和尚行法手印称为“莲华合掌”，至于和尚手中使用的“念珠”也是用莲子串成。佛经说，用莲子作念珠比用槐木珠要好，同样掐念一遍，所得之福，可多“千倍”。莲花已与佛教结下了亲密的因缘，成了佛国的象征与圣花。莲即是佛，佛即是莲。

荷不仅仅是一种有禅韵的灵性植物，更是湖乡人一种精神上的文化物件。

阳春白雪的荷更是温暖了乡村的下里巴人。荷的光明照亮了湖乡人的日子，它让平民百姓的质朴生活瓷实而馨香。荷的一生融入了百姓家居生活，让人间烟火多了一抹亮色。荷叶开得再美丽，农人更关注的是壮实的莲蓬；荷叶再繁华，农人更看重的是泥土中的莲藕，农人讲究的是人间烟火。初出的藕尖是洞庭湖的一道美食，荷叶更是湖洲美食的重要载体，擎出水面的莲子鲜嫩可口，最后的佳肴是深入湖底的藕。湖乡的一年四季，荷都是平民百姓餐桌上的佳肴。家住荷塘边，见荷花，闻荷香，吃莲子，谁人不向往呀？荷塘有三宝：莲藕、莲子、菱角。记忆中的味道是如此根深蒂固地成为一抹淡淡的乡愁。

春末夏初，浸润在湖底的藕向上冒出嫩茎，见水就长。出水见风和阳光，细嫩的纤维马上变得坚韧，好顶起沉重的荷叶或是荷花。它的头部像毛笔尖，就是日后即将发育成荷叶的部位，小荷才露尖尖角，那是藕簪的毛笔头长出水面、长绿以后慢慢展开成荷。在露出水面之前就是藕簪，要是想吃这藕簪，就得赶早，趁它还在泥里的嫩茎时候就拔将出来，当日就吃才是正道。荡船入湖，扯几根尚未露出水面的藕尖，藕簪细细的，白白嫩嫩，倒像是少女的手指，比葳蕤的青草还肥还嫩，恍若在口腔中活蹦乱跳。用手折断成一小节一小节，可莫用刀切，刀切过的不好吃。“嘎嘣”的脆鸣声，荷的清香浸润了整个清晨。热锅，清油，爆炒，加一勺鲜红的剁椒，翻炒几下，出锅，藕白椒红，衬托在青瓷白盘中。味道完全是荷藕的清新，一口气能吃完一盘清炒藕尖，当然更能生吃。莲的幼嫩根茎叫藕簪，也叫藕鞭、藕带、藕丝菜、藕心菜、藕肠子。湖乡的人们最喜欢吃藕簪。古代就有采藕簪的习惯，《本草纲目》中的“藕丝菜”就是现在的藕簪。

青翠的莲蓬是儿时的最爱，延习至今，未曾改变。入夏花开，满大街是莲蓬的清香。可惜怎么吃也找不到儿时的味道。新鲜莲子吃到嘴里甜滋滋、凉丝丝的，有清心解热的功效。剥开几颗鲜嫩的青莲子，在齿间细细品味，立刻神清气爽。嫩绿的莲子心，夹在莲子中间。犹记少年时上学，摘一个莲蓬，放学回家；摘一个莲蓬，一路馨香，莲子是儿时最佳的零食之一，那一种馨香呀，刻骨铭心地印在童年的旧时光里，走得再远，时光再久，也难以弥散。

采莲是很有诗意的。旧时有专用的采莲船，后来采莲船逐渐减少，以脚盆（澡盆）、枪划子（小舟）代替采莲船。在大湖里采摘，少女们划着小划子，出没在荷丛中，手举一支大片荷叶顶在头上，当作遮阳帽，坐在舟边，顺手牵羊一般，随手摘取莲蓬，而且还轻歌互答，漫不经心。宋代诗人张耒的《江南曲》说“采莲女儿红粉新，舟中笑语隔烟闻”，那画面已经将莲衬托得如诗如画了。采莲虽为江南的夏日旧俗，但到了如今，那荡着木舟，划着双桨，深入荷塘采莲嬉戏、放声歌唱的兴致仍不减当年。

民间早就有“荷莲一身宝，秋藕最补人”的说法。秋冬季节，一场秋雨，一场雪，天地静了，鸟兽歇了，牛进了栏，湖中的鱼也躲进了深处。屋后的那一塘莲藕也熟了，深处的藕已聚集了岁月的甜。藕是大自然的馈赠，通体丰润，洁白纤长。怪不得古人给莲藕取了好听的名字——芙蕖、菡萏。嫩的藕适合清炒，清脆爽口，老的藕则适合炖汤。一盆炭火，一个泥钵，湖藕煨腊排骨，满屋子都是藕的甜丝丝的香气和着骨头的肉香，香到牙根。一屋子的香呀，把整个冬天都暖和了，一钵湖藕踏实安稳了一个瘦骨嶙峋的冬。小时候的我，认为这是世间最香的美味了。

荷，湖乡人的四季在荷香中绵延。“无藕不成席”，千百年来成为荆楚之地的餐饮习俗。寻常莲藕烹出百道不寻常的美味。

与荷有关的菜谱，掰着手指算，清炒藕尖、藕夹、荷叶粥、荷叶蒸排骨、莲子银耳汤、清蒸湖藕、桂花糯米藕、湖藕煨排骨、清炒藕片、冬瓜荷叶煲鸭、荷叶冬瓜鱼汤、荷香糯米鸡等，可谓风味各有千秋。而常见的吃法，就是凉拌藕片、清炒藕丁、排骨莲藕汤之类了。湖湘人，自然对一盅冬瓜荷叶老鸭汤不陌生，菜园子摘下来的冬瓜，又从荷塘摘一片鲜荷叶，当然要加上一把赤小豆、几片生姜，随同半只老鸭，拌入瓦锅，大火煮沸，小火慢熬，一个下午，时光静好，围坐火炉，听瓦锅咕咕地细响，思绪却在一本书中游荡，猛然间，回到尘世，一锅老鸭汤就此而成。煲汤，是件颇为讲究的事，从选材到备料，再到出锅，认真而细致。生活就像充满着仪式感。

其实，藕的吃法远远不止这些，它是一种变化多端的食材，它可以与很多食材搭配出美味，也可以其独有的爽脆清甜征服你的味蕾，让你爱上一切与它有关的味道。湖乡之地，常常把过剩的藕晒干磨成粉，想吃时用热水一冲，加点糖，清新美味，可谓一种不错的饮品。还有人喜欢把藕去皮，切块，用糖和醋腌制，以当小菜下酒，甚是惬意。藕香米香伴着桂花香，这样的桂花糯米藕绝对是深秋最让人眷恋的一股味道。一道道与荷有关的菜闪烁在湘菜食谱中，活色生香，这也是对湖乡人最好的犒劳。藕是永远也无法抹去湖乡人藏在记忆深处的妙处的。荷，是洞庭湖的美食代言人。

扯藕尖，摘莲蓬，尝甜藕，那都是少年乐趣。可挖湖藕却是艰辛的活儿。寒冬天，残荷摇曳，莲花萎谢，莲蓬零落。一节节饱满瓷实的莲藕隐藏在淤泥中“熟睡”，想挖出来要费不少工夫。每到冬季，挖藕人穿着防水衣裤，踩入泥中，先用脚探出藕的位置，找到后将淤泥拨开，沿着莲藕的生长路径，再用手小心翼翼地将藕拔出来，冲洗干净，藕终见天日。那个场景令人震撼。

江南水乡的三毛兄弟，是土生土长的水乡人，当过兵，打过工，可对土地的热爱与生俱来，再繁华再热闹也牵绊不住他的心，前几年回乡承包了几十亩水塘，种荷、养鱼，硬是搞得风生水起，一家四口人日子过得有声有色，有滋有味。每年夏秋之季，总会邀请我们去江南赏荷，名义上是赏荷，实质上是品湖鲜。每次，三毛夫妇总会弄一桌子菜，全是湖乡的土菜，原汁原味的食材，经过夫妻俩的精心制作，成了人间美味，让我们尽享一场视觉与嗅觉的盛宴。我最喜欢他的荷叶粉蒸湖藕。

从荷塘里摘一片荷叶洗净，放入蒸笼里，新鲜的排骨先用酱油腌制一会，再用米粉和藕拌在一起，入锅旺火蒸。出锅时，淋上用清水与藕粉、味精、胡椒、生姜制作的汁，再撒上葱。顿时葱香扑鼻，香而不腻，既有糯米的粉糯，更有藕的清香，包裹上米粉的肥肉，又让藕有油汁的滋润，入口细腻鲜香，粉粉糯糯。以至于每到入夏，满街的莲蓬之时，三毛粉蒸藕的香味就在我的舌尖上打转，想一想就齿颊生津。

物华天宝、气候湿润的洞庭湖到处有草木的清香。行走在洞庭湖，沿着荷香的芬芳，在每一节曲折迂回的地方，泥土一样的乡俗风情，纯正如酒。

正是夏天，日子如莲，阳光从窗外打进屋里，风从远山徐徐而来，我站在阳台上，眼望远处迷茫的湖景，遥想荷叶碧绿，荷花清丽……此时如能摘几片喝饱阳光的荷叶，切几片西瓜，沏一壶好茶，听一曲音乐，闲看云卷云舒，此刻的时光该是多么诗意而曼妙。如果是夜晚，一轮明月悬于天际，虫鸣唧唧，自然会想到朱自清的《荷塘月色》。

真想把自己活成一朵荷，不为懂得，只为慈悲。

菱

秋风起，秋风凉。一夜秋风轻而易举地吹皱了一池秋水，当然也吹谢了一池荷花。荷花谢了，莲藕却白而壮硕。在这样的季节，少年惦记的青翠或紫红的菱角也出水了。秋水再凉，因为一枚红菱也令少年喜不自胜。

刚有了一丝念想，母亲就从乡下托人捎来一袋新鲜的菱角。未进屋，一股久违的清香已汹涌而至。打开，一枚枚菱角翡翠一般，青绿鲜亮。迫不及待，剥开一只，菱米洁白如玉，丢入口中，香嫩脆甜，如通透的湖水。心里不由咯噔一下，差点啊出声来，对的，就是一惊的刹那间，少年时光的菱事与鲜香，还有一湖秋水，一起扑面而来。我从来没有想象过，一种食物的味道，直白单纯，让人如此惊艳。

洞庭湖畔，湖汊纵横，池塘密布，正是生长菱藕的好地方。少年的记忆中，采莲摘菱是最大的乐事。在乡下，随便你遇见一处河塘，像菱角这种小野味儿，是极易瞧见的。采一捧野菱角，往衣兜里一放。然后，沿着农田窄小的泥埂，屁颠屁颠地，撒腿就跑。这是少年时采菱角的画面，时光再久远，却依旧清晰生动，如新鲜的菱，一茬茬地绿了，又一茬茬地红了。

洞庭湖盛产湖鲜，自然少不了莲和菱角。“半是莲藕半菱角”，是乡下的老人挂在嘴边的话。抑或是藕和鱼太出名的缘故，反倒让菱角成了贫贱之物，入不了达官贵人之眼，却受平常百姓人家的喜好。有水的地方就有菱角。到处都是沟沟岔岔的湖洲旷野，菱角如众多的水草无异，自生自灭，无须照管，不用施肥，不要除草，也不用灭虫，任凭风吹雨打，日晒夜露，在四季的更迭中，次第生根、开花、结果。而且无关乎水塘大小、深浅，只要是一方水面，都是菱的风水宝地。

季节是草木的方向，菱也不例外。初夏，随意站在一处水塘边，塘里水草密布，菱角、浮萍、莲藕、菖蒲，叫得上名叫不上名的，间杂而生，远看一片绿。芦苇在岸边、浅滩铺开了一层新绿。靠岸的水面上，三三两两地随风漂游的是浮萍，细碎，却又繁密。而在离岸较远的地方，形成气势的却是菱角。菱叶以整齐的队形悄无声息地探出水面，碧绿色的叶子挨挨挤挤，染得河水一片翠绿。菱叶呈纺锤形或菱形，也有的呈不规则的六边形。叶片的中间有气孔，尖端的边沿呈锯齿状。叶茎紫红，缀生在青白色的藤蔓上，细看，每一片菱叶玲珑精致，如一件工艺品。沿着时光的轨迹，菱叶日益繁茂，那碧如翡翠的玉盘很快就布满了大河小沟。农历六月，菱花莹白如雪，如夏天的夜晚点缀在苍穹中的星星，仿佛一幅水墨丹青，煞是诱人。菱花最恶日光，日落西山，夜雾四起，菱花方次第而开，并随月光而转，像极了葵花向日。晨晖初上，菱花便渐渐合拢。少年时见了太多凋落的菱花，白色的花瓣沉入水中，成为鱼儿的美餐，唯残留小杯状的绿色萼筒，中间一根孤单的雌蕊。菱花香清雅致，与众不同，耐人寻味。菱花凋谢以后，菱叶渐渐变成了暗绿色。此刻，菱在水面下正默默酝酿着鲜美的果实。菱角在阳光的照耀下，透着斑驳的光影，姗姗如坠，日渐丰实。盛夏的暑气散尽，秋凉时隐时现，菱角终于在池塘里挤得密密匝匝，仿佛等待我们许久许久。虽然一眼看不见，便满塘的菱叶足可以让人生出丰厚的遐想。在乡村，什么季节都有应景的食物，吃着适口舒心。正如初春的香椿，入夏的青豆，当然还有秋的红菱。

八月处暑，九月白露。正是菱角成熟之际。惦记着的不还是我们这群小屁孩。夏秋的午后，少年害怕时间在莫知莫觉的睡眠中，空空地流逝，便呼朋引伴，顶着烈日去采菱。从家中搬来洗澡用的大脚盆作船。这“船”可不易划，没有技术的，拨来拨去总在原地打转。但难不倒水乡的孩子，早已熟烂在心了。认准一个方向，左右两边匀速用力，“船”便稳稳地向前行进。有了“船”，摘菱角就轻松而惬意多了。划到菱叶旁，翻起菱叶，一串串菱角便迫不及待地钻出水面。拈起一颗新鲜的小菱角，一掰两断，紫红的壳里露出水嫩的菱肉，白净，湿润。挤进嘴里，轻咬细嚼，透着一股湖水的清香甘甜。在村庄，水里长出来的东西，总给人一种纯净感，带有水的灵韵，借了水泽的灵气，才出落得鲜灵娉婷，丰满白嫩。怀想少年采菱的季节，恍若穿越到了那段时光。这一方小世界，安放在午后的静默里，村庄平静如水，鸟鸣不绝于耳，蝉声在河边此起彼伏。

菱角外皮厚而坚硬，俨然古代武士的铠甲。要吃一只菱角并不容易。好吃，但皮厚难剥，又浑身多角，有二角、三角、四角和五角等多种形状，角硬扎人！尤其是碰上一只老菱角，任凭你左撕右咬，还是奈何它不得。一不小心刺破了你的唇，弄伤了你的手指。年少时初生牛犊不怕虎。石头砸，菜刀砍，剪刀剪，也是徒劳，不能卸下它坚硬的外皮。吃得多了，便长了记性，有了经验，一汪清水中就能分出老菱角、嫩菱角了。嫩的，轻漂，浮在水面上，赶紧捞起来，找准菱角中间的凸起处，是菱角最柔软的部位，用牙齿将中间的壳咬掉，再用手指从菱角两端（两端绝大多为空心），将菱角肉往中间的洞口挤压，便可将一小块白嫩嫩的菱角米轻松挤出，就可以好好品味菱角的好滋味了！沉在水底下的，自然是老菱角，厚实稳重，带回家，母亲总会做出一道道美食。母亲会把菱角放在锅中煮熟，满屋菱香，久而不散。把煮熟的菱角用大盆一装，全家围坐在一起，已是夜晚，其乐融融。那珠圆玉润的菱角米落入口中，最自然、最醇厚，脉脉的淀粉的纯香在唇齿之间流连。烧煮菱角的时候，那浓郁的香气融于夜雾，弥漫了整个村庄。

菱角的食法其实很简单，活剥生嚼，声脆味鲜，或用清水随意煮煮，粉嫩甘甜。但各地的食法又不尽雷同。在记忆中，野菱烧肉，实在是比板栗要好。入秋，母亲总是会将菱角纳进她的菜谱，温暖我们的胃。五花肉，切成小丁，放菱角米用微火红焖，半个小时起锅，再配搭上一些青椒，菱角米脆嫩，而里面却又是粉嘟嘟的，颜色油光发亮，有一种清甜的气息缠绕其中，外有肉汁相裹，吃起来又有湖水的清香。最有名的还是将菱角、莲子、藕带三鲜合炒，名之曰“荷塘月色”，未观其菜，只闻其名，就已是秀色可餐、诗意盎然了。菱角米也是可以炖汤的，而且汤清甜，喝起来不腻。大抵水生的植物，都有这样一种特性。譬如，有一道菜叫菱米炖排骨，把菱角米与排骨放入锅中，加清水沸煮十分钟，加上一些盐，撒上几粒葱花，白绿相映，香溢满屋，做法十分简单。上海有一道名汤——香菇红菱羹，听说别有一番风味。老菱米烧小公鸡，是中秋节最常吃的一道菜，香甜浓郁，肉糯可口，味道极佳。此外，菱米烧豆腐、菱米烧扁豆都是香味奇特、味美滋口的家常菜。

菱角是一道美食，菱角秧也是夏末当季的一味主要佐餐小菜。夏夜，母亲最喜欢煮白粥。坛子腌的洋姜、霉豆腐，全是下粥的最好菜肴。这时，一定还有菱的鲜香。摘去菱角蔓上的叶片，去掉老茎，洗净，切成小段，揉去涩水，加上生姜、蒜子略腌一下，再放几个菜园子里种的土辣椒，大火爆炒，柔韧，咸鲜，微辣，细细嚼来，透着些许鲜菱角的青涩和香味，甚至裹着水乡的风露。抑或再搭配些炒南瓜藤、炒山芋梗，也可以洗净后用盐腌渍，放在坛子里储藏做过冬的咸菜。腌萝卜干、腌白菜及腌雪里蕻，这些平常的植物，一经母亲的手，就成了一道道佳肴，个中滋味，早已刻入心灵深处，一辈子不能忘怀。

菱角是一株古老的植物，在水中浸泡了许多年，一直新鲜如初。早在北魏的《齐民要术》中记载了菱的身影。闲话菱角，不能不想起那些与菱有关的诗词。屈原的《楚辞·招魂》云“涉江采菱发阳阿”，是说在古时吴、楚等地夏秋之际乡亲们采菱时兴奋而歌的心情。最爱的是白居易在《春末夏初闲游江郭二首》：“嫩剥青菱角，浓煎白茗芽。”还有一首是南朝梁萧纲的《采莲曲》：“晚日照空矶，采莲承晚晖。风起湖难度，莲多采未稀。棹动芙蓉落，船移白鹭飞。荷丝傍绕腕，菱角远牵衣。”菱多半是和莲难分舍的，菱甚至饱含有爱情的味道。最有名的是采红菱的歌：“我们俩划着船儿采红菱呀采红菱，得呀得郎有心，得呀得妹有情，就好像两角菱，从来不分离呀，我俩一条心。”碧绿的河水，田田的菱叶，古朴的木船和满船采菱的男女，最是惹人沉醉的山水画，这样热闹而雅致的场景应该是历代文人不吝笔墨的绝好题材啊。

乡村寂寥人不见，星花菱角满池秋。这种日子已经很久远了，那脉脉的香气渐渐缥缈起来，是否有人如我还在怀念着旧时光呢。从前，这是乡下小孩子们司空见惯的事物。现在城里孩子，很少看到更很少吃到，就是地道的乡下孩子也难以体验采菱的诸多趣味了。

其实，菱是一种敏感的水生植物，绝不在受污染的水中生长。换句话说，只有纯净清澈，且鲜有干扰的水域才有生长菱的可能。小小的菱承载着一些重要的生态信息，在一定意义上，菱是水质洁净的标志性符号。随着时光流逝，近些年人类对自然界的征服和改造日益加剧，短短几十年感觉是桑田沧海，很多过往的事物都成为我们永远的回忆。如今回乡，那些大大小小的池塘，要不早已干涸，要不受生活垃圾的侵袭，龌龊不堪。在故乡传承千年的菱难以立足，甚至一度销声匿迹。总想寻一片菱池，待月光华美之时，去赏那夜间的菱花，然而每每未能如愿，原本寻常之物，却难以遇见，心里终究横亘些什么，有前世今生之感，我甚至开始怀疑，记忆中那些美好的童年是否只是一个幻觉。

茭白、莲藕、水芹、芡实、慈姑、荸荠、莼菜、菱角，堪称“水八仙”，实在都是清爽的好东西，样样精妙，实为天赐。水里生长的东西，原本就有着水的灵魂。鲁迅在《朝花夕拾》里忆起儿时吃过的极其鲜美可口的菱角、茭白和香瓜，称那是“使他思乡的蛊惑”。确实，那皓腕青菱，香气渺渺的乡间，正是我清浅的期许，抑或是我对故乡的念想。

菖　蒲

菖蒲应该与艾蒿是一对好兄弟。

在江南一带，五月初五——端午节，农家的门楣、窗棂上总会斜插几根艾蒿与菖蒲。乡下的父亲说，这是为了祛避邪疫。艾蒿散发出的浓郁气味可以让妖魔鬼怪闻而却步，而菖蒲如一柄锋利的剑，闪耀着熠熠寒光。“手执艾旗招百福，门悬蒲剑斩千邪。”乡下人随口都能诵吟的这句诗，展现得淋漓尽致。

南方多山亦多水。高高低低的山峦峰谷中，只要有水声潺潺的地方，溪流、池塘、河滩、渠旁、湿地、湖泊，一定会有菖蒲，三个一丛，五个一簇，散落在水边的石缝间、岩石旁、树荫下，挺水临石，青青葱葱，生机盎然，一副富有而滋润的姿态，让你不得不多看它一眼。不看则已，就这么一眼，你就记住了，这个叫“菖蒲”的水草。

菖蒲与水为邻，依山为伴，倚石而立，与清泉相拥，与清风对语，叶具剑脊，根似白玉，便有了水的温情与柔媚，便有了山的刚毅与倔强。明代戚龙渊作诗云：“一拳石上起根苗，堪与仙家伴寂寥。自恨立身无寸土，受人滴水也难消。”可说是写出了菖蒲盘根结节屹立于山岩石缝之中的风骨气节。

菖蒲寂寥地生活在大山之脚、河滩之缘，与世无争。寒冬刚尽，春的脚步才开始踏响，万物还在冬眠中未醒，菖蒲就早早地冒出嫩绿的头，一副精神抖擞的样子；却又与众草不同，不忙于开花，待到入夏，菖蒲才开出一束碎碎的淡黄的小花，因其穗状花序呈蜡烛状，故又称水烛。在溪水边，剑叶盈绿，白花透姣，亭亭玉立，飘逸而俊秀，不时有两三只竹鸡，抑或是成双成对的鸳鸯，在水中恩爱地游荡，构成了一幅美丽的水墨画。

看到菖蒲，一定会想到一个人，一个伟人——屈原。明朝戏曲家汤显祖就写过一首诗：“独写菖蒲竹叶杯，蓬城芳草踏初回。情知不向瓯江死，舟楫何劳吊屈来。”以此寄托哀思，凭吊屈子诗魂。

春秋战国时代，烽烟四起，楚秦争霸，诗人屈原很受楚王器重，然而屈原的主张遭到守旧派的诋毁，楚怀王渐渐疏远了屈原，将其逐出郢都，流放到蛮荒之地——洞庭湖畔——我的故乡。虽处江湖之远，屈原对国事的关心并未因之减弱，仍然一如既往地先天下之忧而忧，怀着难以抑制的忧郁悲愤，写出了《离骚》《天问》等不朽诗篇。“路漫漫其修远兮，吾将上下而求索”的千古名句，至今仍脍炙人口。在流放途中，屈原接连听到楚怀王客死和郢城攻破的噩耗后，悲愤难挨，万念俱灰，仰天长叹一声，投入了激流滚滚的汨罗江，以身殉了自己的政治理想。直面生活，固然不易；直面死亡，或更艰难。屈子投江，颇有些无奈，他何尝不想好好活着。但他最终的选择，成就了他，也成就了一个地域，让汨罗江走向世界，成为“蓝墨水的上游”。

我的家乡在洞庭湖边，就是屈原曾经流浪的地方。行走洞庭湖畔的南岳坡、梅溪桥、麦子港，怀想两千多年前，说不定正是屈原歇足，抑或赋诗之地。如今每年端午节，处处龙舟声声，粽叶飘香。穿越两千多年的历史时空，屈原和端午，沉淀进中华的民魂，永远不会老去。“五月五，是端午，背个竹篓入山谷；溪边百草香，最香是菖蒲。”童年的歌谣时常在记忆中脆脆地响起，惊醒多少游子的怀乡梦。

其实，艾和菖蒲与屈原并无多大关联。在民间，端午节纪念屈原多是划龙舟、包粽子。而菖蒲则与避邪有关。农历五月，早在先秦时期，就有恶月、凶月之说。此时渐入热夏，湿热弥漫，人很容易得病。菖蒲，是一种天南星科多年生草本植物，含挥发性芳香油，有提神、通窍和杀菌的作用。在我国的传统习俗中，端午节前后，时兴在门上插艾蒿、悬菖蒲，以菖蒲作剑，以艾作鞭，以此退蛇虫、灭病菌、驱毒邪。门前挂艾草和菖蒲，按《红楼梦》中文雅的说法，是“蒲艾簪门”。这其中，有一分虔诚，更有一分美好的期冀，在夏日里，让我们在一个节日里安定下来，被菖蒲、艾草的香气缭绕。几千年来，菖蒲的香气已密密地交织在中国人的生活中。

至今不少地方有沐兰汤的习俗，端午日用菖蒲、艾草、凤仙、白玉兰等花草或柏叶、大风根、桃叶等煮成药水洗浴。不论男女老幼，全家都洗，可治皮肤病、去邪气。尤其是菖蒲酒深受乡人的喜爱，其酒性温味辛，据说喝了还能延年益寿。美酒飘香，喜乐融融。怪不得北宋文坛领袖欧阳修有词云：“菖蒲酒美清尊共，叶里黄鹂时一弄。”只可惜，菖蒲酒已离我们远去，无法寻觅，我多么想饮一饮菖蒲酒，最好一醉方休，梦里不知身是客。

遥想当年，身着汉服的女性端着一盆艾叶水，人们排好队依次走到主祭面前，主祭用菖蒲草沾盆里的水，在参加活动的人双手、额头、脖颈轻轻拂拭一下，以示驱除晦气，消去病毒。更有意思的是古人夜读，常在油灯下放置一盆菖蒲，就是因为菖蒲具有吸附空气中微尘的功能，可免灯烟熏眼之苦。如今在乡村的夏、秋之夜，有月无月，搬一把竹椅，摇一柄蒲扇，端一壶清茶，三五人于晒谷场，或坐或蹲或站或靠，谈古论今，天南地北，在身边燃一堆菖蒲、艾叶，少了蚊虫的骚扰，夜风习习，情意融融……

菖蒲“不假日色，不资寸土，不计春秋”“耐苦寒，安淡泊”的风骨气节，应该说是菖蒲的气质——刚柔相济、明净生姿，以及它散发的独特香气，让古人视其为神草，把它用在神圣的祭典上。而大慈大悲的观音菩萨手执荷花与菖蒲的形象流传至今。传说中菖蒲是伴随尧帝而生，因此又有“尧韭”的别称，并被用来指代帝王。《楚辞·九歌》中称：“夫人自有兮美子，荪何以兮愁苦？”其中的“荪”，既是菖蒲的名称，也是对国君的尊称；《本草·菖蒲》上说：“典术云：尧时天降精于庭为韭，感百阴之气为菖蒲，故曰：尧韭。方士隐为水剑，因叶形也。”人们在崇拜的同时，还赋予菖蒲以人格化，有“四月十四，菖蒲生日，修剪根叶，积海水以滋养之，则青翠易生，尤堪清目”之说。

自唐朝以来，菖蒲就被青年男女赋予了爱慕之意，北宋风流才子秦观更是乐得将菖蒲的清香味，用来比喻少女的体香……试想菖蒲这种叶形扁平、边缘锋利又被称为“水剑”的草，如果不是因了端午这个节日和那些动人的传说，还能让大诗人们“恨”和“慕”吗？小时候就背过的唐代诗人罗隐《仿玉台体》中的句子：“解吟怜芍药，难见恨菖蒲。试问年多少，邻姬亦姓胡。”描写男女之间求之不得、劳燕分飞的苦恋。元稹也写过：“别后相思隔烟水，菖蒲花发五云高。”行走在乡野的池塘和小河旁，或漫步于湖边，你肯定能幸运地与菖蒲相遇。就是它们，那一丛丛修长挺拔的叶，集合在一起，向你展示着青翠和活力。在阳光下，在绪风里，在水光的映衬下，它们润泽青碧，让你想起曾经流逝的爱情的美好。

“风断青蒲节，碧节吐寒蒲。”菖蒲是一种高洁的香草，其根错节，叶纤细多节、青绿可爱，与兰花、水仙、菊花并称为“花草四雅”。传统的中国文人，以特别的方式表达着对它的青睐。他们把菖蒲庄重地移植到身边——在书桌旁放置，日夜相伴。菖蒲、古石、香橼、砂壶……在传统的清供图中，菖蒲总是翠翠的，文文静静，昌茂俊秀，一派天然恬静之美，让人过目难忘。菖蒲平素吸取天地间的灵气，立身于塘畔沟旁，是烟火中难觅的平实的雅。菖蒲是养性悟道之物，渐渐地使杂乱的情、浮躁的心，慢慢地开始走向宁静，找到人生旅途的归宿，不再流浪。

粽　叶

其实只是一片叶子，一片在大自然中再普通不过的叶子了。说它大，大不过荷叶、芭蕉叶；说它小，比它小的叶子多的是，像柳叶、樟树叶等。但因为一个节日、因为一个人，它也成为了一片不再普通的叶子，不仅走入寻常百姓家，甚至走上了高高的神坛。它就是一片粽叶。

正是这一片小小的叶子，其背后所讲述的故事，卑微、静默，却充满力量。

两千多年前的五月初五，应该是阴雨绵绵的日子，在那个叫楚国的蛮荒之地，号称八百里的浩瀚洞庭湖的支流——汨罗江，因为一个叫屈原的官员兼诗人，纵身一跃，投江自尽，这一天被民间永远地定格下来，诞生了一个节日——端午。以后每年的五月初五，这一日就成了一个特殊的日子。这一天，当地百姓闻讯后，在江里划船打捞屈原，为了防止鱼伤害屈原，百姓便用粽叶包裹糯米煮熟后投入江中。也正是这一投，粽子便当之无愧地成为端午节的节日食品。古人称“角黍”，那一天人们便互相送粽子作为纪念。两千多年，粽子穿过风雨穿过岁月，一路走来，已成为中国历史上迄今为止文化积淀最深厚的传统食品。我不知道你会如何，至少我自己，每临佳节吃粽子的时候，会想起这个人，因为屈原，他给我们深深的记忆。更会对自然里这一片普通的叶子，给予应有的尊重。

年年端午，我总要想起那片青山，想起那潭碧水。青山碧水下，湘楚一带的男子，头包黄巾，赤膊擂起大鼓，江上龙舟，在鼓声雷动中势如箭发。女子们则站在水边，将一颗颗五彩丝线扎好的香粽，抛入清流。波浪翻滚处，鱼虾争食，继而托出一个须发冉冉、衣带飘卷的诗人，口吟着“长太息以掩涕兮，哀民生之多艰”“路漫漫其修远兮，吾将上下而求索”，拂袖悲愤而去……

如今，江浪与龙舟，屈子与离骚，艾草与粽子，已成为这个节日独有的符号。端午节翩跹着楚风的遗韵，带着屈子的江畔行吟，走进我们的生活，成为记忆的追寻和生活的畅想。

粽叶学名箬叶，生长在长江以南的丘陵山区。在广袤的丛山峻岭中，箬叶动不动就是漫山遍野，一望无际。有时也是一蓬蓬地生长在房前屋后，抑或是河岸、山涧，翠绿雅丽，与世无争。南方多雨的季节，粽叶与人民的农耕生产有着更多的关联。箬叶是农人做斗笠或船篷衬重要的材料，将箬叶顺着一个方向放在用竹篾编织的镂空斗笠的雏形里，静穆的箬叶成为人们遮风避雨的工具，这就是大家称呼的斗篷（斗笠）。“青箬笠，绿蓑衣，斜风细雨不须归”，读到这首诗，一定会想到一幅空灵的风景画。如今斗篷已成为人们的记忆，早已淡化出生活的视线，抑或成为艺术家的一点修饰，悬挂于雅室一隅，静默着，怀念室外的风雨。

乌篷船曾是江南的独特交通工具，被看作是水乡的精灵、流动的生命。著名作家周作人在他的《乌篷船》中写道“篷是半圆形的，用竹片编成，中夹竹箬，上涂黑油”，足见箬叶对于船的重要性。只是时过境迁，谢军的一首歌就唱出了乌篷船的境况，“南方小小的乌篷船，那是我记忆中最美最美的梦幻”。今天其实用的功能已经渐渐被取代，乌篷船仅仅是水乡里的一道风景。

但箬叶依旧紧扣我们的生活。老祖宗几千年前就选作包裹食物的一片叶子，延续其清香、柔软、坚韧。粽子，别有一番风味，绵密清新，醇美爽口，甜而不腻，回味悠长。

每年端午，父亲总要从山中采下新鲜的粽叶，绿绿的，带着一团清新的凉气，远远地从父亲身上飘过来，窜进鼻中的是一缕缕清香。母亲把这些叶子清理干净，再用水泡着，母亲说泡软不易碎。包时用两片叶子重叠，对中一边往另一边卷，成锥形样，从水中捞出一把头天泡好的糯米粒儿，略略沥一下，填到握成尖筒状的叶子里，有时陷上两三颗红枣或几粒腊肉，多余的尾巴叶往口部封好，用丝线扎紧。泡好的米要放实，松了不好吃。

包好的粽子用棉线系着，一串串的，像放大的葡萄，悬在椅子上，房里便冲荡着浓重的清香，让人忍不住深呼吸一把。入锅蒸煮，棱角分明的绿粽簇拥在锅里，浸淫在清澈的水里，静美安详。一股带有暗香的薄雾升起时，煮粽子的水达到了沸点，马上调为文火，慢慢地煮，谁解是三江绿水濡染了群山万壑的苍劲，还是凝脂般的糯米浸淫了千年雪水的柔情，唯有粽子的神韵。

箬叶的清香弥漫在屋子里，穿透肺腑的清丽扑面而来，氤氲着糯米和箬叶在文火煮沸中的魅惑：香甜、醇美、雅致。清香扑鼻，自然的纯美迢递着松际危峰的崛立，顿悟着箬叶的清纯。厨房里烟雨迷蒙，氤氲弥散的香气充满着烟雨的葱茏和世俗的娴静。其幽香在一段日子里萦回，意绪在甜美中晕染。

粽子的存在是端午节怀想的代名词，品一口粽子算是对节日的祝贺。在南方，是十分看重端午节的。不像在北方，端午节却是模糊的，不具体的，它和寒食、清明、重九一样，仅仅是个飘忽一闪的日子。多少年过去了，南方人将粽子看作景仰与祭奠，是华夏文化的博大精深和对屈原拥抱的汨罗江水的缠绵。一张张单薄的绿叶背后，浸润着所不知晓的艰辛、寂寞、隐忍，以及一张叶子所携带的乡村希望与隐约忧患。

每当农历的五月来临，农人采集的带着露珠的箬叶在集市上摇曳，为初夏的集市添上新装。叶片被整齐地叠在一起，连阴面阳面都不会错乱。箬叶阳面的油绿和阴面的嫩灰白，透出淡淡的幽香，我会情不自禁地在心底里感谢我们的祖先，将在天地的灵气和日月的精华成为杯盘之欢的同时，积淀着博大精神的文化。

粽子的宁静蕴含着楚歌的音律，香包的激越灵动着娴雅，挂艾叶、插陈艾包含着龙舟竞渡的深情。粽子的神奇在我心中挥之不去，因为它不仅凝聚着爱国诗人屈原的不朽篇章，更有自然的坚韧与恢宏。

箬叶，充当着甜蜜安详的使者，在日月中积淀，装饰着生活，在市井中绽放，让端午节的情韵洇染，岁岁芳香。

鱼腥草

一立春，江南的土地就被太阳温暖成了草木的小棉袄，许许多多知名或不知名的草呀、花呀的就咕嘟咕嘟地直往外拱，小心谨慎地探出头来，睡眼惺忪地张开了眼。

这一张眼，季节就被望成了春。

在我的家乡，山坡、沟渠、田垄、菜园子边上到处生长出密实的植被，热热闹闹的，恣意泛滥，仿佛隔了一个冬天，大家都来赶趟儿，说说有关冬季的悄悄话了。在这丛中，有一种叫鱼腥草的小草。它的别名也很有趣，侧耳根、猪鼻孔等，如乡间娃崽的小名，充斥着诙谐与温馨。

其实，我先前对鱼腥草并无多大好感，甚至是有些厌恶，这在于它那种近乎霸道的鱼腥臭味。记得年少时，在杂草丛生的沟渠旁边，我看到一大片很特别的野草，如心形的叶子碧绿如翡翠，开着一朵朵小小的白花，淡雅，花中一根黄黄的蕊柱，格外夺目。我伸手摘了一朵花，想闻闻它的香味，不料一股浓郁的鱼腥臭味扑鼻而来，令人作呕。我立马把花扔到地上，心中竟然有了受骗的感觉，又恨恨地踩了两脚。

母亲对我说，这草叫鱼腥草，正因为它的那种怪味而得名，但它不是毒草，却是一株农家人喜爱的中药哩。是的，鱼腥草确是一种亦食亦药的食物。

母亲的话虽没有缓解我对鱼腥草的偏见，但随着岁月的更替，时光的流逝，鱼腥草在我心中的阴影渐渐淡去，并成为我生活中一个不可多得的伙伴。

后来我知道了，鱼腥草是一种很常见的草本植物。它的生命力很强，乐水喜阴，傍水而居，在路边、地坎、树木、杂草丛中到处都是。叶子背面是紫红色的，紫红透过叶脉浸在绿色的叶面上，颜色极醇和，大片大片地长着也不惹人眼。

在我的家乡，鱼腥草是一种美味佳肴。最简单的是洗净后，切碎拌上醋、姜、葱、香油等调料生吃。也可以炖、炒、做汤、腌渍等，根、茎、叶各有做法。我曾经到过遵义，在那里有道招牌菜，就是折耳根炒腊肉——他们管鱼腥草叫折耳根。还有一道菜，颇有诗情画意，叫“满山红翠”，也就是凉拌鱼腥草的叶子，味道出奇的清香：吃在嘴里，脆脆的，凉凉的，越嚼越有味，怪撩人的。当地还有个说法，看一个人是不是正宗的贵州人，只要看他喜不喜欢吃鱼腥草，只有土生土长的贵州人，才能把鱼腥草吃得津津有味的。

在我的记忆中，一直恋着母亲的“鱼腥草根炒鸡蛋”。母亲常把挖回来的鱼腥草去掉叶子和须茎，只留根茎，洗得白白的，把它切碎，和着鸡蛋一起炒。嫩嫩的鸡蛋，脆生生的鱼腥草，一口嚼下去，满口生香。它的香味很浓烈，夹一点土腥气，还有一点奶香味，我至今也不知道该怎样形容那是一种什么类型的香。以后，母亲时不时给我们做一次“鱼腥草根炒鸡蛋”，在那个生活刚刚好转的年代，它虽算不上什么大餐，但也绝对是一顿可口的美味。如今，鱼腥草作为一种营养保健的野菜，正在被越来越多的人所接受，乃至于喜爱。

最早吃鱼腥草的应该是勾践了，早在两千四五百年前，江浙一带就有很多人开始吃起了鱼腥草。鱼腥草在历史上颇有名气，就是因为它与“三千越甲可吞吴”的越王勾践有一段不解之缘。

相传，当年越王勾践做了吴王的俘虏，卧薪尝胆，发誓一定要使越国强大起来。但回国的第一年就碰上了罕见的荒年，百姓无粮可吃。那时憋着一肚子郁火、天天暗中咬牙切齿的勾践，带领臣民满山遍野寻找着可以果腹的东西。鱼腥草，便是他们渡过难关的救命野菜代表。身边哪里还有比鱼腥草更多生、更易寻，采了一茬只要一阵雨又出一茬的野菜呢？那时，我想，所有越国人的拳头一定握得紧紧的，连刚学步的娃娃都几乎能把鱼腥草捏出汁来。

作为古今中外忍辱负重的第一代表勾践，归国后的那一番苦行是谁都得为之感动落泪的。“身自耕作，夫人自织；食不加肉，衣不重采；折节下贤人，厚遇宾客，振贫吊死，与百姓同其劳。”《史记》中这几句话，应该没有丝毫夸张。那段最困难的时期，勾践简直成了神农。

勾践是率领国人复了仇，并为越国留下了那么一种极其宝贵的不屈不挠的精神——至今绍兴还被人称为“报仇雪恨之乡”。这与鱼腥草的功劳是密不可分的。

鱼腥草的别名“蕺菜”，就是当初“饥菜”的文雅叫法。现在绍兴还有蕺山，听说便是当年勾践君臣采食蕺菜的地方。

我们吃鱼腥草，就算最能保持原气味的凉拌法，也要加一些调料，如醋、盐、糖，讲究些的还要加上些香油、蒜末什么的。但摆在勾践君臣面前的鱼腥草，却应该是不加任何调料的。

我在湘楚之地长大，虽幼时不喜此物，如今常常回到家乡，一定会到山坡上采一把鱼腥草带回家。在黄昏的阳光下，抱着满怀的香草，其实比吃更快乐。

鱼腥草是一种菜更是一味药。

绝没想到的是，此山乡野物居然独拥一汉字——“蕺”。《唐本草》便有“蕺菜”的记载。《本草纲目》中释名曰：“蕺字，段公路《北户录》作蕊，音戢，秦人谓之菹子。菹、蕺音相近也。其叶腥气，故俗称为鱼腥草。”中医认为，其味辛、性寒凉，能清热解毒、排痈疗疮、利尿除湿、健胃消食，用于治疗实热、热毒、湿邪、疾热为患的肺痈、疮疡肿毒、痔疮便血、脾胃积热等。现代实验研究表明，鱼腥草含有丰富的黄酮成分，能保持血管柔软，可防治因动脉硬化引起的高血压、冠心病等。坚持喝鱼腥草花茶，还能治风湿性关节肿痛、过敏性鼻炎等。

八百多年前，年过花甲的金代名医刘完素上山采药，遇狂风骤雨，回府后即暴病，竟未能治愈，恰逢草医张元素采药路过，送一帖草药，即鱼腥草，三服甚灵。可见，鱼腥草就是农家院落的一味良药了。

其实在农村，夏季一来临，很多乡人就会采一些新鲜的鱼腥草，煎成汤水。汤色如红茶，气味辛香。条件好的，还会加一点白糖，就成了农家娃崽最早的饮料了。母亲常常说：“喝了鱼腥草汤，清热败火解毒，一年四季不生病不生疮。”如今市面上流行的王老吉，其中之一的配料应该就是鱼腥草了。鱼腥草阴干后，不但没有腥气，而且微有芳香，在加水煎汁时，则挥发出一种类似肉桂的香气；它煎出的汁如淡的红茶汁，仔细品尝，也有类似红茶的味道，芳香而稍有涩味，毫无苦味，且无腥臭。

在我的老家，鱼腥草常用于无名肿毒及蚊叮虫咬的止痒消炎。有年夏天晚上，我在灯下看书，从窗外飞进一只比葵花籽还小的黄背甲小虫，落在我的大腿裤子上。我顺手一拍，虫未打死，飞了，留下了一点尿，我也没当回事。第二天早上起床后，感觉大腿上奇痒，卷起睡裤一看，只见昨晚遭虫尿处，红肿一块，并起了一个豆瓣大的水泡。奶奶连忙采了几片鱼腥草的鲜叶，捣烂后敷于患处，隔天就退了红肿，水泡也干瘪了。

前几年“非典”在全球肆虐，搞得人心惶惶，鱼腥草就担当了重要的角色，与板蓝根一道成为人们抵御病魔的良药。

而半个多世纪前，日本广岛发生原子弹爆炸事件。面对大批放射病死伤者，广岛人纷纷采用民间疗法进行自救。据说，当时广岛人服用最多的即是鱼腥草。

在历史变迁发展中，它一直扮演药、食两用的双重角色，为民众养生保健、防病治病发挥着作用。

老子对水有别样的情愫，孔圣人有着同样的情怀，他说智者乐水，仁者乐山。而鱼腥草同样喜水，其骨子里就浸润着智者的情怀。

我一直以为，鱼腥草既然是我们南蛮之地的山野植物，自然不会有文人骚客对它垂青，殊不知查了查，发现南宋有位诗人张侃在其《拙轩集》卷二中有《采蕺歌》，诗云：“采蕺采蕺蕺渐绿，蕺山昨夜雨沾足。越女提篮入市中，论价不止金与玉。开时花似荞麦花，亦能蔓生走长蛇。龙肝凤髓久无味，却寻野蔌新矜夸。声名在世多相忌，最厌薰莸同一器。我歌采蕺非虚辞，采蕺歌中有深意。”张侃对鱼腥草充满了敬佩，赞美蕺菜是薰（香草），而不是莸（臭草），告诫人们勿因其野生而轻视之。

第四辑　城春草木深

栀　子

江南的初夏，总是幽静淡雅的，淡到不容易让你察觉。春过后，夏究竟有多远，又有多近？

其实，穿过五月，夏的味道便明显熟稔起来。乡间的山坡田垄，村庄的屋舍院落，草木渐渐浓绿如一团团水墨色彩，空气中更是浓郁着各种花香。而栀子花的香，浓郁而浑厚。一闻到花香，我甚至可以想象栀子花肆无忌惮地开放的样子，像极了邻家小女孩在田野里疯跑，无拘无束，一路爽爽的笑声把这夏就搅得热火朝天了。

我喜欢栀子花！

在我的家乡，乡亲们称它为支子花，或黄鸡子花。后来，我知晓栀子花又名雀舌花、玉荷花、白蟾花、木丹、鲜支、越桃、黄栀、白蟾、卮子……有着云朵一样千变的名字，但名字再多，面孔也只有一个，正如一个神秘而痴情的女子，终生守候。因香味极浓，在江浙一带，有"碰鼻子香"的俗称，很是形象。栀子的栀原是卮，卮是古代的一种酒杯，因栀子开花结实后的形状与这种酒杯有几分相似而得名。

我的家乡地处湖湘之地，山水相间，诗情盎然，不仅有滚滚长江水，也有八百里浩渺的洞庭湖，山系幕阜山脉。在高高低低的山峦峰谷，弯弯曲曲的河湾湖汊，栀子花是最为普通的一种花。二十世纪九十年代，家乡岳阳市评选市花，热心的市民就把选票送给了栀子花。如今，栀子花已成为岳阳城乡一景，在城市的街道巷陌、机关院落，乃至公园居民小区到处有她的倩影。一到夏天，大街上飘浮着栀子花的香味，一种醉人心扉的香将岳阳的白天、黑夜浸润得斑驳迷离。只是现在的栀子花，经过改良嫁接，比荒山野生的栀子花更漂亮，花更多更大更显风情。花朵洁白玲珑，芬芳素雅，一圈绿色外缘包围着雪白的花蕾，犹如玉琢琼雕，弥漫着沁人心脾的芳香，格外清丽可爱。而在乡下，村前村后的山上，到处可以遇到栀子花的影子，转一个弯，上一个田坎，一不小心，一株抑或是三五株栀子就站立在你的身前身后，让你躲都躲不掉。远远望去，宛然若仙，翩跹而至。近看，六片花瓣洁白，一柱黄黄的花蕊，如一位凌波仙子在绿色上走着碎步。栀子的叶与其他树叶不同，一年四季都浓碧发亮，革质肥厚得连风吹过都不会发出簌簌的声响。因此，栀子树成了昆虫的舞台，在夏夜总会聚集许多不知名的昆虫，缤纷热闹地开一季的演唱会。它们在叶子底下彻夜鸣唱，有时竟唱断了我的思乡路。

在乡下，尤其是在江浙一带，一到栀子花开的时节，大姑娘、小媳妇儿，甚至那上了年纪的奶奶们，都喜欢在鬓边或者衣襟上别一朵栀子花，不管走到哪里，那淡淡的馨香都能一直伴随在身边，流动在乡野的空气中。每年端午节临近的时候，栀子花便和一夜急雨一起到来。“栀子花哟！”悠长的，似乎是从深深的久远的历史的深巷里传来，那份悠悠的江南韵味和温馨缱绻的妩媚立刻飘散开了，散下一路清香。远去的卖花声，几回回唤醒了深深庭院的慵懒，多少思念伴着无可奈何的遗憾，在缭乱的落红中春将归去。栀子花开了，春又走远……

栀子花开的季节，也是孩子们喜欢的季节。栀子花一开，桃子、李子也就成熟了，正是孩子们大饱口福的好日子，怎么不叫孩子们喜欢哩。尤其是梅子。我老家村后的山上有几棵高高的杨梅树，此时已是星星点点，红了一树。满树杨梅，早早地让孩子们盯上了，挂在心上，连梦中都在念叨。只是没有“试问闲愁都几许？一川烟草，满城风絮，梅子黄时雨”的愁绪。孩子们像猴子似的蹿上树，摘下一粒粒梅子，用搪瓷杯盛回家，再用白糖腌渍一个晚上，第二天吃得牙齿都酸了，却无怨无悔。

而女孩子更喜欢栀子花。花一开，情窦初开的少女就迫不及待地摘两朵洁白的栀子花插在发梢上，走起路来，花一荡一荡的，却不知晓把哪一个男孩子的心荡得东倒西歪。不仅如此，还一定会把栀子花放进口袋，塞进书包，夹在课本里，身上便若有若无的香气飘逸，三五个女孩走在校园，总会让那些多情的小男生偷偷瞄上几眼，倘若四目相碰，小男生脸上定会有一丝涩涩的红。其实，遇见一朵花开的瞬间和年少时与一个人的相遇应该有着同样的心情，那种铭记定格在生命最美好的时刻，一世难忘。

也有胆大的孩子，悄悄地摘一把栀子花作为爱的信物传递。在校园女生宿舍里，时常会多一束绽放的栀子花，用杯子盛着，兀自开放。在西方国家，每一种花都有它独特的语言，正如玫瑰代表爱情，百合代表祝福，而栀子花因其花从冬季开始孕育花苞，直到初夏才得以绽放，含苞期愈长，清芬愈久远，因而其花语是“坚强永恒的爱与约定”，抑或被隐喻为“一生的守候，我们的爱”。看来东西方文化的差距并不遥远。

湖南卫视的主持人何炅就是地地道道的岳阳人，他的少年时代就在栀子花香中度过，为此他写过一首歌——《栀子花开》，轻软的音乐淡淡地描述着离别的心情，简单的音乐节奏让人在聆听时感受到空气中轻盈跃出的栀子花带来的阵阵清香，曲调朗朗上口，歌词清新自然，洋溢着浓郁的校园气息。这首歌曾经红遍大江南北，成为众多学子吟唱的流行歌曲。

古人对栀子花的评价甚高，元程棨《三柳轩杂识》中谓栀子花为花中之“禅客”“禅友”。传说，栀子花的种子来自天竺，与佛有关，佛经谓之“薝卜”。不少古今文人雅士写过赞美栀子花的诗词，如明朝沈周的《栀子花诗》:“雪魄冰花凉气清，曲栏深处艳精神。一钩新月风牵影，暗送娇香入画庭。”而我最喜欢唐朝王建的《雨过山村》:“雨里鸡鸣一两家，竹溪村路板桥斜。妇姑相唤浴蚕去，闲看中庭栀子花。”一个“闲”字，把山村栀子花和看栀子花开的乐趣写得妙趣横生。然而，当代作家汪曾祺却不大喜欢栀子花，他认为，栀子花粗粗大大，又香得掸都掸不掉，为文雅人不取，以为品不高。纵观历代的花鸟画家，对栀子花似乎并不上心，宋人的《百花图卷》里绘有栀子花，线描敷以淡墨，许多花卉比如牡丹、山茶、荷花画得都很漂亮，栀子花却画得有些呆板不尽如人意。鲁迅先生应该对栀子花还是喜爱的，他在《朝花夕拾》写道：“广州的天气热得真早，夕阳从西窗射入，逼得人只能勉强穿一件单衣。书桌上的一盆‘水横枝’，是我先前没有见过的：就是一段树，只要浸在水中，枝叶便青葱得可爱。看看绿叶，编编旧稿，总算也在做一点事。做着这等事，真是虽生之日，犹死之年，很可以驱除炎热的。”“水横枝”其实就是栀子枝。鲁迅先生写这段文字的时候，大概是六七月，栀子花开尽了，便剪一段绿绿的栀子枝，聊以消暑。

至今怀念母亲在劳作之余，从田野归家总忘不了摘几枝盛开的栀子花插在水杯里让满室生香。一朵带雨露的栀子花，清冷浓香，淡逸而出。像悠然的蓝天上浮动着的朵朵白云，自由地飘荡，来自心灵深处的快乐便如花绽放，倾听着花开的声音，原来，快乐就这么简单。

乡下人对花草的喜爱与城里人不同，城里人爱花总是护着、宠着，生怕冻着、晒了，像是呵护小崽崽。《红楼梦》中的林黛玉喜爱桃花，看到桃花凋谢飘零，陡生伤感，竟演绎出一曲“黛玉葬花”的悲情戏，让多少人为之掩泪。北宋的理学家周敦颐独爱莲，却是“可远观而不可亵玩焉”，这大抵是文人雅士的爱花之情。而乡下人呢，则是任它在荒郊野外风吹雨淋，随它在村舍院落日晒夜露。正如这栀子花，春天来了，它就开花，秋天来了，它就结果。一样灿烂着，精神抖擞。

乡下人喜欢花，不仅要闻它，赏它，采它，还要扣上一顶“美食”的帽子——吃花。在湖湘一带均有吃花的习性。比如这栀子花，就是一盘佳肴。可凉拌，可做汤，可煎蛋。将盛开的花采回来，抽掉中间那根黄黄的花蕊，用开水一焯，捏干水。切几片腊肉，最好是五花肉，煎出油来，放葱姜蒜，再把栀子花放入，旺火炒，片刻起锅盛盘，满屋生香。尝尝，花的味道立马盈满口腔，口感细腻爽口，绝对让你过口不忘，恋恋不舍。小时候，家里穷，兄弟多，父母时常找些地米菜、鱼腥草、水竹笋、马齿苋等野菜作为粮食补充，而栀子花是我的最爱。如今父母年事已高，但每到入夏，父亲总是要到山上采摘些栀子花，捎到城里来，让我们兄弟姐妹一饱口福。稍晚些，还会把焯好的栀子花晒干，到冬天时分，雪花飘舞，取一把干栀子花，用开水泡发，又是一道不可多得的菜肴了，其浓厚的香味，饱含着深深的父爱，温暖着我们一个冬季。

栀子花又是一道良药。在乡下，年长者都知晓几味中草药，有个头痛咳嗽，总会自己到田间地头寻一把草药，如鱼腥草、蛤蟆叶等，煎水或是泡茶喝。栀子花也一样，摇身一变，完成从美食到利于病的良药的角色转换。记得村里的老郎中，常会搬出一本叫《本草纲目》的线装书。书，应该有一些年头了，却是老郎中的宝物。他捻着几根山羊须，摇头晃脑地说栀子“泻肺火，止肺热咳嗽，止鼻衄血，消痰”。确实，倘若风火牙痛、口舌生疮，村人常常会用栀子泡茶，有时也会用栀子的根煎水喝。如今，还有不少高血压患者，用栀子叶泡茶喝，说是有降血压的功效。后来读了杜甫的一首诗，竟将栀子的妙处都道尽了：“栀子比众木，人间诚未多。于身色有用，与道气伤和。红取风霜实，青看雨露柯。无情移得汝，贵在映江波。”看来栀子不单花可清肺凉血，果实、叶、根都各有用途呢。据说在古代，栀子的果实还是一种用来染布的黄色染料。

栀子花开了，盛夏又将临，若是在一个雨后的周末，蜗居在家，煮一壶茶，听一段何炅的《栀子花开》，独自静坐，感受栀子花的那一抹浓香，回忆生命中的那一些深浅的感动，该是多么惬意的时光，微笑中，细数流年……记忆里泛起的是逝去的青春，是再也回不来的年华。在岁月的长河里，从长满青荇的河湾中，过往的情节，过往的梦，延伸着一缕缕思念，一如栀子花，淡淡地孕育，淡淡地绽放，淡淡地飘香，淡淡地守护着生命中的那一份朴实与从容，澄净与安详。

油　菜

在很多人眼里，油菜花绝对上不了大雅之堂。

在春天，百花齐放，桃李争艳，这么一大堆花花草草中，油菜花是最平民最草根的了，但它热烈，奔放，毫不忸怩作态，也不孤芳自赏，密密麻麻地拥挤在田野里，热热闹闹，一大片一大片，金黄的色彩，常引来翩翩彩蝶、嗡嗡蜜蜂，还有叫不出名字的小虫子飞舞于花间，平添了乡间田园缤纷的景致。

油菜花，还真的不同凡响。金灿灿、娇妍妍、明晃晃的。一穗穗，一长吊一长吊的，翠玉秆上，碧叶铺张，小花儿你开了我开，他开了她开，热闹着，闹腾着，那么长，那么长的时日，晃着你的眼眶。近看，细看，油菜花四片小小的花瓣，整齐地围绕着花蕊，个性朴实。花片质如宣纸，嫩黄微薄的花瓣十分精致，有细细的纹路，那是技艺多么高超的雕刻家也无法雕琢出来的。中间的花蕊弯曲着凑在一块，仿佛在说着悄悄话。它有坚韧的根茎，茂密的叶，有着像栽种它们的农民们一样的淳朴与粗犷。

对于出生农村的人来说，油菜花再熟悉不过了，熟悉得如同自己的亲人，年年岁岁，岁岁年年，村庄就是在花开花落中过着小日子，油滋滋的，美着哩。油菜花开了，田野就有了梦的气息。碧油油的油菜叶像绿色的海，黄灿灿的花穗就像海上的浪。绿海金浪，延绵推涌，翻滚着，起伏着，煞是好看。站在田野路旁，怔怔地看着这花的浩瀚海洋，看着这金黄色的浪涛一波一波地奔涌向前，直到消失在田野远远的尽头。

九油十麦。刚忙完秋收，乡亲们来不及歇口气，就赶紧忙着种油菜。要赶在秋雨的小脚到来之前，忙着晒田耕田整田，又吆喝着耕牛，将刚做完丰收梦的泥土推推搡搡地翻转来，耙碎，耙平，齐整整地锄成行，然后分垄起沟作畦，土一定要弄得细细的，均匀疏松，再把一棵棵油菜移栽。一切忙完了，冬天又赶着呼呼的寒风来，搅得田野一片静寂，油菜不动声色，似停滞了生长，其实，油菜的根却在向下向下。随着节气的推移，顶着三九严寒，一枝一叶地努力往上蹿，渐渐地由浅绿变成浓绿。来年，春节一过，一场春雨，两三声炸雷，油菜像被唤醒了似的，疯一般地往上蹿，抽薹，扬花，结荚。初夏，收割下的菜籽，送到榨油坊，榨出香喷喷的菜籽油，让整个村庄生动起来。柴米油盐酱醋茶，开门七件事，这油是万万不可少的。再加上锅碗瓢盆交响曲，这就是真实的生活。和家人，一起过着柴米油盐酱醋茶的平凡生活，也许再简单平淡不过，却是最难得的幸福。

此时，站在油菜花里，想起乡下的父老乡亲。他们一边耕种，一边歌唱，用自己的方式，演绎着那已流逝了千百年的劳作方式，没有刀光剑影，更没有风花雪月，有的是简简单单，有的是从从容容。

对于油菜花，谈不上喜欢，因为在我的心中，它并不是一种花，一种作为观赏的花，是不能与玫瑰、海棠等同日而语的。甚至在小时候，还有一点点恐惧与胆怯。在乡下，油菜花开的季节，是疯狗出没的时候。小小年纪，背着一只小小书包，走在上学和放学的路上，总是担心会有一只落魄的疯狗夹着尾巴冷不丁从油菜花地冲出来，不声不响，在你的小腿肚子，或是屁股上猛地咬上两口，然后又消失在油菜花里，无处寻找。至今，有村人被疯狗咬伤后，得了狂犬病，临死时，如狗吠状的情景记忆犹新。于是，小小的我们总是三五一群，结伴而行，手里多一根杨柳枝，抑或是小竹枝条儿。最担心的是落单，一个人孤独地走在弯弯曲曲的田埂上，总会高声唱着“我们是共产主义的接班人”。

菜花黄时，又是花痴发病的季节。也许是空气中浓郁的香气刺激了病人的神经，花痴总是乘家人不备，溜出封闭的院落，一副嬉皮笑脸的样子游荡在村前村后，见到女人，冷不丁地跑过去，要抱抱，要亲亲，直吓得大姑娘、小媳妇花容失色，魂飞魄散，如惊飞的鸟一般跑得远远的，也有胆大的，站定，横脸，鼓眼，高声呵斥，竟也让想入非非的花痴落荒而逃。大凡花痴，多是在恋爱上受到刺激而患上精神上的疾病，乡下人，统统称之为神经病。当然，这只是过去的事情了。

时光如流水。流水尽头，是落红缤纷的背影。烁烁光芒的油菜花，任习习春风，轻轻摇曳，温暖明媚的香，在每一个人的心头，袅袅盘旋，总有一缕悠远的少年的怀恋，纠结着，永远。曾经在一个晴朗的日子里，走进油菜花里，慢慢地看，慢慢地玩，守着日子，一点点地消融。累了，用石板做枕头，躺在一节细草茸茸的田埂上歇息。看一线窄窄的天空撩开浓密的油菜花，把那种青翠欲滴的蓝滴到脸上、嘴上；看一朵朵油菜花停在半空中，像一只只蜜蜂，嗡嗡嗡地叫唤着，却不肯飞走——我就是那蝴蝶，那蜜蜂，以花蕊为床，以花瓣为被，睡在了花朵中，一万年不醒……这片流金淌蜜的“大田”，其实就是岁月陈设在心房里的一罐蜜酿，愈是久远愈是觉得香甜。

看油菜花，最好是在每年的清明前后。最有韵味的油菜花在江西婺源。粉红的桃花、洁白的梨花点缀在漫山遍野金黄色的油菜花中，掩映着白墙灰瓦的徽派建筑，使得每一个逃离纷繁城市的人都能找到归宿。

而江苏兴化又是另一种风格。在辽阔的水面上，千姿百态的垛田形成了上千个湖中小岛，岛上开满金灿灿的油菜花，在水面上形成一片金黄色“花海”，蓝天、碧水、“金岛”织就了“河有万湾多碧水，田无一垛不黄花”的奇丽画面。不只是南方才有油菜花，在北方，同样可以找到这样的美景。青海门源，十足的西部风味，却有近百万亩油菜形成的百里油菜花海，给这里的山山水水都被覆盖上了一层金色的外衣。

如果是早五年，或是十年，有人喊你去旅游，只为了去看油菜花，你一定会骂他是疯子，至少你认为他脑壳里进了一点点潲水。如今春天一到，阳光灿烂，城里人就吵着嚷着闹着，呼朋引伴，携妻带崽，或远或近，去看那一片片金黄金黄的油菜花。其实，看花，不一定要去远方，风景就在身旁。只要走到城外，在田野中，四处都有油菜花的身影。说起来，是以看油菜花的借口，呼吸下新鲜空气，舒展下筋骨，而且一定奔着田头灶间，尝尝最新鲜的春菜，野生的荠菜、笋、马兰头、山蕨菜、水芹、苦菜、香椿、马齿苋。

戴着花冠，你是赏花人。行进在花田阡陌，你努力地找寻风景。有阳光、蓝天、白云、青山、绿水，正因为这一种金黄的颜色画龙点睛地勾勒出这幅山水的灵魂，使原本无生命的山水阳光就被赋予了生命而得到本质的升华。人活着就要像油菜花一样，即使平凡得无人欣赏，也能骄傲得绽放自我。

天上的风儿，轻轻地飘着，不紧不慢；田野的菜花，默默地开着，不艳不妖。若能居一间农舍，拥半亩花田，喝一杯淡茶，看几本闲书，沐一身乡间野趣，于此男耕女织，养儿育女，心无旁骛，安之若素，岂不快意人生！

桃

一夜春雨，几场春风，杏花开了，梨花开了，桃花开了……

农家村舍的房前屋后，一株株桃树灿然开放，如乡下朴素的女孩子靥然的笑脸，让刚从冬日里走过来的身心“唰”地站在阳光下，温暖清新。近看，桃花正明媚地张扬着，一朵挨着一朵，一朵贴着一朵，挤满了整个枝丫。你不让我，我不让你，赶集似的聚拢在一起。细看，有的桃花才展开两三片花瓣，如同一只只振翅欲飞的蝴蝶，有的花瓣全展开了，露出了如丝绒般的花蕊，有的还是花骨朵，饱胀得快要破裂似的。

三月，去乡下，赴一场“桃之夭夭，灼灼其华”的盛宴，哪怕只是望见一树桃花，也算是一场邂逅，虽然没有爱情。而邂逅，却是艳遇的开始。

桃花，最好是开放在乡村的柴扉旁，于谦《村舍桃花》里有言“荜门蓬户两三家”“露出绯桃半树花”，却是尘世人间的味道。而唐朝节度使崔护的一首《题都城南庄》：“去年今日此门中，人面桃花相映红。人面不知何处去，桃花依旧笑春风。”“人面桃花”，几乎成了桃的名片。只是崔护做梦也没想到，他被后人记住，却是得益于那株唐朝的桃花了。时光悠悠，那株唐朝的桃花随岁月的河水早已飘远，零落成泥，但名不见经传的崔护的名字却如季季桃花依旧在春天的时节里光彩夺目。而那首传唱千年的“桃花潭水深千尺，不及汪伦送我情”，似乎从桃花深处中踏歌而来，一段佳话，一个故事，自唐朝就永远镌刻在了桃花的枝头。

崔护这首《题都城南庄》，给桃花赋予了爱情的深厚含义。人面桃花的故事，在时光里沁染，变成了终成眷属的结局。从此，桃与爱情有着千丝万缕的关系，一提起就令人心旌摇荡，一招惹便染就一段芳华，于千年时光流转之中闪耀着不灭不落的光华。《桃花扇》中桃花扇是侯朝宗与李香君的定情之物，借离合之情，写兴亡之感。年轻人谈情说爱，总会对心仪之人冠以桃花的美名，走“桃花运”，是天下男人梦寐以求的美事了。我还记得，大哥哥、大姐姐们每到“七夕”之夜，也要躲藏在桃树下，偷听牛郎织女相会的窃窃私语。我们也曾躲在树下偷听，除了满耳的虫鸣，无论如何也听不到一句甜言蜜语。

桃，似乎与民间巫术有关。桃符、桃木剑、桃弧棘矢——桃木做的弓，棘枝做的箭，古人认为可辟邪。挂桃符是远古的习俗，大年初一用两块桃木板各写上“神荼”“郁垒”神名，挂在大门两侧，这就是具有镇邪神性的桃符。每逢春节，人们都用新桃符换掉旧桃符，于是就有了王安石“千门万户曈曈日，总把新桃换旧符”的名句。后来，“桃符”就干脆成了春联的代名词。如今在乡间，依旧有“鬼画桃木符”的说法。桃木剑，在中国古代小说中经常出场亮相，大多成为道家方士的贴身法器，和他们手持的拂尘一样有名，有镇宅、纳福、辟邪之神功，用之以保安宁。桃木成了鬼远远一望就心惊胆战的镇物。如今，不少人是断然不知道桃木的这些神功的，也没人珍放桃木物器。现代化进程的社会，人对事物功利性越来越强，即使种植一棵桃树，其目的不是吃桃，就是赏花。

年少时我们不懂崔郎的爱慕之心，也不认可桃与鬼神之间的关联，对于桃花更多的只是一种口福的渴盼。桃花的妙处不在花色，会结好吃的桃子才是本事。少年的心事原本就是这么简单。桃对于我们的童年，满是遐想，生动而甜蜜。桃子是我们童年里最好的水果了。五月的鲜桃，脆，甜，致密的果肉让牙齿充满自信。黄灿灿的香蕉、红彤彤的苹果，在我们的眼中，仅仅只是课本上的知识，抑或是电影上的一种道具而已，无法勾起我们的口水，现在的孩子怎么也不可能想象到，那时的苹果与香蕉对于乡村的孩子是一种怎样的梦想。至今还记忆犹新，第一次吃香蕉，是在县城的大舅家，当黄灿灿的香蕉真真实实地展现在眼前，恍若时光停滞，内心中竟有一种迫不及待的念想。大舅递给我一根香蕉，我不知要剥皮，猛地一口咬下去，却是如此的生涩，因为我不懂香蕉的吃法。尽管后来我还是尝到了香蕉的美味，却让我在骨子里对它产生了一种怯意。至今，我最喜欢的还是乡下的桃。

乡下的桃是朴实的，正如乡村朴实的泥土、朴实的庄稼、朴实的房子，让我怀恋一生。在乡村，一树一树的桃安静地蹲在屋前院后，如朴实的乡下妇人，不动声色地拉扯着家常，幸福而从容。

桃，是童年最好的朋友。桃花开了，每一朵桃花的背后，都可能隐藏着一颗甜美的桃子。桃花在童年的眼中，是一种触手可及的希望，绝没有一丝爱情的寓意。城市里很多桃花，猛一看挺热闹，睬仔细才发觉不是，不结桃子或桃果如豆，不值一提。当然，它们不觉羞赧，生来就是以花取悦人的。

桃花败了，花瓣如雨飘零，我不心疼，桃花不是因了春光逝去而形销骨立，桃要做母亲了。脱尽繁花，直面风雨，桃有大事在胸，自然顾不上人类多情的叹息。花谢叶芽发散，碧绿的桃叶一路护佑着桃子长大。初夏的果子，生长起来可真快，几乎听得见唰唰的声音，果子安详、满足，自在招摇享受着阳光、雨露。五月端午时分，阳光已是格外的明媚，如生动活泼的水环绕着村庄。一树一树的桃子壮实地吊在枝杈间，洇红着小脸，咧着小嘴，望着童年在笑。这是桃李收获的季节。我们的小肚子常常胀得鼓鼓的。桃子吃多了，极容易拉肚子。我们只管嘴巴子过瘾，自然顾不了这么多了，心甘情愿地一天跑好几次茅厕。

不仅是桃子的美味，即使一枚桃核也是少年的把玩之物。吃完桃，把桃核的一端在粗糙的石板上磨开，剔掉桃仁，就是一枚哨子。噘起嘴巴，呜呜地起吹，吹得满屋场都是哨音。

五月是童年的快乐时光，我们像小狗子一样在村庄里嬉戏打闹，爽朗的笑让村庄年轻了许多。桃子们被父母亲小心翼翼地摘下来，挑到城里去卖。又换成油盐、布匹，有时父母亲也会给我们带来花书包、黄军帽，抑或是小人书。忽想起唐伯虎的《桃花庵歌》："桃花坞里桃花庵，桃花庵下桃花仙。桃花仙人种桃树，又摘桃花换酒钱。"在乡下，不拿桃花换酒，而拿桃子为生计，实则平常之事。试想，人世间的生活本来就是如此朴素的。

其实，桃，并不是村庄的专利。在山坡上，在小路边，在河岸旁，是谁随意地扔下的一枚桃核，第二年春天，它竟破壳而出，长成了一株小小的桃树，瑟瑟地偎在杂草丛中，却让我们惊喜。我们有时会把它们移植到院落，父亲说，这野生的桃，就让它们在村外"野"着吧，那才是它们的天堂。我们有些不舍，但很快一株弱小的桃就在鸡的啄食，猫狗的打闹，牛的践踏下，消失了，走在天堂的路上。现在我终于明白，其实，人也一样，每一个人都有他自己的生活方式，存在就是合理，平安就是幸福，自由就是快乐。

"野火烧不尽，春风吹又生"，这本是歌颂小草生命顽强的句子，其实可以用来歌颂所有植物生命，桃花也在其中。三月桃花开，春天已回来。年年岁岁，岁岁年年，有桃，一株、二株、三株，在田野在山坡在河堤，东零西落地生长，无人问津，自生自灭。一年，二年，三年，它们努力地生长着，一路磕磕碰碰。其实，桃的骨气并不输给青竹寒梅，只是生长在春暖花开的时节，美丽到连刚强也是一种温柔叹息。

有一年春天，它们突然绽放了，一树桃花，如点燃的小火把，大人们不以为意，却温暖在孩子们的眼中，亮丽在绿意葱茏的田野。桃花开的时候一样娇艳，到底花就是花。无人欣赏也罢，有人欣赏也罢，该开的时候，它开了。后来，有小小的青桃在枝杈间探头探脑，茸茸的，仿佛一群青葱少年，挤着挨着在看我们。我们也挤着挨着在看它们。但它们是怎么也长不大的孩子，当屋前院后的桃长得肥肥美美的时候，它们依旧是桃核般大小，涩且硬，无法让人入口。乡下人说，这是狗屎桃吗?

父亲把这些“狗屎桃”摘回来，放在谷糠里，不动它，不理它，好像是在较劲似的，足足捂上个把月，再翻出来，这桃便软了，用手轻轻地一掰，便成了两半，洇红的桃肉，一枚小小的桃核。入口，绵软，有些甜，又有些浅浅的酸味。吃多了，牙软软的，吃啥都使不上劲了。饥馑年代，桃子曾经是故乡不可多得的食物。饿肚子的记忆是疼痛的，疼痛里的美味是终生难忘的。

春绣盈盈，时光阑珊，记忆总是流香。正是这酸且甜的“狗屎桃”，让我的童年、少年在快乐中一页页轻轻翻过。如今已有很多年没有吃到这样的“狗屎桃”了。在城市的边缘寓居，周末，老家的一个远房亲戚来看望年迈的母亲，竟带来了一小袋的“狗屎桃”。毛茸茸的青桃，一下子勾起沉在心底最柔软处的记忆。

在所有的植物中，我以为，桃是属性最多重、含义最深广、文化最饱满的一种草木。

李

李子远不如桃子，在少年的食谱中。

但是，我的童年日志中，没有喜欢或不喜欢，所有能食的草木均是一种美味，不管是叶，还是种子，甚至是花朵。比如桃子、李子，它是桃树、李树的种子，在生活中均冠上了水果的美名。而杜鹃花是花，割草的时候掐了生吃，酸、甜、脆。甚至是菜园子的南瓜花，爆炒，加切碎的青椒，绵软爽口，是一道不错的菜肴。母亲喜欢用开水烫过的栀子花，在冷水中泡一天，炒着吃，香着哩，能配上几片腊肉更佳，当然那是少年时的一种奢望。做篱笆的木槿，开花时极美，乡人称为菜花树，鲜炒，软滑，只是我已二十年没吃过了。能吃的树叶很多，大多的果树叶都可食用，只要无毒就行，只是味道口感不同，酸、苦、辣、涩、粘、滑。年少时我还吃过刺嫩芽、桑叶、香椿、柳树尖、椒树叶等。花也好，叶也好，但终究抵不过草木的果，饱满瓷实。

初夏，李子与桃子一样是少年时代的主打零食。记忆中的李子青黄玲珑，酸酸甜甜，虽然没有桃子的口感，但仍然让我在春天就心仪已久。

李子结果极为繁密，却又来也匆匆去也匆匆，刚刚成熟，很快就不见踪影。昨天还是枝头林立，过了三五天，连鸟雀也来不及品尝。还好乡下的果树络绎不绝，梨子、橘子、枣子、石榴，随着季节的变换，接二连三地亮相，让饥饿的少年有了一抹亮色。在乡下，村子的前后，屋舍的左右，菜园的边角，一定有两三棵桃树、李树、橘树，东一棵，西一棵，随意，散漫，像极了闲适的汉子，站在村庄里聊天。但在孩子的眼中，每一棵果树都是一棵幸福树、开心树。桃红李白的日子是多么的甜蜜呀，就连空气中也是浓厚的甜美。

其实，在少年的记忆中，从没有感觉到花的美好。在饥饿的眼睛里，花开了是花，花谢了也是花，而花谢的尾声里，企盼的是李子的结局。农村孩子平时没有什么零食，只要稍稍能入口的我们都吃。比如涩柿子、青皮柑子、生豌豆、茅草根……经常吃得龇牙咧嘴还不亦乐乎。李子有酸味能入口了，少年开始偷李子吃了，本来是自家的，不算偷，但母亲看见了是要骂的。待母亲出门去田野里干农活去了，就偷偷地翻进园子，快速地爬上树，像极了偷鸡的黄鼠狼。伙伴们在外面放哨，待把李子塞满所有衣袋裤兜，就和那些狐朋狗友躲到村后的山塘坡上慢慢分享，尽管酸得龇牙咧嘴。如今这一切都成了记忆。那些原本苦的记忆经过岁月的发酵后，却是一股温暖。

是呀，再遥远的记忆也会铭记。铭记那些草木，如一株李树。时光永不停滞，我从乡下走了很远很远，进了城，安了家，回头再次细看那片居住过的净土，过去的烟火早已消散，曾经鲜活的生命已经被历史取代，剩下老李树在村口呼啸而过的风中依然饱含沧桑艰难地活着。年年清明，总要回乡下的老家，远远地看着老李树，老李树也看着我。

李树的树干，有些怪异，犹如衰老的乌桕，黑色、斑驳，甚至有些羸弱、纤细，远没有樟树、青桐的树干耐看，而正是这样的树，每年的春天，竟在一夜之间，满满一树白花。李树是有集体情怀的果树，要么不开一朵，要么就是千朵万朵压枝地一齐绽放，大有排山倒海之势，让身边的几棵桃树相形见绌了。李花远没有桃花艳丽，只是小小的，一簇一簇，白白的花瓣，薄而通透，仿佛风可以穿过，带去一种颤颤的含了冷意的芬芳。一场春雨的淋漓，抑或是春风的吹拂，李花簌簌，雪一般落得一地皆是。“秾李花开雪满空，缟裙香袂俨春容，靓妆一笑喜相逢。拟倩清歌留白日，且扶残醉织东风，好迟留处却匆匆。”喜欢宋代管鉴的《浣溪沙》一词，就是因为缘于少年喜欢李花的那份淡雅与婉约。

仍旧是一树李花，渐渐地在少年心中却有另外的情意，总想用一个词表达内心深处的对它的喜爱。“烂漫”，似乎超了分量；“寂寞”一词，却少了其本来就有的那点暖意。静静地看着李花，花静静地开着。少年心中一亮，还是用安静，更为妥帖。转过身再回头，一想，竟然想到了闺阁中女子矜持的脸，或其脸欲掩饰的而未掩饰住的笑意。白色最单纯，不用为那么多色彩花费精力，足够一心一意营造自己的芬芳。其实人也是这样，越朴素单纯的人，越有内在的芬芳。真正的美是从一个人内心里透出来的。而这一切都存进了岁月的深处。

追忆起往事，许多画面历历在目。记得年少时，外祖父家的草坪前，稀稀疏疏种了三棵李树。最美的时节，也是初春，树大了，枝丫横杂，参差交叠，分不得彼此。花落，叶出，李子也在阳光雨露中萌生。进入夏初五月，李子开始转色，由青转绿，再变黄。阳光的香甜慢慢地挤进一枚枚小小的果，要不，总是向阳的果先成熟，而且更加香甜。贪吃的鸟们，总是选择枝头顶端的李子，鸟的灵性，是少年心中的小秘密，一直保留至今。端午节，李子就熟了，甜味哗然而至。江南食俗，便有麦粽、角黍、李子、馄饨、汤面等，看来李子在江南的地位不可小觑。

有一种李，是在麦子成熟之时熟的，所以乡下又叫麦李子。从树上采摘下来的新鲜李子是粉红色的，用手一捏，手感绵软，咬一口，皮软汁满，脆脆的，先是一种微酸，然后是满口的甜，仿佛是清晨的阳光，清新，一下子满屋里都是李子特有的味道。摘李子是少年最快乐的时分。满树滚珠缀玉的，看一眼都会让人流口水。隐身于树枝间，拿着筐子摘那些晶莹剔透的珍宝，真是一种无上的享受。年少的我们，围着李树，或站或坐，或挂或悬，胆大的，爬上李树，有揽月摘星之感。树梢够不到的，用竿子打，李子扑扑一阵雨点似的落下来，噼里啪啦地坠地，总会有一些破损，还要心疼半天。有的落到了禾场边的水稻田，沉到水底，我们就到水中去捞。有时一个李子啪嗒一声就落到了头上，流了一头一脸的甜汁。那颜色红润、酸酸甜甜的李子，俨然已经成了家乡植入梦中的特殊符号，诱使我常常在梦中甜甜地笑醒。

李子的吃法很多，除鲜果外，古籍记载还有晒干、盐腌、蜜饯、酿酒等加工方法。父亲曾经将李子、冰糖、白酒放入宽口玻璃瓶密封酿酒，一个月的时间，新鲜的果子成了醇香的美酒。时间的味道，微生物的帮忙，成就了清香甘洌的美酒。可惜当我成年后，父亲再也没有做过。原来，李子酒是“驻色酒”，是女人酒，或许父亲作为一个大男人是不屑去做的。酒不喝也无妨，我更喜欢吃李子做的果脯。我的一个远房舅母，常常把那些不中味的酸涩的李子，去其核，用盐水浸渍后，曝于太阳光下，晒至将干未干，最后用紫苏叶磨成的粉匀入，做成可口的果脯。过了几十年，我仍记得舅母用李子做的果脯的滋味。李子更有奇葩的吃法，像拍黄瓜一样拍碎李子，取出果核，放上辣椒、大蒜、酱油、盐、香葱等凉拌来吃。听说味道还不错，甜甜的、酸酸的、辣辣的、脆脆的，别有一番风味，既可以作为休闲零食，又可以作为下酒菜。但我没有尝过。一枚小小的李子居然有如此多样的吃法，源于人类对它的喜爱。

和桃子一样，李子是民间一种很普通的水果。桃、李、杏、栗、枣属传统“五果”，在古人膳食结构中占有重要地位。乡下也有一句民谣：“桃养人，杏伤人，李子树下埋死人。”初看有些吓人，其实讲得也是一种养生。中医讲过是药三分毒，饮食讲究不偏食。《滇南本草》载：“李不可多食，损伤脾胃。”其实，对每一种水果来说，各有利弊。水果毕竟是生活中的辅助品，当择其利而食之，适量而可。上升到哲学就是中庸之道。凡事都有好坏、正反两方面，要用之有度有道。适可而止，是最佳的选择。

果类是道教为得道成仙所推崇的食物，然而道教禁忌用李子敬神，究其原因，是因为李与太上老君有关，原来太上老君本姓李，道教鼻祖老子原名李耳，中国人讲究禁忌，出于避讳，李子在道家就只能被打入冷宫了。祭祀上出于敬畏不使用李子，逐渐影响到日常生活，形成对李子忌讳的态度。道教的冷落，丝毫不影响李子进入人们的日常生活，早在商、周时代，巷陌之间多栽种李树，即使在诗人笔下，李也成为表达人的性情和陈述道德意趣的借言物。《诗经》的精美篇章里多处说到李。在《诗经·王风·丘中有麻》：“丘中有李，彼留之子。彼留之子，贻我佩玖。”李树在这样一幅美好情致的画面里，是千年万年也不会老去的情和爱的见证者和情同万物的隐秘收藏家。

一草一木皆有灵气，讲究风水的南方人，视桃树和李树为“嘉木”。李字拆开为木子，又称十八子，李子，旺子孙，多子多福，所以常用桃李满园、桃李满天下来称赞老师。“桃李不言，下自成蹊”，有一种人值得我们尊敬——三尺讲坛默默耕耘的一介书生。原本认为乡下卑微的李子树，却有如此深厚的寓意，高贵典雅——投我以桃，报之以李。真的让人心生暖意！

芒　草

我至今无法解释，怎么对舅爷爷的印象竟然如此清晰。

尖削的脸，挤满了不堪细阅的憔悴，皱纹如南方芒草凌乱的根，包裹着深寒。一双茫然、没有光彩的小眼睛隐藏在凹陷的眼眶，瞳仁混浊，透露出更多的无助。他是一个盲人。尤其是一头稀疏而又灰白的头发，恰如后山上张扬的芒草花。他的下颌竟然长着细密蜷曲的山羊须，让我读到了时光的雕塑。

芒草是一种遍生江南极为普通的野草，俗名芭茅。与荻、芦苇、白茅极为相似，芦苇以水为邻，而芒草却是深根于丘陵山峦，沟坎坡梁，悬崖石缝，随处可见。春也罢，秋也罢，它奔走于山地，张扬喧哗。尤到秋日，芒花如雪，秋风拂动，满目苍茫。可声势再盛大，也改变不了卑微的命运。有时，卑微也是一种生命存在的方式。

看到芒草，常让我想起舅爷爷，似乎谈不上怀念，念想冷不丁地把他拉在芒草的背后，向原野张望。张望是乡村一种最好的坚守。应该是我十来岁的时候，离我家二十多里路程的舅爷爷每年会来我家一两次。

双目失明的他全靠一根细小的竹竿探路前行，至今我无法理解，他是如何一步一步摸索前行抵达他选择的终点。弯弯曲曲的山间小路，有沟壑有泥泞，有乡村嫌贫爱富的恶狗，有酷暑的暴雨、寒冬的冰雪，更有人情冷漠、世态炎凉。

舅爷爷来时总会抖抖索索地摸出一小包山上的野果，最多的是秋天的毛栗子、饭泡子和山梨，当然还有几小节清甜的芒草根。母亲说，您老人家眼睛不利索，上山怕踩到蛇，又怕踩空跌下山。舅爷爷不动声色："我看得见，这些东西就在眼前，一清二楚，让娃娃图个新鲜。"我有时调皮地用手在他眼前晃了几下，试探他的反应，很明显，他混浊的眼平静如水。我的举动却惹恼了母亲，她立马落下脸，高高举起手，似乎立马会呼啸而来。我如兔子般接过舅爷爷的礼物，蹦到院子里与小伙伴分享果实去了。

舅爷爷的每次来临，不仅仅带来了山果，让我惊喜，更让我喜的是，他总会带来三五把用芒草花穗扎的扫帚，斜绑在背上，仿佛演老戏的武生背后高插的旌旗，手中的竹竿好像就是那根穿越历史的长矛。这是我的想象，很有趣，常常在梦中一遍遍地把舅爷爷演绎成武艺高超的侠客，抑或是神秘的丐帮帮主。传奇总是无法穿越梦境，现实的铁面却是如此苍茫。

一把芒草编织的扫帚，又隐藏着什么让我动心呢？

那时农村的扫帚不外乎几种，一种用竹枝丫做成的竹扫帚，大而笨重，父亲主要用来打扫晒坪、院落；第二种是棕扫把，乡下的农舍前后都会长一两株棕树，大大的棕叶像张牙舞爪的魔掌，用棕叶扎成的扫帚，笨重，不受我们欢喜。第三种铁扫帚，是农家菜园子边生长的一种植物，应该是野生的，学名叫地肤，到秋天，枝条硬扎了，父亲会把它们砍下来扎成扫帚，一般用来室内扫地，轻便，但不容易清扫地面的尘土。最受欢迎的是舅爷爷带来的扫帚，用芒草扬花的穗扎成的，又软又轻，扫地时寂然无声，扫完的地面洁净，很容易得到父母亲的表扬。小时候，我们兄弟姐妹会帮着父母亲承担一些家务活，哥哥主要是负责挑水，农忙时也会帮父亲挑谷搬草垛，姐姐会帮母亲洗洗衣服、煮饭、洗碗，而我与妹妹的艰巨任务就是扫地。

其实，喜欢芒草扫帚对于我们来说，不仅仅是扫地，还有一个小小的秘密。我小时虽不顽皮淘气，但少不更事，一不小心做错了事，自然免不了要挨父母的呵斥，甚至动用“家法”。母亲常常会用言语来表达对我们的不满。但母亲生性善良，对子女的骂也是单调乏一，不像村里的泼妇，骂起街来，词汇丰富多彩，言语尖酸刻薄，如一颗颗锐利的子弹呼叫着射向她的敌人。而母亲唯一的一句是“短命鬼仔哩”，气急了，会连骂几声，有时，母亲也会打屁股，惩罚我们。而父亲的家法则不同，不善言辞的父亲用实实在在的行动让我们领略淘气带来的后果，父亲的家法一是敲叮当，我们背后叫“吃豌豆”，一般来得出其不意，父亲随手一扔，一记响亮的叮当敲在额头上，如吃炒脆的豌豆，但品的不是豌豆的香味而是痛意。另一种打法是用荆条或竹枝打屁股或手板，这是最严厉的家法，轻易不会用，在我的印象中好像仅领教过一回。第三种家法就与芒草有关了。跪扫帚，面壁思过，自我反省，直到自认为已反思彻底，表示认错。竹扫帚，铁扫帚，棕扫帚，枝条硬，膝盖跪在上边，硌得生疼，唯有芒草柔软。所以我们犯错，首先要找的就是芒草扫帚。可芒草扫把有限，每年舅爷爷才背三五把过来，而芒草扫帚最大的弱点是不耐用，个把月，就体无完肤，只余一节手柄了，成为母亲灶膛里的柴火。正因为如此，我们舍不得用芒草扫把扫地，也时时盼望舅爷爷到来。肩背扫帚，挥动竹杖，如得胜的武将策马而至……

人就是这么奇怪，一个小小的细节却成就一生的记忆。其实，我至今不知晓舅爷爷的身世，也无心去打听他的前世今生，我甚至记不起他的名字，也不知他的年龄，唯一知晓的是他无儿无女，一生未娶，孤独成为他最好的伴侣，寂寂地陪伴他屈指可数的岁月。最终，老了，无依无靠，全靠村子和亲人救济，那个年代穷啊，乡亲们都吃不饱肚子，何况一个老人呢？听父亲说，每年夏天，漫山遍野的芒草开花扬穗，舅爷爷总会在山上采芒花，扎扫帚，送给村里的乡亲，有时也会送到供销社，换一点酱醋盐之类的生活用品。但卑贱的芒草无法丰实舅爷爷的肚皮，手无缚鸡之力的他选择了乞讨，虽然不体面，这对于一个双目失明的老人，又几乎是最佳的选择。在我的印象中，舅爷爷言语极少，有点吐词不清，裹舌头的味道抑或是孤独。一个人的生活让他沉默寡言。如今的盲人可以搞按摩，可以上街算命，当假神仙，可惜舅爷爷没有赶上这个时代。我有时想，如果舅爷爷当街一坐，支起了算命的杏黄旗，真的如一位下凡人间的活神仙，为人间凡人指点迷津，道破仙机。无奈，舅爷爷选择了乞讨，而且总是在秋天出门。秋天是收获的季节，农村或多或少收了几担粮食入仓。至今，我十分诧异舅爷爷凭一根竹棍，如何外出乞讨。出村，回家，一个标点符号的距离，对于一个盲人又是怎样的遥远。我后来明白，每年秋季，舅爷爷来我家小歇一晚，只是他沿途乞讨的一个小小驿站。

其实，舅爷爷只是我家的远方亲戚。他的到来，母亲从未把他当作一个乞丐，在她的心目中，再远的亲人，也是亲人，这就是亲情，亲情无价啊。母亲总是想方设法弄两个菜，割几两肉，斩细，搓成肉丸子，做一个粉丝肉丸汤。又从鸡窝里掏两个蛋，还是温热的，放点紫苏，抑或从菜园子摘几个青椒，炒蛋。再煎几片豆腐，炒两个秋茄子，煮一碗南瓜，还有园子的萝卜菜。满满一桌子菜，舅爷爷看不到，但能闻其香，我能观察到他的鼻翼有些颤动。舅爷爷总会吃两小碗米饭，细细地咀嚼肉丸子，吃粉丝时慢慢地吸，不像我们“哧溜”一下，粉丝吸进了喉。吃完饭，舅爷爷的山羊须上总会沾上几粒米饭，甚至会挂上一两滴肉汤，母亲掏出手帕，帮他擦拭干净。饭后，舅爷爷眯着眼，坐在院子里，很满足的样子，阳光从树叶的缝隙间泻下，落在他的脸上，梦一样飘忽。一脸的沧桑，像是解不开的心结。

苦难并没有压倒舅爷爷生存的信念，他总是以一种纤弱的努力来对抗生活的多难和命运的不公，譬如用芒草扎扫帚，譬如外出乞讨。一根竹竿，一个斜挂身上的布袋，支撑着他孤独的岁月。

终于，在一个喧闹的秋天，舅爷爷又执着拐杖外出乞讨。这一次远行，他再也没能从秋天的深处抽身回来。也许是冥冥之中的某种暗合，他也是出生在一个秋意萧条的季节。丰硕时光的背后，是寒流逼人的冬季。那一次的离开，他的背影一定随着村口的雾气消融，随着飘逝的芒絮，遁入大地无处寻觅。尘世的漏洞就是这样叫人防不胜防呀。

我依稀记得，那一年的秋雨下得十分绵密。一场秋雨一场寒。舅爷爷这次外出，许久没了消息。家人急了，于是分头寻找，沿洞庭湖、长江水路寻觅，湖北的洪湖、监利、赤壁、通城，还有临近的华容、汨罗、湘阴、平江。寻找和失踪交织成一张密闭的网。找了一个多月，杳无音信，眼看着冬来了，一场雪劈头盖脸地落下来，把这个季节凝固了。但时光凝固不住，再厚的冰雪也要消融，再寒冷的冬天也要走远，春来了，花会开。季节依旧轮换，如一茬茬的芒草。

有时死亡也是一种幸福，因为它能让人从此获得安详。后来亲人无从寻觅，断定他已客死他乡，便在家乡向阳的山坡上给他做了衣冠墓。从此，舅爷爷永远从我的视野消失，归于永恒的黑暗和沉寂中了。正如满山的芒草，在秋天枯萎消融。

那天从墓地归来，我回望了一下，满山疯长的芒草高过夕阳。高高的叶片和蓬蓬的穗状花，白茫茫地萋萋绵延，在斜阳的照耀下一片迷离。正是秋季，秋风下的芒草，残叶正在悄悄瘦去，当叶子消尽，一个植物的一生，也最后消去。若干年后，城市的喧嚣掩蔽了乡村风景，但在我的记忆里，还晃动着芒草。萎了，枯了，凝固了，但芒草的落寞、怅惘，却永远被贮存。深秋，芒草的那种情状，永远成为我内心一种残败、荒冷的风景。

人生一世，草木一春。春天总是如约而至，芒草在春风春雨中一定会发芽、生长、扬花，那如雪的芒花是否会守望这个失明的老人——我熟悉却又陌生的舅爷爷，与我有着一脉血缘的亲人，能再回来吗？

艾

谷雨过后，便是立夏，小满的脚步还没有跨出乡村的门槛，夏天就不约而至了……

此时正是五月。五月的田野遍地葱茏，绿意蒸腾，所有的生命都生机盎然，在季节的每一个空隙，不留余地，不讲客气，恣意地生长着。在南方，我的家乡——浩浩汤汤的洞庭湖边的丘陵山冈上，正在疯长着一种叫艾蒿的植物，风生水起，一不留神，就会在倏忽间爬满山坡、洼地，潜入河岸、堤坝。

艾蒿！一种浸润着怨愁与不屈的植物。

艾蒿原本是一种香草，它是菊科多年生草本植物。艾又叫医草、艾蓬、香艾、灸草、黄草，每一个名字，都深藏着艾草自身的秘密。艾也如众多的荒原野草一样，立春，燕子的身影刚刚剪开一角温情，它就从泥土中不紧不慢地探出头来，不管是肥沃还是贫瘠，它如乡下不为关注的孩子在山坡河边疯跑，搅得这儿一团绿，那儿一团绿。一入夏就跑成了高挑窈窕的姿态，一坡坡，一垄垄，蓬蓬勃勃，又如农家的媳妇，不喜孤独，抱成一团，扎成一堆，热热闹闹地相守在熟稔的土地上，扯家常，也忘不了国事天下事。

艾的生命力是如此的旺盛。初生出来的艾，水灵、柔嫩的茎叶简直可以与少女媲美。东汉末年，曹操在《短歌行》中写道“呦呦鹿鸣，食野之苹”中的苹，即是初生的艾蒿。入夏，艾就是丰硕肥厚了，这时是采摘艾的最好季节，晾干，切成一小节一小节，就是中药铺的药材了。你看艾一定会发现，艾的叶并不光滑细腻，而是长满了一层细细密密的茸。艾碾细，中医称为“艾绒”。在中医上有着举足轻重的位置——针灸，离不了艾绒的熏蒸穴位，它竟然可以达到让世人无比惊叹的神效。这声惊叹却是如此绵长，从春秋战国至今，日子在一茬茬艾蒿的生生灭灭中延伸，惊叹了两千多年岁月，历夏周，经春秋，过秦汉，吸魏晋风霜，饮汉唐雨露，镌山的记忆，润水的智慧，流传为华夏乡土的族谱。艾草原本是无人问津的野草，可一旦与火结合，就成了能治百病的良药。我们的祖先发明了艾灸，用艾驱寒补阳，用灸通脉调气，人一旦得到了野草般顽强的生命力，就算阴寒和厉气再猖狂，也无法撼动健康这棵大树。

入秋后的艾就惨不忍睹了，尤其是受到极度的干旱，艾就更加衰弱了。但艾却始终保持着生命的绿，在炙日之下，在秋风之中，艾叶是暗绿的，抑或是一种青色，风一吹却是一层层淡淡的白，在风中翻卷，仿佛透着一种雪的质地。我想，这艾正如乡下四五十岁的妇人，但质朴从容，把美看得淡薄自然，去了，就去了，哪个女人不走向衰老？不像那些城里的女人，总是用这霜那霜地挽留正在消失殆尽的容颜。但岁月不饶人，岁月是一把锋利的刀，任凭你左冲右突，上遮下掩，也是无法避开岁月雕刻的憔悴。

艾的香味在我的记忆中更是一种苦，一种彻入心境的苦。艾，本是一种乡下人的土药方，《本草纲目》上记载：性温，味苦，祛寒湿。《孟子·离娄篇》中说“七年之病，求三年之艾”，说明古人对艾的选择已有相当丰富的经验。《离骚》中也提到艾“户服艾以盈要兮，谓幽兰其不可佩”，说明艾在公元前就已经普遍应用了，而且是以医药用途为主。而《庄子》中也有“越人熏之以艾”的记载。年少时一有伤风感冒，母亲一定会扯上几根壮硕的艾，洗净切细，再倒入瓦罐，添入清清的水，放在炉火中煨，很快屋子里便盈满了艾的苦味。当母亲端来一碗酽酽的略带浅灰色的艾汤，我就会执拗地拒绝，却扭不过打铁的父亲，他把我夹在胯间，一只满是老茧的大手握住我纤细的身躯，一只手捏住我的鼻子（至今，我老是怨恨父亲打铁的手粗暴地捏塌了我的鼻梁），母亲则用筷子撬开我本来就不够锋利的牙齿，一碗药汤便不可阻挡地长驱直入了。三服艾汤汁，鼻通了，头醒了，人也清爽了。如今在抗生素猖獗的日子，母亲依旧迷恋着艾。我一遇到头痛鼻塞，年迈的老母总会无声无息地为我煮一碗艾汤。少不懂事的女儿曾好奇地舔过，吐了半天的舌头：老爸，这么苦，可你好像吃糖水一般。我摸了摸了女儿的头说，良药苦口利于病。女儿还不懂真正意义上的苦，人生充满了苦，苦是一种心境，苦更是一本生命的大书，需要用一生的经验来阅读。但适应了苦之后，苦也会变淡，苦也会让人回味无穷。

艾草，同样充满着神秘的隐喻。其实，艾是一种精神的象征，艾与爱谐音，有表示挚爱之情。在南方，艾的名字与一个节日有关，一个中国人看得格外隆重的节日——端午节。端午节是一个与生命有关的节日，菖蒲、艾蒿、粽叶、苍术、白芷……无不诠释着希望的注脚。在中国，中秋、春节与端午是传统的三大节日，中秋与春节讲究的是“团圆”二字，唯有端午却是一种缅怀，一种祭祀。祭祀一个几千年来却依旧鲜活的伟人——屈原，这位行吟江畔、忧国忧民的伟大诗人。岁月的青苍中，我们懂得了艾叶蕴涵的苦涩年华，我们越来越景仰那灵魂深处的华美乐章，深深地折服那高贵的吟唱和优美的纵身一跃。守望千年的艾蒿，将自己的姿势定格成永远的挺直端正，就是诗人耸立的生命！就像诗人端正的人生，就像诗人正直的魂灵！

端午插艾，已经成为千百年来不变的仪式。年年端午，南方的门楣上，家家户户约定俗成地插上一束艾蒿与菖蒲，散发着忧郁的清香，那是屈原不屈的精神。菖蒲是剑，艾蒿如鞭，驱赶世间的污秽与邪恶。有的地方，人们还会煮上一大锅热气腾腾的艾汤，用来洗涤净身，以此洗去一身的伤痛与秽气。艾虎更是小孩子的贴身宝物。婴儿出生三日后，用艾叶煎汤为婴儿洗澡的习俗，名叫"洗三朝"，这样可让孩子不招邪祟。艾成为招百福的吉祥草，成为看家护院的门神。"手执艾旗招百福，门悬蒲剑斩千邪。"一个原本纤弱的植物，在五月一下子变得刚烈起来。

走进五月，南方的雨格外充沛，乡间的院落村舍弥漫着艾的清香，与龙舟竞渡的吆喝声让这个季节格外伤感与迷离。藏在记忆角落的那幅围绕父母膝下的裹粽夜话图也清晰地现于眼前。当然，也有日渐模糊的艾叶煮蛋和艾香制囊的浓烈气味，都氤氲在我浓浓的乡愁里。南宋诗人陆游的《乙卯重五诗》是这样写端午的："重五山村好，榴花忽已繁。粽包分两髻，艾束著危冠。旧俗方储药，羸躯亦点丹。日斜吾事毕，一笑向杯盘。"可以看出，诗人是很喜欢山村端午习俗的，只是在欢乐中暗藏着伤感，在闲适中流露出无奈。

"吃"，无疑是中国节日文化中一个必不可少的元素，即使苦的艾，在民间也会成为乡人的食材。其实，艾给我最深的记忆不是在端午，而是清明。当它还刚长出嫩叶的时候，故乡的人就会挎上篮筐，满山遍野地采寻。嫩叶采回来之后，加一点井水，揉碎成汁。把糯米或者粳米蒸熟，捏打成团，再和艾汁糅合在一起，经过无数次捶打，搓成一块块绿色的小团。这就是艾叶粑粑，湖乡人的一种美食。艾叶粑粑与寒食节有关。《宋史·高丽》中载："上巳日，以青艾染饼为盘羞之冠。"在宋代，高丽人就已用艾来制作青团，并作为无上美食。上巳日，也就是农历的三月初三，与“正店舍无烟，禁城百五”的寒食节，日子是较为接近的，艾叶粑粑是一种不同民族间文化融合的产物，成为了很多江南人思念家乡和回忆往事的象征。

如今用菖蒲和艾熬汤沐浴、结扎成束挂在门廊之上，或许已不再考虑健康或辟邪的意义，更多的，是难以割舍与传统、与土地的羁绊。当我们吃着粽子，童年时代记忆中那氤氲的水汽夹着药香绕梁而上的时候，吟咏着《诗经》中的几句懵懂情话，又有几个在外的游子不起思乡之情呢？

淡碧艾叶，青翠婉约。艾，本来就是民俗的，尽管落泊在萋萋荒野中，与狗尾巴草一样，生生灭灭，但它始终保持着站立姿势，雾气弥漫似的青苍，白的霜叶上依旧残留着屈原的愁怨。不像有的草，要么倒伏一地，任凭动物的践踏而不足惜；要么纠缠枝丫上，装模作样地努力向上攀缘，一旦失去了依附，就如一摊稀泥，全无了先前的风光。而艾，挺拔着的艾，让乡村更有了一种雄壮的味道。离离原上草，一岁一枯荣。艾，从从容容地生长着，守护着，生长着的是生命的延续，守护着的是一种精神的注解。

大苦，一定有大爱！

金樱子

父亲一生唯一的嗜好——喝酒。如今八十高龄的父亲每餐仍然可以喝二两白酒。我想，父亲这一生如果离开了酒，将是多么的孤独。

父亲幼时家贫，他的父亲，也就是我的祖父去世得早，后来随母改嫁，继父是铁匠，父亲自然操起了铁锤。父亲没有读书，没有什么高尚的爱好，唯一让他开心的是喝酒。父亲不喜欢喝瓶装酒，其实是家庭拮据，那时全家七口人，全凭父亲的一把铁锤，叮叮当当地敲来确保填饱肚子。人言世上有三苦，打铁、撑船、磨豆腐。所以，父亲只能选择廉价的谷酒或茴丝酒，我时常成为他的买酒差使，因为可以落一两分零花钱。父亲喜欢用草木泡酒，一些野外植物的叶和果实，如杨梅、桂花、菟丝子、五味子、桑葚。还有一种乡下很平凡的野果子——鸡洋里，学名叫金樱子，我们也叫糖罐子、刺梨子，也有地方叫山石榴。它有一点甜味，绵长幽香，甜涩相间。因为那一点甜的诱惑，成为少年时代不可多得的零食之一，至今记忆犹存。霜降过后，金樱子变成了橙黄色，在萧瑟的深秋中，显出它的好来。草木总是喜欢用黄色或红色来炫耀它的果实，苹果、桃子、枣子是红色，橘子、梨子、柿子是黄色，其间的秘密是草木用鲜艳的色泽吸引大自然鸟兽的光顾，成为它们的食物，并随它们走向四方，那一枚果核将在另外一个地方扎根萌芽，生长成一棵树一株草，再开花结果，红的果黄的果。如此往复。

金樱子其实是一种野刺。枝上有刺，叶上有刺，果上也有披针刺。故乡人常用它来筑篱笆，而少年关注的是它的果子。金樱子的果实，比任何一种果实生存的时间要长。三月开花，四月结果，要到十二月才能成熟，历经三个季节的跨度，把夏的酷热、秋的丰厚、冬的寒霜，一并揉进果实里，催生出金樱子的甜蜜，在霜雪的冷寂中，显出恬静淡泊的沧桑味道来。金樱子的果小，形状酷似一粒枣子，要吃它并不容易，枝上有刺，锋芒毕露，而果子上也布满了细小的刺，一不小心扎你一下，还真的有点痛。但刺抵挡不住少年时代饥渴的嘴，我们用剪刀剪下果子，扔到草地上用脚轻轻一踩，遍布的刺就断了。确实，一场风霜早已摧毁了刺的内骨，貌似坚强的外表已霜化成一枚果实。在衣服上稍稍擦拭尘土与残刺屑，剥开，内里满满的籽，如麦粒，又像极了鸡菌子（鸡胗），怪不得村人叫鸡洋里，那是湘北地区农村对鸡菌子的俗称。剔除籽，金樱子就只剩下一层薄薄的果肉，放进口中细细咀嚼，美美地品尝，有着蜂蜜的味道，幽香萦齿。这是少年时代难得的美味呀。这一点甜温暖了少年的冬季。

其实，金樱子远不只是童年时代的零食。古代医书上写道：益气生血，补肾固精，有壮筋骨、暖腰膝的功效。李时珍称赞其是“无故而服之，以取快欲则不可。若精气不固者服之，何咎之有？”在中药铺中，金樱子就是一味中草药，配伍山茱萸、熟地、山药等用于治疗遗精滑精、遗尿尿频、久泻久痢、肺虚喘咳、自汗盗汗等症，而与鸡头实（芡实）制作水陆丹，益气补真甚佳。一个生长在温柔水乡，一个成长在荒野山坡。就是这么互不相干的两个，跋山涉水，不辞劳苦，跌跌撞撞地就奔向一个小丸子，这是宋代洪遵所诠释的娇嫩与结实、细腻与粗犷。在乡村人的心中，金樱子的真实在于它的壮阳之功效。正是这一功效，让这原本只是乡野平常之物变得金贵起来，连它的名字都扣了一个“金”字，不容易呀。金樱子凭着这一功效击败了众多的草木，登堂入室，步入寻常百姓家，高高摆放在木柜子里，格外引人注目。一坛浅黄的药酒背后隐喻着农家满满的幸福。

秋天是最美的魔法师，一场风过，叶子橙黄，果子醇香。霜降过后，金樱子的叶枯了，只剩下果子在凛冽的风中守望。因为有刺，鸟雀不敢啄食，唯有少年的蜂拥而至，它们终会找到最佳的去处。

假日时分，少年起了早床，呼朋引伴，提篮携篓去山野摘金樱子。其实，在每一个少年心中早就有了心仪已久的地方。金樱子喜生长在田坎山坡，一蓬蓬地蛰伏于土地上，粗壮肥硕，满生硬刺，如荆似棘，生命力又极其顽强，春生叶，夏结果，到了冬天，成了一摊刺蓬，如果不是浑身是刺的果实，金樱子早成了农人锄头下的杂木。一上午的付出，换来一篮子的收获，正午时分，少年提着沉甸甸的篮子回家。此时，太阳当顶，暖暖地照耀在村庄每一个农家。母亲正在厨房里忙碌，炊烟从屋顶上散出，融入蓝天，香味弥漫了整个院落。少年的鼻子尖哟，早就嗅到了煎鸡蛋的香味，那一定是母亲对他的犒劳。进入冬季，父亲也从忙碌的劳作中稍稍闲适下来，稻子收了，红薯挖了，油菜籽已落了地，正在泥土中躁动不安。老牛正卧在牛栏咀嚼着稻草的芬芳。父亲睡了个懒觉。一年四季他也难得赖一次床，做不完农活，让他难以休闲。即使在冬天，一个上午父亲就蹲在院子收拾农具，锄头肩松了，铁锹换了一个新木柄，犁铧打磨了锋口，上好油，挂在杂屋的墙壁上，只等春风的召唤。少年的归家，父亲原本平静的脸上多了一层厚厚的笑容，阳光下仿若秋天绽开的菊花。平时父亲一脸严谨，言语又不多，有时少年犯了错少不了要挨一下他粗砺的手指。今天，父亲脸上的笑让少年顿觉阳光的美妙。父亲没有说话，一只手接过少年的竹篮，一只手摸了摸少年的头，不重不轻，却让少年的心更加贴近了父亲。少年进屋捧了一碗凉茶“咕噜”“咕噜”猛喝，坐在门槛上，看父亲挑选一只只颜色橙黄、饱满胀实的果子。母亲早就去村东头卖酒的吴爹家，打回了十斤粮食酒。父亲把选好的金樱子用手掌搓掉刺，洗净，沥干水放入酒瓶。那是一只大玻璃瓶，透明清爽，浸泡的金樱子历历在目。最后玻璃瓶被父亲放到内屋的木柜顶上，少年清楚地看到果子的安详宁静，只是他年少的心并不懂得瓶子背后的隐喻。十年后，少年终于领悟了金樱子禀藏的芬芳。历经七七四十九天，纯白的粮食酒变成了金黄色，如霜后金樱子的橙黄，成为父亲饭桌上的佳酿，温暖着父亲每一个艰辛的日子。

在乡村，每一个农家都会泡一瓶酒，主要是自己喝，客人来了，也会像宝贝一样拿出来，显示出酒的珍贵。酒是农家待客不可或缺的东西，也是农家汉子款待自己的最好之物。为了泡一瓶药酒，家里没有小孩的，男人亲自上阵去采摘。如村西头的细良，高中毕业，人如其名，长得瘦弱纤细，像一根豆芽菜，幸好戴一副眼镜，又会吹笛子、拉二胡，像一个知识分子，可惜复读三年，棒槌终未钻穿牛皮，跳跃龙门的念想始终跨不过去，无奈认命回乡务农，后择一邻村大龄女子结为夫妻。婚后好几年了，妻的肚子总是不显山露水，安静得让人心慌。细良急了，总是埋怨妻的土地不够肥沃，可是到医院一检查，细良耷拉着瘦小的脑袋回了村，不说话，倒是妻子却昂起了头，时不时在院子里骂那只打鸣的公鸡，骂得公鸡整天也耷拉着头。医院回来的那年深秋，一场寒霜，天未亮，细良就背着星光早早地出了村，太阳还刚刚跑到山尖上，细良就摘了一背篓金樱子回了家，结果害得少年跑到山里好远才采回一篮子。先前不喝酒的细良开始一日三餐抿一口小酒，当然是浸泡的金樱子酒。两年后，细良的妻挺起了肚子，着实让细良昂起头，尽管是生了一个女儿，也让细良看到光明，摆脱了羞愧。女娃取名叫樱子。与其说是对草木的一种感激之情，其实是乡村对大自然的敬仰。一株质朴的草木有时也能成为人类心目中的图腾。女娃在岁月中努力生长，村人说咋看也不像细良，像村长，像极了村长外八字走路的姿势。那一晚，村子里弥漫着唢呐声，把村子压抑得半晌未醒过神。第二天，细良的影子消失在村口的苦楝树下，正是春末夏初，苦楝树花正艳，却有一股浓厚的苦味。父亲一大早起床，站在院子里，翕动着鼻翼，说，一坛好酒呀，陈酿的金樱子酒。果然，少年发现，在细良的屋檐下，有一摊酒的残痕，玻璃碴子凌乱在尘土中。可以想象那坛父亲说的好酒已浸入到泥土深处。后来听人说，细良跑到最南边的城市打工去了，不知他是否还在喝金樱子酒。

花开无心，草木无情。少年心中的金樱子花却是有情也有心。金樱子属蔷薇科，花朵大，像山野中的栀子花，洁白，素雅，五个花瓣，近乎圆形纯粹的白色，中间是花蕊，颇有些像小朵的莲，在一大片绿中特别清澈明亮。四月，暮春时节，繁华盛开，山上的花该开的都开过了，蔷薇属的植物开始默默登场，赶趟儿似的开在春天最后的日子。在那个时节，金樱子是极不起眼的。各种野草莓都已成熟，是对孩子们最大的蛊惑。农人忙着春耕，对金樱子开花无暇顾及，少年们却格外关注。“少年心事当拏云，谁念幽寒坐呜呃。”少年不再是单纯的童年，图画中多了一些色泽。

金樱子花，好漂亮的一种叫法，顾名思义，像一个青春萌动的少女，令少年怦然心动。每年花开，花成为一种表示爱情的信物，相当于现代的玫瑰。金樱子枝丫上有刺，玫瑰亦是如此。只是玫瑰大红，喻示着爱情的火热，而金樱子花洁白，正是反映了早恋的纯洁。十四五岁的少年正在进入青春期。那个年代少年对心里喜欢的女同学，也会采几朵金樱子花，找一个机会放到女同学的抽屉或者书包里。收到花的女生，先是恐慌，心怦怦乱跳，似乎有一只小白兔藏在胸前，脸色绯红，眼睛不敢与人对视。过后，才偷偷地寻视，究竟是哪个男生。哪个少女不怀春。

感情有时就是那么奇妙，一睃巡，一个男生的眼睛对视，犹如无线电波，悄然间对接。暗号如此简单。一旦是心仪已久的对象，自然顿觉海阔天空。陌上花开，可缓缓归来。一朵乡下简洁的花也是一段初恋的见证。十年、二十年、三十年，再见那朵金樱子花，记忆中幸福依然。

但是，金樱子花的背后却隐藏着一位纯朴女生苦恋的一生。这是少年班上的女生，宁静淡雅，干净利落，言语极少，长长头发扎着一根大麻花辫，随着季节的变换，发梢上变换着栀子花、茉莉花，身上飘逸着香味。那一年学校来了几个师范学校的实习生，其中一个男实习生教少年英语，实习生温文尔雅，不仅英语说得流利，而且教学活泼，一下震住了全班，尤其是女同学。实习生深深吸引住班上那个女生，只要是英语课，她答问积极，而且常常利用课间休息主动找实习生请教。可惜时光短暂，实习生即将回校，女生采了一束竹丫，抽掉竹梢上的叶子，再把金樱子插进去，俨然一束盛开的花朵，送给实习生。车消失在路的尽端，女生也是泪流满面。后来女生偷偷地给实习生写信。鸿雁传书，让老师发现了端倪。老师偷拆了一封信，有一句话打消了批评女生的念头——我在师范学校的大门口等你。那一年正是初三，离中考只有一个多月了。那个年代，初中的佼佼者可以报考中专，主要是师范、卫校、农校等学校。那可是改变命运的学校，跨进那个学校的门，你的整个人生从此改变。正是这封信推动了女生的学业，中考前夕，女生以第一名的成绩获得报考中专的资格。那一刻，女生的心里一定绽放着那一幅幸福的场景，心仪的人儿正站立在师范学校的门口，他的背后是蓝天白云，有鸽子划着弧线，那一定是个心的形状。

命运有时过于诡秘。中考如期而至，正逢女人特有的生理现象，而偏偏女生又有痛经，她是忍受怎样的痛楚参加完考试的，少年无法想象。女生的命运从此刻出现裂痕。成绩出来，女生以一分之差与师范学校失之交臂。那一段日子呀，对于女生是怎样的煎熬。女生似乎不愿意服从命运的安排，她决意重头再来。可偏偏有政策规定，复读生不准报考中专。她铤而走险，隐姓改名，转到另外一个乡中学求学。一年之后，她如愿以偿，超过分数线几十分，成为县里的中考冠军，却又印证了“树大招风”这个成语，这是古人的哲学，千真万确。一纸告状书，将她从巅峰中狠狠地抛向地狱，她的中考成绩作废。命运的魔手撕扯着一个还只有十六岁的小女生，她小小的身体无法抵御如此巨大的冲击力。疯，是她最好的结局。她开始面壁而立，喃喃自语，似乎在忏悔，更是宣泄。她时常游荡于荒郊野外，时哭时笑。每年春天，她竟然不会忘掉那一束金樱子花。花让她平静，让她安宁。花罢了，她的生活也就罢了。

少年为她惋惜呀，却只能眼睁睁地看她在身边走过。少年的心在滴血，因为这是他曾经偷偷地送过金樱子花的少女。少年曾将一束金樱子花放到女生的抽屉。不料，女生休了两天病假。渴盼的少年呆呆地望着那个熟悉的座位，却没有熟悉的人打开抽屉，然后张望，他的眼睛曾经是苦苦地等待着那一个回眸。这就是缘，缘的含义如此简单。

几年后少年高考金榜题名，辞别山村，进城求学。后来栖居城市一隅，娶妻生子，少年渐被岁月的刀锋削成中年。时光匆匆，一晃三十多年。那一天回乡，路边金樱子花开得正艳，曾经的少年突然想到了细良和那个叫樱子的女娃，当然最为牵挂的是那个女生。他拨通曾经的同学的电话，同学淡淡地说，她疯了几年后，离家出走，生死未卜，几十年了，音信全无。

少年没有说话，只是手中的金樱子花被捏成碎片，飘落在尘土间，很快成泥。

中午，母亲格外开心，炒了几个少年喜欢的菜。父亲也打开浸泡的金樱子酒，金黄金黄。能陪父亲喝酒的日子是多么幸福呀，可今天少年浅浅地抿一口，满嘴都是辛辣味。

仲春的午后，洞庭湖的草木正摇扬葳蕤。空山无人，水流花开呀。

第五辑　一树花开，一树叶落

香　樟

时光并不久远。

这一帧画面记忆犹新。暮春的菜园，满眼新绿，一排香樟树已有父亲手中的锄把粗了。春天是开花的季节，香樟也不例外。菜园子满满的樟树香味。父亲在锄地，母亲在除草。远方有牛哞声响起。两个小孩在菜园玩蚯蚓。不知何时，他们被香樟树吸引了话题。这两株树是我的，妈妈说，我长大了，树也长好高好大。小女孩边说边用手比画，甚至努力地踮起脚尖。找了婆家，用它打漂亮的家具，香着哩。男孩一脸不屑地说，臭美。内心却掠过一丝嫉妒。

时光真快。那个男孩是我，行将年过半百。而那女孩就是我姐，也是为人妇为人母了。只是那一排香樟树还在，足有小水桶粗壮了。每一次回家，远远地看到它，心中就腾起了家的温暖。

香樟，是南方最常见的树种，树冠舒展，树叶繁茂，树干苍劲，是江南所有乔木中的“美男子”。在南方，尤其是在洞庭湖边的水城岳阳，无论是大街小巷，还是乡村阡陌，遇到最多的树是香樟。南湖边、群山中、湿地里，随处可见的百年樟树让人惊叹。香樟就像一个贴心贴肺的人，你在哪儿，它就相守在哪儿。天晴，它为你撑起树荫，让你享受清凉；下雨，它密集的树叶，为你撑起一方晴空。人到中年，讲究的修身养性，每天早晨和晚上，一定要去王家河散散步，出门碰到的第一棵树是香樟，夜晚归家挥手告别的也是香樟。只是见得多了，就像老朋友，无声胜有声，相视一笑，一世情缘。

樟树叶椭圆，类似桂树、杜英的叶子，只是樟树的叶子上有层亮晶晶的油质，恍若是给树叶打了一层蜡。樟树，冬天也不掉叶，依然青翠依人。但是一入春，正值清明时节，老叶换红装，风一吹，便群舞而下，簌簌有声，煞是壮观。老叶落，新叶出，朝气与暮气并存，衰退与新生共现，樟树却是愈加生气勃勃。五月，这个小城因它而绿。蓝天阳光下，抬头仰望，每一片叶子的脉络都是那么清晰，恍若阳光点亮了樟树，一刹那间，仿佛感觉到了什么是岁月静好。

其实对于樟树叶，我还有一种浓浓的情结，因为它与一味大餐有着密切的关联。春江水暖鸭先知，洞庭湖是水乡泽国，不仅多湖鲜，还有一样就是湖鸭多。湖鸭又称麻鸭，是湖乡人的一道美味佳肴，做法颇多，如君山怪味鸭，钱粮湖特色鸭、茶油鸭、菱角煨老鸭，还有九哥酱板鸭。在岳阳吃鸭蔚然成风，大街小巷至少有上百家鸭店，君山怪味鸭更是声名震全国。做啤酒鸭是老婆的拿手菜。每次做菜，除了大蒜、草果、八角、桂皮、花椒，一定要用晒干了的樟树叶——除腥增香。一枚小小的樟树叶，使一道重情重义重口味的鸭子活色生香。我喜欢樟树的叶子，时常把它放在手心里，感知它的柔性、温度与气息，每一片叶子都蓄满了阳光和风。

樟树也开花，只是太低调了。花细小，小得可以忽略不计。再小也是花，而且花多繁密。小小的、浅白色的花朵，如粟米粒一般微小，开在每片叶腋下。细细地看，樟花竟如此美丽，鹅黄的雄蕊，重重叠叠，坐于白色的花瓣上，宛若白玉盘上的金莲。每一朵花是如此精致、优雅，每一朵花都似乎蕴含着不可思议的温柔与情意。春末夏初，是香樟树开花的季节。远看，香樟就是一棵树。走近，一树繁花，点点滴滴。要是站在高处，看开花的香樟，有一股震撼的气势。花虽然小，一朵花的香味可能不足以让你与自然相拥，但整片香樟树的花香是旖旎的，悄然的，弥漫得无处不在的。站在香樟树下，有一股浓浓的樟树香味扑面而来，仿佛是一大股香水灌进你的鼻腔。我喜欢樟树的味道。每次走过樟树总喜欢扯一片叶子，摘一束小花，抑或采一粒香樟果，放在鼻子前闻，闭眼细细地闻，亦有香，清清幽幽的。如同碰上了可爱的小孩，摸摸头，捏捏他的小脸，心里充满一种喜爱。正是这微小的、香气微弱的、不起眼的花，使得整株树被人注目，使得整座城都醒了神经。

再细小的花也结果。一朵花是一粒种子的前世今生。五月花期已近，无数小小的果子已初具形态，历经春、夏、秋，一直到冬季，一个季节的开始与终结，也让一粒樟树子走向成熟，人类十月怀胎，草木大略亦如此。再小的种子也有孕育的过程，历经风雨，酷暑煎熬，秋风萧瑟，一树香樟子终成正果，原来从花到果并不简单。黑不溜秋的小浆果，香樟子类似桂子，青豆般大小，长圆形。抬头看树，在叶底，一颗两颗樟树子，隐藏在密密的树叶间，与碧绿的树叶相衬着，一如小户人家的孩子，出门就爱躲在妈妈的衣衫背后，羞涩的，胆怯的，我见犹怜。成熟的香樟子是黑色的，表层是薄薄的果肉，味道如何？没有尝过，只能问鸟儿了。此刻，香樟树是鸟的天堂。成群的鸟——灰椋鸟、白头鹎、鹊鸲、乌鸦、喜鹊，在树上觅食，形成城市里少见的群鸟飞舞的景观。南方的冬天虽然不像北方那样，白雪茫茫，天地间浑然一体，但稻子归了仓，鱼儿潜了底，即使山上的野果也在秋风中落了地，唯有樟树子，在绿叶的保护下依存于枝叶间，静等鸟儿的到来。这是冬天最后的晚餐，也是一场丰盛的大宴。

当然，熟透了的香樟子，也给人类带来了些许的烦恼。走在秋冬的树下，时不时有香樟子掉下来，砸在头上，抑或是衣服上，留下一摊殷红的印迹。起风时，也会看到它们从树上掉下来，一颗一颗黑色的、饱满的，行人走过，踩上了，只听得一声清脆的“啪”。人行道上常常是一摊又一摊的污迹。

樟树的树干挺拔修长，木质细腻韧实，且香味浓郁，是上好的木材。乡俚语，樟树雕菩萨——稳当。樟树是打家具的上好木材。樟树生长慢，木质细密，一棵树成材要一二十年。所以，在南方农家有一个习俗，生了女儿，一定会在院落栽下几棵樟树。乡下人实在，二十年，樟树成材了，女儿也出落成亭亭玉立的大姑娘，寻了婆家，就得打一套上好的家具陪嫁，可谓是面子里子都有，风光无限。记忆中大姐定好了婆家，择了吉日，父亲就请来村子里最好的木匠吴师傅，斧、锛、刨、锯、凿、锉……早些时日伐下的几棵樟树，已经干透了，正好。“噼里”“啪啦”了好些时日，弄得满院子的香樟味——那是农家的喜庆味哩。

三门柜、高低柜、五立柜、小方桌、梳妆台、脚箱，即使一些边角料，也被巧手的木匠打成了小方凳、洗脸盆、漱脸架。个把月工夫，一套完整的家具，摆在堂屋，打灰底，做油漆。大姐看着家具日趋成形，满眼都是亮晶晶的光，走路都是一步一蹦的，轻盈得好像脚底装了弹簧。至今记得一幅场景：正午时分，冬阳暖日，少年的我蹲在门槛上玩蚂蚁，无意中抬头，大姐正在俯身低头闻着家具的清香，沉醉而又迷恋。抑或是我的注视惊扰了大姐的心事，她的脸“嗖”地一下，一片绯红，羞涩地一转身扭进了房间，把长长的辫子留在堂屋里左晃右晃。只是心痛了母亲，好几次夜深人静，一弯月亮在云缝中钻进钻出，母亲坐在堂屋的角落，安静地看着家具，眼角里却是泪花。盼着孩子长大，原本就是做娘的心愿。当女儿真的即将离开之时，却又有千般的不舍。是呀，家具再完美，却是女儿的远嫁启程他乡的载体，从此将离开父母的庇护和照应，从一个有父母遮风挡雨的家进入另一个陌生境地，这怎么能让做父母的安心？而我感到了家的另一种温暖的笼罩。

一棵树的生长远远赶不上时代的变化。二十世纪九十年代广式家具风靡湘北，传统制作逐渐实现了“工厂化”，满街上都流水线生产的组合家具，品种多样，款式新颖，尤其是漆水光洁如镜。虽然价格不菲，但一下子吸引了无数青年男女的眼球。在结婚的条件中，无一例外地增加新的筹码。乡下木匠一下子由繁华到落寞，从被器重到遭受冷落，吴木匠终于没有了用武之地，没有人再请他做家具了，由于年纪大了，就连做棺材也没有人请他了，之后的许多年他无所事事，成了一个无事可做的“闲人”，颤颤歪歪地走进了家乡的后山，与一山樟树相伴相守。老家的传统行当，不仅仅是木匠，还有铁匠、篾匠、染匠、理发匠等，最终由衰败走向消亡。木匠走了，那些精巧的、粗笨的家具在静静地诉说着曾经的荣光。樟树似乎在荒野中寂寞。时光总是多变。一棵树终究有它的价值所在。樟树用其恰到好处的硬度和韧性延续着精彩的艺术。一度冷落的实木家具再度备受关注，榉木、胡桃木、老榆木、杉木……实木是一种情愫，这种情愫更像是一件家具对生活的陪伴，它让家更有家的味道。

樟木家具的一木难求，抑或是因为樟树的香。这是樟树独有的特质。衣服在樟树家具里面被香味熏染，香气永远也不会丢失。人们把衣服穿在身上时，缭绕着让人心满意足的家常味道。民俗总有存在的理由，在民间，一直就有用香樟树提取的樟脑丸驱虫的习惯。

香樟最迷人的特点是香，是香透一座城的香。香樟的香跟桂花的香不同，它也香得甜蜜，更香得醒脑，是混合了药香的那种。樟树不仅花、叶子，而且果实、树干都洋溢着浓郁的香味。一朵花，一片叶子，甚至一粒果子潜伏着无限的风光。在岳阳，除了人类，樟树应该是这座城的第二大生命体，亲切随和、朴素简单，遍布大街小巷、寻常巷陌。排在路边，撑起林荫；密聚之时，汇成森林；独立一树，化作风景。在城里，白天的喧嚣与热闹掩盖了香味。清晨，抑或是夜晚，驻足任何一地，大街中心，小巷一隅，河边公园，甚至能够听见风的裸足踩过香樟叶片的微声，甚至听到一波又一波的香樟味忽远忽近，忽浓忽淡，汹涌而至。深呼吸深呼吸，你仿若在香的海洋波澜起伏。这是岳阳的味道。是的，一定是。很多异乡人，尤其是北方人，踏进岳阳的第一个印象应该是樟树，闻到味道也一定是樟树味。樟树已深深融入了岳阳百姓人家的生活。随意在岳阳行走，街巷、村落，甚至是荒野，每一次前行，转身，回望，遇见的一定是樟树，好像无论走多远，都走不出它的树荫。

樟树甚至成为许许多多村落的记忆，乡愁的代表，游子精神世界的地标。在南方不少村庄的村口，总是长着一棵甚至二棵、三棵冠盖如云的老樟树，这是村庄的“风水树”，一代代村民对它怀有深深的敬畏感。确实，阅尽沧桑的老樟树看惯了岁月的变迁和人世沉浮，风也好，雨也罢，依旧是泰然自若，神情肃穆，守卫着它的村庄，呵护着它的子民。樟树就是这样一种带神性的树。

是呀，每一次离开家乡，我回首一望，村口的樟树是那样高大挺拔，有喜鹊在树丫间忙碌地生活着，阳光恰到好处，一头小牛步履轻盈地从树下走向田野，这是很生动的场景。我深刻地记下了这个画面。

梧　桐

立秋。

中国的节气总是如此神秘，诡异。仅仅是一页标有秋字的日历撕开，夏的嚣张立马就萎靡了三分，秋悄无声息地渗入你的日子。“云天收夏色，木叶动秋声。”或许天气依旧炎热，艳阳依旧高照，秋老虎的气势总抵挡不住节气的前行。然而，总有什么在改变季节的气质，再细微也是一种改变，势不可当，甚至来不及商量。比如，早晨的薄雾，黄昏渐淡的云彩，还有半夜时分从窗外居然飘进的一丝凉气，那个夏的张狂在深夜的露水中一点一点地孱弱。前几天还聒噪的蝉声，竟然明显淡定了，有点像哭得声嘶力竭的顽童，用泪眼掠了一下父辈的脸色，哭终究不是能抵挡的唯一武器。夜晚的秋虫却热闹起来，唱着土地泥腥气厚重的民谣，那一定是欢呼稻菽飘香的旋律，曲谱不再简单。沿着王家河闲散地走过，一片叶子倏忽飘下来，在我的眼前旋转着，转了几个圈，似乎带有更多的眷恋，飘零在尘土中，那一树的葱绿呀，细看竟有一抹浅黄。像我中年的妻，岁月蹉跎，一不留神，就是秋色了。

一叶知秋呀！落叶是秋天来临的信号。

“一叶梧桐一报秋。”梧桐原本就是秋的使者。古人的智慧，让季节更加明了清晰。史载，古时立秋这天宫廷要把栽在盆里的梧桐移入殿内，时辰一到，太史官便高声奏道：“秋来了。”桐叶应声落下一两片。梧桐也被神化了。梧桐叶子阔大，叶量丰厚，飘落时更有季节变换的意境。后人相信梧桐叶的飘落就是秋的到来。“初闻一叶落，知是九秋来。”梧桐叶落已成为秋至的象征性景物。

在民间，对植物的分类向来很不讲究。梧桐是一种宽泛的俗称，譬如青桐、油桐、泡桐，还有一种外来移民的法国梧桐，虽然不同科属，却皆称之为梧桐。不过，似乎青桐才是真正意义上的梧桐。青桐高大挺拔，因树皮青色、光滑而被喻之为青桐。在我湘北地区的家乡，青桐并不多见。在我的印象中，似乎没有青桐的记忆。但个人的浅薄丝毫不影响梧桐在中华文化中的高贵地位，这是一株生长了千年的吉祥嘉木，为树木中之佼佼者，自古就被人看重钦佩。“凤凰非梧桐不栖”的传说，可见梧桐的高贵，这里的梧桐指的就是青桐。凤凰是鸟中之王，最乐于栖在梧桐之上，在《诗经》里就是这样记载：“凤凰鸣矣，于彼高冈。梧桐生矣，于彼朝阳。菶菶萋萋，雍雍喈喈。”说的是梧桐生长的茂盛，引得凤凰啼鸣。菶菶萋萋，是梧桐的丰茂；雍雍喈喈，是凤鸣之声。因此在以前的殷实之家，常在院子里栽种梧桐，不但因为梧桐有气势，而且梧桐是祥瑞的象征。“栽下梧桐树，自有凤凰来。”民间图的就是一个吉祥，更有童谣唱道：“童子打桐子，桐子落，童子乐。”如此温暖的画面，流传千年。同样是梧桐与孩童，“桐叶封弟”却以周公劝年幼的太子姬言而有信、谨言慎行，成就了绝代佳话。

风吹落叶，雨滴梧桐。在古典诗词中，梧桐从来就是个表现愁情的物象。“月如钩，寂寞梧桐深院锁清秋。”凄凉的景物中，蕴含着南唐后主李煜深深的愁恨，景中有情，情溢景外。“缺月挂疏桐，漏断人初静。

谁见幽人独往来？缥缈孤鸿影。惊起却回头，有恨无人省。拣尽寒枝不肯栖，寂寞沙洲冷。”一首词道尽了苏轼的寂寞和哀愁。“微云淡河汉，疏雨滴梧桐”，仅仅两句诗，十个字，描写了一幅静谧清幽的秋雨夜画，孟浩然落寞的心境，淡淡的忧伤如雨中的梧桐，跃然眼前。而李清照的《声声慢》：“梧桐更兼细雨，到黄昏、点点滴滴。这次第，怎一个愁字了得！”真是愁如暮雨，人若梧桐，其内心的愁恨该是多么深长呀！

在南方，尤其是湖南山区，却生长着漫山遍野的油桐树。每年的四月和五月，是油桐开花时节。桐花雌雄同株，花冠白色五瓣，它的素颜因为有了花蒂的红晕而风姿绰约，让人心疼，让人怜爱，让你不得不像呵护小女孩一样去痛惜它。油桐是乡间的女子，油桐花像穿着红色碎花衣衫的村姑在山野里寂寞地芬芳。油桐的花落得让人心疼，桐子花是伞形花序一簇簇的，高高的，抬头看不清，然而落下来的却是整朵整朵的、满满的一地桐花，一阵风来便落红一片，像是被相思的情绪坠得不堪重负的女子一样。油桐树下，落花洁白，花絮纷飞，宛如飘雪，因此有五月雪的雅称。唐代孟浩然的名句“夜来风雨声，花落知多少”，这花可以是桃花、李花、野花，但年少时一直认为落的是桐子花。“知多少”就是太多太多、数也数不清。那个年代印象最深的却是，一夜风雨早晨出门上学，一路上看到的便是满满“一地桐花”，密密麻麻的、亮丽鲜活的桐子花。小小年纪，清晨求学，打着赤脚，在花朵上踩出一溜溜的脚板印。那是一种凄美，一种充满忧伤的美丽。

油桐在乡下是名贵的树，种子可榨油，叫桐油。秋冬之际，常见乡亲们从油桐树上摘下果子，放在晒谷坪上晒几个大太阳，桐子干后，送到榨油房，用牛拉动油坊里巨大的石碾磨，碾碎桐籽榨出桐油，然后，到家里把家具、农具用金黄的油刷一遍，于是满屋弥漫了淡淡的桐油清香。母亲说，一棵桐子树下可以捡一箩的桐籽，一百斤桐籽可以榨四成桐油，难怪古人有俗话“千棕百桐，子孙不穷”“穷人莫听富人哄，桐子树开花才下种”“穷人莫听富人托，桐子树曝叶浸禾种”，足见朴素的民谣里蕴藏着朴素的生活哲理。

曾几何时，油桐在国民的地位中异常显赫，始于隋唐，盛于晚清，桐油曾经是重要的生活物资，与盐有着同样的重要性，与油茶、核桃、乌桕并称我国四大木本油料植物。湖南连绵的山峦为桐树的生长提供了最佳环境，桐树给湖南最好的回报就是桐油。那时交通不便利，水运是最便捷实惠的运输方式。大山里的桐油沿三湘四水汇入洞庭湖。洞庭湖成为桐油的重要中转站，出三江口，过城陵矶，沿长江，通达全国，甚至远涉海外。

桐油的用途广泛，工业、日化，甚至是一味中药；婴儿拉肚子、感染风寒后，往手心点一滴桐油，用火烤热，把温暖的手掌放在婴儿的背心和肚脐上揉搓或抚摸，其疗效比吃药、打针还灵验呢。从传统上说，桐油用来涂抹保护木器，制造油布、油纸等防水材料，调制油泥镶嵌缝隙，中医用来调和膏药等外用药；在民间主要是用于木制家具的油漆，木椅、木桌、木床皆离不开桐油。原来古建筑用桐油很多，故宫太和殿的金砖便是用桐油浸泡、打磨而成，呈现出一种特殊的润感。而在洞庭湖，桐油尤其金贵。洞庭湖的渔船下水之前，必须用桐油反复刷涂，一则保护木板防止水的腐蚀，一则木板之间咬合得更紧密，一滴水也无法入侵。可以说，木船没有桐油，就下不了水，入不了湖，孤寂地躺在湖洲上，如一条离开了水的鱼。一艘渔船用杉木拼制而成，再刷上桐油防水防腐，看似简单的工艺，却可作为渔民出湖打渔养家糊口的工具传承三代。每年休渔季节，渔船上岸，倒扣在湖洲上，让阳光曝晒，维修，再刷上三遍桐油，静等开船时刻，这个日子在渔民的心中有着足够的分量。

在乡下，桐油除了用于木制家具之外，还有一个更为重要的用途，那就是老人最终栖息的棺材离不开桐油。在湘北农村，棺材被称之为寿房或是料，其量词也有所不同，一具料、一具寿房。俚语云：“三十冇付板（指棺材），看你好大胆。”言下之意，人到中年，要准备好寿房，否则，万一有个三长两短将措手不及。在世时做好棺木，称“寿房”或“寿器”，有添寿加福的寓意。加工棺材的木材最好用桐木，当然也有用松木、柏木、楠木的。人生一世图的是入土为安。这是乡间民俗。记得少年时，顽皮，在一个寂静的下午，与小伙伴躲猫猫，到了晚上却少了一个，惊动了整个村庄，后来，竟然在他家楼顶上的棺材——爷爷的寿房里找到了，原来小伙伴玩累了，在棺材里躲猫猫竟然睡着了。虚惊一场。在虚惊的背后，却隐喻着乡村的生生不息。

南方雨水多，春雨绵绵，秋雨淫淫。一把油纸伞，是南方居民的常用之物。“晴带雨伞，饱带饥粮”，道尽了乡民对生活的机智与敏锐。而在文人骚客眼中，“撑着油纸伞，独自彷徨在悠长、悠长又寂寥的雨巷，我希望逢着一个丁香一样地结着愁怨的姑娘……”这是一幅美好浪漫的景象。这样的风景，在多年前的江南生活，随处可见，蒙蒙细雨中那一把把流动的风景——油纸伞，曾是江南生活中的一大特色。做伞，是手艺人祖祖辈辈心手相传下来的工艺。手工油纸伞的制作过程，削伞骨、绕边线、裱纸、收伞、晒伞、绘画、装伞柄、上桐油、钉布头、缠柄、穿内线等十几个步骤。所有步骤中最见功力的是削伞骨，一把纸伞有短骨和长骨，要把竹子一根根剖开削好，还要一根根钻洞，相当耗工。而刷油是做一把伞的关键，伞的防水性好不好，结实不结实，都与刷油紧密相关。油纸伞，三个字，油为第一，油纸伞刷的油是桐油，有防水、防腐的作用。在道家文化中，桐油被视为驱邪避凶之物，野鬼游魂闻之会远遁。将桐油刷在皮棉纸伞面，防雨好，结实，有韧性。

一把油纸伞承载着诗人寄情、乡人寄思、文人寄事，依仗的是厚重的匠人灵魂。好的油纸伞，经得住三千多次聚合散开，当中的每一道功夫，都饱含着手工艺人对生活的感悟、对匠心的尊重。在乡村，曾经一把红色的油纸伞是爱情的信物。接过了桐油红伞，就意味着亲事有了端伲，就是接下了这一生的诺言了。一场不期而至的爱情故事就在伞的一开一合之间飞扬。某某家送出去了一把桐油红伞，或者说，某某家接下了一把桐油红伞，在村庄里，是最暖心的新闻。因为一把桐油红伞，整个村庄都生机勃勃。

时光变迁，桐油的功用，被现代化产品所取代，五彩斑斓的洋漆进入中国后，桐油的地位有所撼动。年轻人更喜欢多彩的洋漆，家具不再使用桐油。桐油的作用已日渐式微。翻看沈从文先生的旧作，浓墨重彩写了很多湘西的桐油、生漆、木材。尤其是桐油，在他笔下屡屡出现，如今已难寻觅到当初的繁华景象。物产的变革，折射出经济发展的历史性变迁，不得不感叹，沈先生笔下的桐油，随着科技发展和社会变迁，俨然成为书本上的怀旧物品。回味以前漫山桐花若飞雪的浪漫时刻，这成了读书人怀旧的一声长叹，也为洞庭湖的沧桑巨变写下一笔注脚。

乡下还有一种泡桐树，亦是梧桐属，又被称作水桐树，易栽易活，生长迅速，枝叶却不够丰美。在我的老家后山坡上，有三棵泡桐树，平时无人问津，寂寞地生长，唯有花开时节，却成了少年的喜爱。摘下泡桐花吸吮里面的花蜜，淡淡甜味，有一种清新自然的感觉。小女孩更喜欢梧桐花蒂，用线绳穿起来，就是好玩的项链。每年春天，姥姥都会晾晒泡桐花蒂，穿起来挂在墙外，成为村子里的一道风景。因为泡桐花也是很好的中药，其味苦，性寒，具有清肺利咽、解毒消肿的作用。用泡桐花治疗痄腮，是老家人皆知的单方。取新鲜泡桐花八钱，水煎，白糖一两冲服。小时候我的表哥很容易咳嗽、扁桃体发炎，姥姥会用新鲜的泡桐花熬水给他喝，每次都能药到病除。草木，原本就是神奇。

泡桐树在湖南乡下很常见，一年中最赏心悦目的时候便是清明时节，满树素雅紫花，花香微苦，也许是走出乡村的孩子一缕乡愁所系吧。桐花是清明“节气”之花，是自然时序的物候标记，三春之景到清明绚烂到极致，但同时盈虚有数、由盛转衰，桐花因此而成为两种悖反意趣的承载。《周书》称："清明之日桐始华"，高树繁花，浅紫柔白，深具清明节悲欣交集的气质，热烈而沉静。白居易在《寒食江畔》中写道："忽见紫桐花怅望，下邽明日是清明。"紫桐花，无疑是泡桐花。泡桐花广布山野，与大块绿色一起，中和盛春的脂粉气，让清明节气美得大气清朗。

然而，泡桐树又是不大让乡下人尊重的。"泡"字有"虚而松软、不坚硬"之意，泡桐即取名于此。作为一种速生树，泡桐很难见到百年以上的老树，所谓"桐无老才"，泡桐木生长很快，木质却疏松，讲究的人家并不用它做家具。假如一个乡下孩子，长得又高又胖，便极有可能得到"泡桐"这样一个绰号，取笑他身材高大而不结实。有一部在东京国际电影节上获大奖的电影《十三棵泡桐》，讲的就是青春与迷惘。之所以用十三棵泡桐这个片名，一是男女主角约会的地方有十三棵泡桐，更因为泡桐这个树种虽难于成才，但非常有生命力。影片想借此喻示片中的孩子不一定成为什么栋梁之材，但非常有朝气和活力，这对于人生非常重要。"泡桐"就像这群年轻人："表皮光滑洁净，而内心是空的……虽然泡桐不能成材，那最可贵之处也许是它们还在生长……"十三棵泡桐，掀开了青春记忆簿的另外一面，虽然有些残酷，但泡桐的叶子依然闪亮。

泡桐如今在园林里应用不多，城市里多的是银杏、香樟、金桂等这些名贵的树种，只有凄凉的山野里，零散地驻守着两三棵高大粗壮的泡桐树，其盛放的"清明之花"，彰显着"桐花万里路"的大气春景。

说到梧桐，一定会想到法国梧桐，法桐冠大荫浓，高大挺拔，又是落叶乔木，夏季遮阴，冬季纳阳，曾经一度受到国人青睐，成为中国城市行道树种。对于老岳阳人来说，说到梧桐就会想起洞庭路、竹荫街等整条街的法国梧桐，繁密阔大的叶子洒下浓绿的阴凉，偶尔漏下的一丝阳光，也变得清幽柔软。人们不太深究法国梧桐与梧桐的区别，其实，法国梧桐不是梧桐，也不是来自法国，现在普遍种植的是用美洲悬铃木和东方悬铃木作亲本，杂交成的二球悬铃木，因为是杂交，没有原产地。

它们生得高大魁梧，碧叶青干，树荫婆娑，颇似“一株青玉立，千叶绿云委”。有一年去南京出差，参观中山陵的路上，看到柏油路两边整齐排列、参天蔽日的是法国梧桐。相信很多在南京长大或玩耍过的孩子们，对于法国梧桐的深情怀恋更是浓厚。

在我的记忆中，作为行道树的法国梧桐，已经植根于家乡。一到夏季郁郁葱葱，两侧的枝柯搭在一起，铺出一条幽静舒心的林荫路。太阳再强势也穿不过树叶的浓密，即使不屈不挠地透过来，也只是星星点点的光斑打落在公路的砂砾、匆匆而过的行人、三三两两的汽车上，即使是一只觅食的蚂蚁，它也三爬两爬就逃离了阳光的捏拿。即使下雨天，绵绵细雨也是飘不下来，只能层层叠叠聚在叶片上，凝结成水珠，一叶一叶地滑下来。记得当年，我沿着梧桐树荫下行走，阳光不时穿过枝叶间隙一闪一晃，记忆随同晃动的光线一篇篇映出。梧桐的浓郁又成为麻雀的栖身地，无数的雀们在法国梧桐的枝杈间安家落户，娶妻生蛋。有时走在树下，竟有鸟蛋临空而降，打在头上，有些生痛也罢，却是一头的蛋浆，不知谁家的鸟巢，鸟们又有多么痛苦？夏季的雷雨天气多，一阵雷鸣，树下到处是凌乱的鸟巢、树枝，还有丧生的鸟雀。法国梧桐，在我的记忆中犹新。后来，人们以法国梧桐爱飘絮、容易让人过敏为由而大量砍伐，古老的法桐林荫道慢慢消失在城市的风景中。有的被遗弃在山野里，沧桑满布，在时光的边缘破败，独自凋谢。一街之树，一路之树，一城之树，法国梧桐，正在老去。

消逝的法国梧桐林荫道正在记忆中模糊……当然还有青桐、油桐、泡桐。

若干年后，何处觅“桐花半亩，静锁一庭愁雨”？

苦　楝

人间四月，已是暮春。

又是黄昏，阳光将退未退，光亮与阴影、温柔与热烈并存，让黄昏暧昧又复杂。我照例在这个生活了十多年的城市散步，看西边天上的云霞由浅变深再隐藏到黑暗中俯视人间，鸽子归家的弧影消失在错乱的屋顶上，大街上行色匆匆的归人或左右或东西，一定向着家的方向前行，即使家在远方。我的老家在乡下，停步驻足，向家的方向望去，天色已暗，老家隐藏在黑夜中挂念着远离她的孩子。此刻，忽然一棵树的影子在黑夜中明晰起来，乡下的苦楝树正是花开灿烂的时候。

在乡下，树很多，村前村后，山上山下，树无处不在，有梧桐、香樟、喜树、水杉，更多的是枣、橘、桃、李等果树，随处可见，它们大多三三两两，甚至毗连成林，拥挤的样子像冬天的孩子玩着游戏。唯独那树干斑驳、叶子细碎的苦楝树，在房前屋后、田头阡陌，或者在偏僻沟壑的某个角落，总是孤独地生长着。苦楝树不成林，一切皆自由生长，不经意间与人辞别，多成了人家灶台的烟火。它不是自由的，可它的成长，却在自由中。它们安静地坚守在阳光里、风雨中，迎朝阳挽落日，倔强的枝丫茫然地对着低矮的天空，自有一种树中隐士的风范。

苦楝树叶细小，不浓郁，不像叶子密集的柳树、槐树，有风也潇潇，无风也潇潇。苦楝花多，多得有点琐碎，密密麻麻的，有一树繁华的意味。苦楝花不好看。村人说，苦楝树苦，连花的味道也是苦的，弥漫开来，整个村子的空气就是苦的，怪不得村人不喜欢苦楝树。试想，春末夏初，正是青黄不接的日子，本来就在为稻粱而发愁，苦楝花一开，更是有了趁火打劫的意象。于是，苦楝树只能远远地站在村头村尾，甚至远离村落的山坡上、河岸边，张望着村子里的人和事，不动声色。

我喜欢苦楝花。其实不是花苦，而是花香太浓，甜到浓时会变苦，苦到浓处心无力。初夏时节，桃花谢了春红，苦楝树浅紫的小花悄悄地萌动。因为花小，树又高，如果路过不是闻到一阵又一阵浮动的暗香，促使你蓦然抬首，你是不会发现那一株寂寞的苦楝树。这时春天已经走远，只剩下一片模糊的背影，它没有赶上繁花似锦的盛世，却在春的末尾独自芬芳。开一树花，有风，落花一地，零落成泥。

这样想着，心里陡地生出了几许失落。心里似有某种记忆在渐渐地被唤醒。正在这种情绪中，接到乡下母亲打来的电话。母亲并没有像往常一样，零碎地说着乡下见闻，而是直接告诉我一个悲悯的消息。

隔壁的君姐死了，死得很突然，一场不大不小的病竟然扼走了她蓬勃的生命，因为她还不到四十岁。此时夏季的气氛正在渐浓，但君姐怎么也止不住疾驰的步伐，匆匆与生机勃勃的人间失之交臂了，永远，永远……

此刻乡下的苦楝树正在绽放，只是没了花开四月天的绚烂与轰烈。

母亲长叹一声：多好的姑娘哟，怎么这么早就走了呢？我恍若看到了一大滴晶莹的泪水从母亲的眼角涌出，那么义不容辞，是想告诉我什么？悲哀，或是怜悯。

会剪一手窗花的她，怎么就走了呢？我觉着她就是一株苦楝树，她的生命开着酸楚的美丽，像碎花飘零在脚下的土地，使我心为之震动。

我隐约记得君姐嫁到镇上来的情景。正是五月初，是花都已开过，是叶都已深绿。唯独苦楝，此时正开得浓烈。繁密的树叶，紫白相间的小花，一簇簇，一串串，挤挤挨挨，密密匝匝，满树可观。依旧记得她光鲜的脸庞在热热闹闹的鞭炮声中亮丽，新婚的她像一只美丽的百灵鸟在生活的每一个日子幸福地鸣叫着，她憧憬着未来。

记忆是湿润、青涩的。一张红纸，一把剪刀，眨眼工夫就从她的手中吐出鸡、鱼、莲等之类美轮美奂的图案，一股喜庆味就弥漫开来。剪窗花是她的拿手戏。树有阴凉、草有灵气、花有香味，牛会吃草、鱼会游水、鸟会飞翔，剪什么像什么，我新婚时她剪出的窗纸还在老屋的窗玻璃上炫耀，只是褪却了光泽，消浅了喜气。纳鞋垫更是她拿手的好戏哩，左邻右舍谁没有穿过她纳的鞋垫，我至今都会感到那股柔柔的乡情。弄农家味极浓的小吃，都是她的绝活，紫苏姜梅、西瓜皮蜜饯……正是心灵手巧的她，十多年来，硬是把拮据的生活，剪辑得有了些许生机。

其实，也不应走得那么匆忙。据我所知，那种病不足以剥夺她的生命。然而贫困和劳累，使得病魔如连绵的细菌，在阴暗的角落生长得蓬蓬勃勃。其实，她的幸福生活尚未开始啊。三个如花似玉的女儿此刻是不是长跪在她们母亲的坟茔旁痛哭呢，她们生命如此的灿烂，不正是她们母亲沉重的付出吗？挥之不绝的泪水拉不回君姐柔弱的身躯，可永恒的记忆又怎么能抹去君姐一生的辛勤与操劳。我不知道为什么故乡一些女人的命运如此多舛，而且我所知道的最朴素最善良的女人，成了记忆中青涩而潮湿的一部分。

其实，她的幸福早就应该开始。可当站在幸福与痛苦的交叉口时，她选择了后者。依旧记得初为人母的她，光洁的脸庞竟夹杂一丝凝重。年幼的我从母亲的言谈中悟出了些什么。那个哇哇叫喊着的女娃没有为她带来幸福。丈夫的指责，公婆的冷漠，如呼啸的北风，冰冷了她初为人母的笑容。或许是为了追求幸福的源头，或许是为了化解封建世俗的冰霜，她又选择生育。然而，第二个幼小的生命来到人世时，带给她的不仅仅是身体的痛楚，还有心灵的痛苦。第二朵鲜花般的女儿又怎么知道自己的降临，给母亲带来的是痛苦呢？第三个女儿终于彻底断送了她的幸福前程，丈夫被开除公职迁怒于她，公婆指桑骂槐地指责。或许这就是她悲剧的开始。

一次回乡，我看到有些痴呆的她，寂寞地带着小女儿若有所思地坐在村口的楝树下纳鞋垫，无言无语，或抬头仰望，目光里满是哀怨，或又低了头，若有所思。此时，我怎么能看懂她的心事。我只是远远地站着，甚至不想靠近，也就远远地看着。孩子就在她身旁，小一点的已睡着了，大一点的在萝卜开花的地头，瞅准卧在花丛中的蜜蜂，脱下鞋子，用力一扣，就捂住了，然后把这小小的精灵放飞；有时她赤脚站在渠边，耐心地将被水冲跑的蚂蚁捞起来，放在长满青草的田埂上。她们知道母亲的苦吗？苦到极处休言苦。或许将来，她们会感恩母亲给予的生命与一切。

她们是一粒粒苦楝子，再苦也自有她们的甜美。

苦楝树到了秋天，结满一串串的果子，椭圆，指头蛋儿大，自然叫苦楝子。果把儿很老，一兜一兜的在风里摇曳。苦楝子的确苦，小时候曾试着偷尝了一口苦楝子，结果眉头半天舒不开，难怪人们常说再苦不过苦楝子。但在孩子的眼中，苦楝子是童年最好的玩具，年少的我们几乎每人都有一把自制弹弓，就把苦楝子当子弹，打麻雀，练靶子，玩得不亦乐乎，可谓少年不知苦滋味。

我记得奶奶那时唱过一首关于苦楝树的歌。唱的大概是一个出嫁后的女子，婚后忙碌没法回娘家，将这女子比作苦楝树，一生皆苦。用的是我们家乡话，调子很容易记住。

苦楝子再苦，有女人的心苦吗？

君姐真的就是乡下的一株苦楝树。

我想，假设当初她生育的是一个男孩，她的命运就不致如此悲哀。假如她生育第一个女孩后，坚决与封建世俗观念挑战，勇敢地闯出自己的一片新天地，她的幸福生活也会一天天走过来。但生活中没有假设，没有退路，发生的事情又怎么能够更改呢？其实，我只是期望用假设来为她的悲哀中掺杂一些幸福的气氛而已。我只是不愿意让她成为苦楝的隐喻。

其实她渴求幸福。她把一生的寄托注入三个女儿的身上，二十年的岁月眨眼就过去了，女儿一个个如花似玉，幸福的日子正在向她温柔地笑。我听到过她一次次地说，“女儿大了，就好啦！”可她等到这一天时，却又慷慨地把生命交给泥土，难道泥土中的生活是幸福的生活吗？是呀，泥土中有酽酽的稻香，有典雅的宁静，有从容的平凡，不然，她怎么会选择泥土？

生命有时竟然这般凝重，生命有时又是这么轻灵，我乡下的君姐在黝黑的泥土中是否真的很幸福地长眠呢？远处田野传来老牛沉重的叫声……

我望向苦楝树，看它枝丫分明的轮廓在苍白的天空下兀自落寞。苦楝花在风中摇晃，一片片的碎花在空中一闪，掉入草地就不见了，如同幽幽的一声叹息，轻轻地，轻轻地，小得如同乡间女人的心事，像是一双双紧握着的手，在无语凝咽中渐渐散开。

如今走过那株苦楝树，不曾消失的仍是心底那细碎无声的情怀。曾经湿润、明亮、久远的记忆，仿佛还在昨天。二十多年来，发生了太多我需要用更长时间才可以承载的事情，而每回至故乡，手抚那棵干净利落的苦楝树，时时忆起那远去的人和事，与苦楝树浪漫的紫、琐碎的忧郁一起营造了一个热爱寂静者隐忍的境界。

苦楝树是苦的。“苦者，良药也。”据医书记载，苦楝树的树皮和果子均可入药，只是味道极苦。但是，我真切地知道，比苦楝树更苦的却是乡下的一些苦难的人！

苦楝树有毒，皮、籽、叶、花都具有微毒。乡里人却没有在乎这些，除了孩子闹蛔虫，偶尔用一点苦楝树皮煎水之外，几乎都不怎么动它。苦楝树就是这样落寞地站在乡间，无人问津。有时回乡，远远地看着村口的苦楝树，树影佝偻，犹如孤独的老人，守望着残余的岁月一点一点地消蚀。

故乡就是一棵苦楝树，微毒，让一些在异乡里守望的人寝食难安，不知能否想到苦楝树忧郁的身影。

已是深夜，无意读到宋人詹慥的一首诗：“雨过溪头鸟篆沙，溪山深处野人家。门前桃李都飞尽，又见春光到楝花。”想不到诗人笔下苦楝树纤弱而淡雅，自有一种朴素清新、温婉脱俗之美。苦楝原本也有它的另一副面容。

其实，草木并无高贵与卑微之分，苦楝树也不例外。

女　贞

女贞。

我惊奇于它的名字，是否暗藏着什么隐喻或暗示？我试图对这个名字背后潜隐的故事进行假设、想象和挖掘，莫名猜想它背后或许存在的传说。少年时，中学校园里入校的道路两侧皆是数米高的女贞。每天上学最初的遇见就是女贞，总觉得氤氲着一种少女的风韵。而在操场一隅，学校围墙旁皆为高耸的法国梧桐，水桶粗，犹如魁梧的男人，与女贞树遥相呼应，叶含情，花示爱，惹得早熟的男生女生春心萌动。如今岁月的流逝，那些女贞，那排梧桐，都走进了历史的深处，连同少男少女暗藏的情怀，无处找寻。

女贞是中国古老的树种，遍生南方，一年四季，青色长驻。夏日细花芳香，冬季负霜葱翠，成为庭院、巷弄、村落、校园里常见的树木，与人相伴相生，濡染了人间烟火之气。李时珍的药书称："此木凌冬青翠，有贞守之操，故以贞女状之。"书中勾勒出了女贞树的精髓：素雅、清香，寂无声响。

一株草木如果与灵魂沾上了边，又岂是一片绿叶、一朵花卉、一枚果实能讲述得清楚的。

在中国，每一种草木的背后都隐藏着一个故事，这是国人对自然的敬畏。女贞也不例外。在西方，每一株草木都有一种花语，正如玫瑰代表爱情，菊花代表高洁……其实是用草木来表达人类的语言，表达人的某种感情与愿望。中国的神话传说亦是如此。女贞与古代鲁国的一位女子有关。当时的鲁国是典型周礼的保存者和实施者，世人称"周礼尽在鲁矣"。农民出身的哲学家墨子就是鲁国人。这样的国土自然有故事。居然有一位女子慕名一株树，爱在自己的庭院栽植常青树，此树郁郁葱葱，满树白花芬芳，寻香而来的村民不断，久而久之，众人就把树名叫成女贞了。古书云："负霜葱翠，振柯凌风，而贞女慕其名，或树之于云堂，或植之于阶庭。"故名。女贞树蕴含着如此动人的故事，时光越千年，总是会突然跃于眼前，让泪腺浅浅的人热泪盈眶，譬如我。

想起女贞，总是无法遏制自己去想一个人，一个女人，当然不是鲁国的那个女人，而是一个疯女人，曾经活生生地生活在我的周边。当然只是回望，不是怀恋。因为她只是我生活中的一个过客，陌生而又简朴。至今不知道她的真实名字，也许有人知道，因为对她无端的恨，抑或是她的卑微孱弱，她的名字绝不重要。重要的是，她是那个时代人们谈资的重要器物。原谅我把她当作一种器物，因为在一个特定的年代，注定了她人生的卑微。乡人在背后很乐意对她谈论，事实上每一次谈论，都会赋予一种新的词语，比如淫荡、妖妇、狐狸精等。这样变离的词语太多了，它带给人的感觉几乎都是出于贬义的本意。

其实，对于她很多的物事，均是出于母亲不经意的絮说。母亲是一个心底极为柔软的人，那些原本与她毫无关联的人和事，因为弱小怜悯，成为母亲心中的一个牵挂，时不时出现在母亲的叹息声中，时重时轻。

那个可怜的人是旧社会的一个女人，何处来，不知道；何处去，也不知道。但大家都知道她是一个国民党军官的女人——人们深恶痛绝的反动派的女人。有人猜测，她是从北方一路溃退到南方，过了长江，来到了我们这个小镇，或许是一路流浪，颠沛流离，甚至我可以想象行程的狼狈。母亲记忆犹新，一个女人，披头散发，满面烟尘，却穿着一件墨绿色的旗袍，虽然沾染了污迹，却掩不尽身材的婀娜。母亲揣想，她应该是富贵人家的小姐，从她落魄的蛛丝马迹中流露出的高贵即使尘土也掩饰不住。我也固执地以为。当然对她的猜测，更多的是她的男人（对于反动派是不能称呼爱人，少年时总认为反动派是冷血动物，没有爱，更没有情），有人说是师长，有人说是团长，也有人说是连长。在战火纷飞、硝烟四起的年代，能一路相随，应该是男人的百般宠爱，可惜，她生不逢时，也许正是应准了女人的红颜薄命。在她如花似玉的年纪，一个政权的崩溃，断送了她的前程。败退长江天堑之后，她的男人呢？那个戎马一身的军官，是战死沙场，还是仓皇逃离？无从知晓。但至少把她抛弃在长江之南了。抑或是战争的残酷，抑或是情感的失落，她的人生向着没有光的地方一路滑翔，无人能够阻挡。她的精神在沤烂发酵，外表却是平静漠然，有时自言自语，自问自答，却又声若蚊蝇，无人能懂。还好在我生活的小镇，还是有更多的温情与怜悯，终于有一间废弃的小屋，成了栖身之地。有好心人给她送来了简易的木床、木桌椅，那些最容易被抛弃的废品，却成了她一生都珍惜的收藏品。

安顿下来容易，生存却难。原本是衣来伸手、饭来张口的弱女子，流落民间，又无缚鸡之力，找不到一点事做，也找不到一粒谷子，这个妇人最终选择了乞讨——沿街要饭（湘北地区以此称呼，乞讨只是书面语言而已）。乞讨成了她唯一的谋生方式。沿着每一条街道，沿着每一条河流，沿着每个有生灵居住的地方，去乞讨，那些无足轻重的残羹剩饭，对于她来说，那是无比丰富的大餐。活着就是生命的全部意义。每个人都有一段不为人知的过去，活着便是根本。或许对于她这是一种等待，一种守望。念想，坚硬起来就是信仰。

行乞也是需要讲究方式的，比如类似拦截一样的纠缠。但她总是小心翼翼地站在人家大门口，细声细说地乞求，不在于多少，不在于荤素，甚至面对冷嘲热讽。很多的乞讨者衣衫褴褛，蓬头垢面，散乱的头发遮住眼睛，身上散发出难闻的气味儿，给人一种恶心和同情之感。那是利用人类的同情心博取别人的施舍。作为一个乞讨者，她却始终收捡得干净整洁。譬如，她的头发始终绾着，像一个小媳妇。她的衣服虽然补过无数次，补丁叠补丁，每一个补痕，针脚细密，可以看出她的女红功夫了得，出自一个心灵手巧、兰心聪慧的女子之手。甚至她那张面无表情的脸，也不像叫花子。许多的乞讨者，总是拿着一只残缺的瓷碗，一双长短不一的筷子，甚至只是两根不规则的树枝。但她不一样，似乎刻意保存着曾经的高贵。她一手提着一个竹篮子，篮子上居然蒙上一块印染的蓝花布，虽然陈旧，但很整洁，手里拄着一根竹棍子，用来防狗。走路轻巧无声，但从不低头弯腰。每到一家乞讨，说话细声细语，她两片薄薄的嘴唇一开一合，几乎让人不知道她在说些什么。但这不重要，重要的是人家早已知道她只是一个乞讨者。凡疯子讨饭，从不在路上吃饭，一定要回到自己的小屋，像一个正常的人家一样吃饭。

乞讨并不是一件轻松的事。

那条古街原本就不长，两三里长，一百多户人家，我家住在街尾，至今记得门牌号码是 195 号，倒数第三家。再过去隔几块菜地，就是永丰村喻家组。原本不多的人家，一天三餐饭，一家家去讨，去早了，人家的饭没熟，自己的肚子都没有填饱，哪里有让你先行一步的，自然是空城计；去晚了，饭空菜净，即是有点残渣剩汁，又喂了猪狗，讨一顿饱饭还真不是一件容易事。我记事起，已是二十世纪七十年代中期了。她疯了，已是面容枯槁的中老年人了。记得有一次中午，她悄无声息来到我家门前，饿得无精打采，嘴唇干裂，以一种虔诚祈望的姿态。我家刚吃完饭，母亲正在洗碗。她掀开蒙在篮子上的花布，里面一只碗，果然是空的。母亲生性善良，拿出剩饭菜倒给她，开玩笑说：“何里搞咯沙，跑遍了一条街，饭都没搞到一碗。”她道一声谢，低头迅疾地往回走了，其匆忙得有些逃离的味道。

有时，她也到镇上附近的村子里要饭。上街有方家，下街有喻家，南面河对岸有渡头村，北面有杨家。实在没有办法了，她才选择去村子里。农村喜养狗，一来防盗，二来到了年关可以吃狗肉。乡下的狗，是一种势利的动物，对畏首畏尾、穿着破烂不堪者穷追不舍。一声狗叫，会招来整个村子里的狗群吠，气势汹汹，让人胆战心惊。一个弱女子，一根小小的竹棍，恶狗是无所畏惧的，最多只能充当摆设而已，凶狠的叫声让她只能退避三舍，总试图远远地绕开那种凶猛的动物。奇怪，她穿着齐整，可总免不了狗的追逐。是狗鼻子的灵动，还是另有原因？细想一下，一定是狗眼，补得再整齐的衣物，也是破衣。真的狗眼看人低。

生理上的生存容易，但精神的生存却是更加艰难。一个弱女子独居一隅，自然少不了心怀不轨之人的觊觎。郑屠夫就是其中之一,一个满脸横肉、身材短粗的鳏夫。郑屠夫生性懒惰性格暴躁，又好酒贪杯，他的妻子就是被他活活打死的，只是那时没有家暴一说。老婆是面锣，有事无事敲几坨，是男人司空见惯的事。这样的男人，哪个女人愿跟随相伴哩，无异于飞蛾扑火。残留在童年记忆中的他便是这样一位鳏夫。郑屠夫盯上了她。面对其软硬兼施，她最好的武器就是一把剪刀。母亲说，好像是一个下午，正在堂屋里做针线活，缝补衣物，她来了。午餐已过，晚饭尚未下锅，母亲笑着说。她窃窃地说，想讨母亲手中的那把剪刀。母亲欣然应允。她一脸满足地离去。正是这把小小的铁器，成为她护身之物。这把简单、冰冷的铁器见证了她无数的隐痛和屈辱。正如它剪开柔弱的布和纸，布的断裂声就是反抗与呐喊，埋藏在结痂的痛里，甚至更深处。仇恨在心底，从未消失，哪怕是一个精神失常的人。她讨饭，从不进郑家门，甚至是绕道而过，一直终老。

曾经有一段时期，她被当作潜伏的特务分子，她的老公传说已逃往台湾，装疯只是巧妙的伪装而已。她一度受到审讯监控，甚至抄家，那个巴掌大的房子被掘土三尺，除了泥土还是泥土，唯一搜出的是一件旗袍。那是一件刺绣的旗袍，墨绿色的，缀着白色的牡丹花，压在破旧的箱子底，应该好多年没有翻过，像冷宫里一位花容月貌的娘娘，兀自看那香炉里的冷香，一点一点燃尽，薄凉，薄凉！

旗袍原本是中国女性的传统服装，淋漓尽致地演绎着中国女性的特质，传承了古韵丰盈的中国情结。正如女作家张爱玲所言：旗袍是暧昧的。喜欢这样的画面：江南的春天，撑着油伞的婀娜女子，着一袭素色旗袍，缓缓走在江南的烟雨里。但在一段特定的年代，却被视为“封建糟粕”，甚至是资产阶级情调的典型器具，如洪水猛兽，甚至在家庭中消失殆尽，无处寻觅。其实，母亲的内心也有一个小小的秘密，年轻时拥有一件绣花旗袍，我知道那是母亲内心的结。如今母亲已近八十高龄了，我曾开玩笑，帮她做一件旗袍，已是轻而易举的事。母亲讪笑，背驼了腰弯了，再漂亮的服饰也是浪费。她的笑容背后有更多的无奈遗憾。而她的旗袍，一定是爱情的信物，遥想当年也曾恩宠叠加，无限芬芳，沾染的是细细密密的心事，是层层叠叠的故事，如今却成为她灾难的见证，夹杂着战火的尘灰、诽谤、攻讦、怀疑，舆论如利箭穿透了她那一身丝滑华贵的旗袍——反动派夫人，隐藏的特务，攀龙附凤，她的精神深处洇出殷红的鲜血。一袭华丽的旗袍，里面滴满了眼泪。

许多年后，我至今依然记得这样一幅画面——头戴尖帽子胸挂纸牌，脸上涂抹着黑锅烟，手拿铜锣，一边敲，一边喊我是反革命分子，我是黑五类。在她的身后，移动着黑压压的人群，他们的脸上满是鲁迅笔下的微笑。批斗会上，当人们高呼口喊之时，她却瞪着迷茫的眼睛，对着人们咧嘴媚笑。她的存在，让那个时代多了一个批斗的对象。

那时开批斗会，总是两个典型，一个是她 不折不扣的反革命分子；一个是离我家不远的知识分子，会画画会摄影会写一手漂亮的字，可惜他父亲是旧社会的乡贤，作为地主被镇压了。自然他难逃厄运，成了黑五类。他有一个女儿，比我大几岁，贤慧聪灵，她的名字叫贞子，也许是她父亲希望她像一棵女贞树一样。她继承了父亲的基因，画得一手好国画，或许是父辈的经历对她的影响，她无欲无求，从不慕虚名，相夫教子，真的如一棵树，在春夏秋冬中默默轮回。正如女贞亦香，是暗香，比起蔷薇的热烈，越发显得若有若无。古诗说“暗香浮动月黄昏”，夜静时，花与叶的颜色都归于几笔墨痕，一缕清凉凉的暗香，浅浅淡淡，那也是草木的气息，引人无思无欲，天地安然。

当我上小学，对世事略知一二时，疯女人韶华已逝，流年殆尽，像一把风干的木材，岁月的风霜已经逐渐抽干了她生命中的血脉。对于小孩子来说，她是魔鬼的符号。三岁娃娃不听话，父母亲会说，疯女人来了，立马悄然声息，不哭不闹。年纪稍大一点的孩子，就不再畏惧，甚至在她背后喊，疯子，疯子。我们曾偷偷到河边戏水，经过她的小屋，门前竟然有一排女贞树。是野生的，还是她刻意种植的，不得而知，也无心考究。

后来听说她死了，应该是无疾而终，平静地结束了她沧桑晦暗的尘世之旅。乡人说，昨天还在下街办喜事的喻爹那里讨了好饭菜哩。真的，一个人说没就没了，没有家人没有亲朋无人痛惜。或许，她压根就没有存在过，只是一个虚构。村里几个热心肠的老人帮她料理后事，居然发现了一张相片，泛黄，但掩饰不了俊男靓女的芳华。在相片的背后却是一个人对世间永恒不变的爱情的痴心妄想，有一个知心恋人，可以相濡以沫，相伴到老。可惜，所有的以为终究只是梦境一场，经历了，沉寂了，已是性情凉薄，甘苦自知。曾经被作为特务证据的旗袍，撕碎了，还在，压在一口破旧的木箱底，居然用细细的线缝上了，不细看，还以为是一件完美的服饰。这件见证一段青春的器物，也终将老去，留下的只是一段苍凉的记忆。老人帮她穿上，只是再也找不回曾经的丰采与美好。旗袍曾经是一种美的代名词，如今还是，因为青春永远一代又一代传承。在清理房间时，又发现了几千元现金，全是零碎的角票，整整齐齐叠放在她的枕头下。抑或她已料到了自己的归去，希望这一点点钱有人为她处理一下后事，让自己风风光光地奔赴阴间。乡人便用这些钱为她置了一具薄薄的棺材，停放了一个晚上，第二天在镇上后山一个乱坟堆像种一棵树一样埋葬了，除了阳光和树木，什么都没有。人来了终究会走，歌响起又会停灭，万物依旧静默如初。我原本想去看看，一个小坟堆，无墓碑，在荒野中是一种怎样的凄凉。但终究未去。有时，一点念想，片刻被风吹了去，什么也没有留下，没有痕迹和气味，这也就是事物消失的最后底线。时光如水，一个小小的坟堆因为无人打理而将渐渐消失，野草会覆盖，会开出野花，甚至结出野果，采野花、野果的孩子绝对想不到脚底下掩盖的枯骨。

一次回乡，无意中经过那座小屋，已经坍塌，萋萋芳草，苍凉落寞。屋旁边的女贞树竟然有碗口粗，长势繁荣。树上竟隐藏着一个鸟窝，一只黑色的乌鸦，站在树的顶端，两三声鸣叫。叫声凄凉，让人心如冷水。忧伤，潮湿了便格外浓、格外深。

正是五月下旬，天空低垂，乌云水泼墨一般，阳光穿过淡薄的地方，洒下来有些虚弱，正好影射在沉寂的女贞树上，有小米粒一样的花苞洒在枝头，星星点点，含着绿，鼓鼓欲胀，静待花期。我想，再过些许时日，细看女贞枝头，绿渐浅，白渐浓，小米粒四瓣张开，连成片，竟是一层飘摇的雪。花落籽出，到了秋天，一树细密的贞子，紫黑，微甜，是鸟类生存的食物，甚至是少年解馋的零食。更重要的，它还是一味好中药，补肾益阴、养肝明目。一片叶，一根茎，一粒果实，在中国都是救死扶伤的良药。

行止居宿在洞庭湖畔，常常都遇见女贞的身影，一抬头，一转身，它就在你的眼前，轻微，细小，淡泊，精致，清幽无限。我愿意，把女贞树当成最贤惠的植物，视为树中之淑女，素裙曳地，香了一地。

杜　英

连雨不知春去，一晴方觉夏深。

古城岳阳的七月，正是小暑时节，已是初夏。

初夏，繁花落尽，草木葱茏，一切花事似乎紧随着春的背影结伴走远，唯有晶亮的阳光、油珠的绿叶，还有枝丫间萌生出探头探脑的青果，在悄然间丰盈、饱满，扮靓着这个七月的主角。然而，还有一场花事却在夏的胸襟蓬勃开来，挡也挡不住行色匆匆的脚步，杜英，又将在这个城市的夏天演绎怎样绚丽的故事哩。

春风不识杜英树，待到夏季如云开。杜英，细细掂量那名字，几分婉约诗意和着草木原本的清新之气，幽幽散开，馨香至心间。七月的杜英，要么不开，一开就是满树繁花。虽然没有牡丹的张扬，杜英花却细碎而绵密，花色浅黄，从枝丫顶端延伸出一根根花柱，花柱两侧又伸出一朵朵小花，不规则排列，花盘一律向下，小巧而精致，很特别的花形，像一排排乳白色的小毛刷，掩映于茂密的深绿叶间，整串花蕾向下弯垂，仿佛承担不了如此盛放的重量。路过树下的行人，抬头却是一天繁星。

如果你想看得再真切些，走到树下，仰起头来仔细观察。你瞧，花瓣边缘处细裂成丝状，恰似流苏，又像蕾丝，非常娇小玲珑、俏丽别致。当清风徐来，满树的小花儿如无声的风铃波浪般随风荡漾、摇曳生姿，甜甜的幽香扑鼻而来。杜英花格外芳香，浓郁中满是沁甜，很远能闻到花香，走远了还是满满一鼻子的香。阵阵花香引来许多小昆虫。杜英蜜多，蜂很喜爱。望着眼前这淡雅小花，被夏日骄阳炙烤得烦躁的情绪，似乎也平静了不少。这不禁令人想起《红楼梦》里《葬花吟》的句子："花谢花飞花满天，红消香断有谁怜？游丝软系飘春榭，落絮轻沾扑绣帘。"花开荼靡时，微风吹过，杜英花瓣四散飘落，似一片片白雪的羽扇，铺陈开来，又如同折翼的白蝶，跌落一地落寞，没有来由地叫人心生怅惘。忽而飘到人的脸上，有些恼人。

我居住在城东的岳阳大道旁边，行道树中有香樟、银杏、桂树，也有不少的杜英，尤其是市人大门前有一片杜英，细数有十来棵，树干粗壮挺拔，大的有水桶粗，小的也有足球粗细，组成一方小森林。平时，也无特别之处，立在风里，站在路边，以遒劲、苍老的面容，悄无声息地注视着琐碎的日常生活。飞翔的鸟儿、纤弱的昆虫，还有行色匆匆的人，当然也有我的身影，不知这些树们是否认识我，但我对它们是格外怜爱，尤其对这片杜英更是多了份喜爱，抑或是惦念。早晚出来散步，总会放慢脚步，享受树的阴凉，看看它们的叶子，抚摸下树干。到了七月，杜英花开时节，皎皎白花喜庆和暖地簇拥在一起，素朴而张扬，简单而浓烈，我的心瞬间喜悦得温润而柔软。清早，环卫工人来不及清扫，地上铺满一层细细的薄薄的黄色花瓣，踩在上面柔软舒适，似乎走在森林中，香气更是牵扯着我的脚步，慢一些，再慢一些。每天从它们身边经过，总要多看上几眼，总会深深地吸上几口气，恨不得将这一缕香盈满整个身体，那应该是一件多么美好的事，只是一个大男人一身的香气，又情何以堪哟。不过真的如此，我也无所谓，尽管乐在其中。每一次路过，每一次离开，总会回头，花开在高高的树冠，我也是无法亲近的，只能高高地仰望，凝视，然后在心底慢慢意会它的美好了。

当然，七月的花事远不只是杜英的繁华，还有夹竹桃、木槿、黄荆、紫薇、芭蕉。虽然没有春天的姹紫嫣红、斑斓芳菲，但植物的花事一年四季都未消停。只是因为关注，才有惦记。杜英正是如此。

对于杜英的热爱，源于少年时代的一次际遇。记忆中是小学五年级，学校组织到岳阳楼、君山一日游。第一次进城的光景刻骨铭心，有太多的影像定格在农家少年时的场景中挥之不去，北宋范仲淹脍炙人口的《岳阳楼记》如此真实地展现在眼前的激动仿佛只是在昨天，飞檐、斗拱、盔顶的岳阳楼，“先天下之忧而忧，后天下之乐而乐”的千古名句，延续千年。还有第一次近距离地与洞庭湖亲密接触，第一次观望浩如烟海的芦苇荡，第一次看到惊天地泣鬼神之爱情见证的斑竹，也是这一次让我第一次遇见了杜英。遇见是一种美好呀。君山，一个弹丸之地却是植物的巢穴，种类茂密，且古树名木繁多——秦皇火树、椤木石楠、黑壳楠、紫薇……更有一片长达一百多年的杜英树。我是在导游的介绍下，认识了杜英。

认识杜英，是因为它的叶子。在物资匮乏的年代，少年时代的旧时光，单纯亦单调，一颗光滑的种子、一朵简洁的花朵、一枚红红的叶子都可以成为少年时代的挚爱。杜英的叶子因为一片嫣红，就浸润了我的少年时光，纯白素然的年华里满是温暖。其实，红叶还有丹枫、火炬、红叶李、黄栌等树木，唯有秋天，满树红叶一片火红，宛如一堆堆淋不灭的火焰。对往事的回忆、人生的沉淀、情感的永恒及岁月的轮回，一枚红叶饱蘸了如此多的含义，简单而厚重。

杜英不仅花香，而且它的叶子更奇。第一次看到杜英树时，便对它印象深刻。一树绿叶中，竟然掺杂三三两两的红叶子，绿和红都很干脆，没有任何中间色彩。这样矛盾的两种色彩间杂在一起，看着却很和谐。

绿叶和红叶又相互映衬，使红的更艳，绿的更翠，有与众不同的美，吸引人的眼球。这些红色的叶子，红得娇艳，像盛放的花朵，看不出一丝即将凋零的颓败之势；即使飘落到地上，它们仍是红艳艳的，保持着鲜活的姿容。怪不得文人雅士为杜英起了一个雅号，叫丹青树。若把掉下的红叶，夹入书中，火红刷亮，久不褪色，既可作书签，也是一种独特的旅游纪念品。“书中夹红叶，红叶颜色好。请君隔年看，真红不枯槁。”这是陈毅元帅的诗句，表达永不褪色的精神。我清晰地记得，舍不得买零食的钱，买了两张杜英树叶书签。这枚书签见证了我的初恋，进入初中后，我进入青春期，喜欢上一位女同学，杜英书签变成了爱情的信物。如今回想起来，觉得有些好笑，笑的是少年不识愁滋味的爱恋。

红叶寄相思。或许是少年的走神，在我的记忆中固执地认为柳毅传书与杜英有着不解之缘。仪凤年间，儒生柳毅应举落第，还乡途中遇到了备受虐待的洞庭龙君小女，受托下海传书，后龙女得救，几经磨难，两人结为夫妻。重情重义的柳毅，不仅解救小龙女于水深火热中，也赢得了自己爱情的幸福。这个美丽的传说，穿越千年时光，仍然在一代又一代年轻人中传诵，其实他们的爱情之道，也为君山岛赢得了“爱情岛”的美名。然而，传说中柳毅井旁是一株大橘树，而不是杜英。杜英也罢，金橘也罢，却改变不了童年的记忆，杜英就是一个爱情的见证。当时光走远，记忆里那淡淡的清香，却是我一生最陶醉的暧昧。

杜英是一个古老的树种，有着各式各样的别名，冬桃、假杨梅、梅擦饭、青果、野橄榄、胆八树、缘瓣杜英、杜莺、山冬桃、松梧、厚壳仔、牛屎柯……可惜对杜英树有记载的古籍甚少，即使记载草木很多的《诗经》《楚辞》中也找不到片言只语，唐诗、宋词、元曲，看不到杜英的身影，李白过君山挥笔“淡扫明湖开玉镜，丹青画出是君山”，刘禹锡的“遥望洞庭山水翠，白银盘里一青螺”更使君山名声大噪，杜甫、黄庭坚、辛弃疾、张之洞等墨客骚人都曾登临君山览胜抒怀，留下了无数千古绝唱，却与杜英错失了咫尺之缘。幸好明代李时珍在《本草纲目》香木类中列有“胆八香”条目，文曰：“胆八树生交趾南番诸国，树如稚木犀，叶鲜红色，类霜枫，其实压油和诸怕爇之，辟恶气。”李时珍讲的是杜英子可榨油，且是香油的一种，能辟恶气。明代养生学家高濂在他的《遵生八笺》中以他的喜好将香品分了气质：幽闲者、恬雅者、温润者、佳丽者、蕴藉者、高尚者等六大类，而唵叭香则被列为高尚者，唵叭香也就是杜英香，亦作唵吧香、胆八香。焚香原本是古人生活中的平常事，宋代士大夫从大自然中选取最朴素的材料，巧制出种种足以怡悦人心的香品，“炷香斜袅烟轻，一如庭花池影”，不过是为了怡情人生而闲笔挥洒出的意境。

自然界每一株草木都温暖着我们的一生，杜英也不例外。杜英花一落，杜英子就开始慢慢长出来，刚开始是青绿色，长成黄豆大时，一点点变成浅紫色。当粒粒果实越来越饱满，渐渐乌紫发亮时，就差不多到了冬至，一年中最冷的时节。杜英树最美的时候在冬季。寒风萧瑟，别的树早已光秃秃，而杜英树则是碧绿苍翠，硕果满枝。杜英的果实可食用，一到深秋，杜英树上落满了觅食的鸟儿，它甚至有一个别名叫猴欢喜，一定是因为它的果实成为猴子的最爱。杜英的籽坚硬，又与金刚菩提属于同一科，形状上十分相像，纹理神似金刚脑纹，所以，有人将杜英子做成佛珠，典雅又别致，可助修行，保平安，增福慧。可惜我没有见过，要不一定搞一串挂在手上，闲时用鼻子细细地闻，可以感觉到一股清雅的草药香味。其实，佛珠原本是佛教徒的一项重要标志，制心一处、熄灭妄想、收摄心意、专注修行，如今佛珠已演变成平常百姓的美丽的饰物，它以恒常不变的情怀，装点着我们生活着的世界，一串佛珠在手，优雅、知性、温柔悄然流露。

杜英树全身是宝，木材纹理直，结构紧密，干缩强度小，切削容易，早已被前人作为建筑梁柱、家具、文具的重要材质，一直沿袭至今。更为惊喜的是，它的树头、树梢、枝丫是培养香菇的好原料，怪不得香菇如此鲜美，原来是源于杜英的灵气与爱恋。根能入药，治疗跌打、损伤、瘀肿。树皮可作染料的制作原料。日本人山崎青树在《草木染染料植物图鉴》中提到琉球地方以杜英的煎汁作为染料，著名的“大岛绌”也多以杜英树皮染色，该书并引“时局和森林”之文说：杜英为“皂黑色染料织物用”；又《台湾有用树木志》所记载的“琉球地方以剥取的杜英树皮作为织物的染料”等，充分说明杜英染色确实有过较多使用。

一个城市是有记忆的，城市记忆最大的载体是建筑，但陪伴城市生长的是植物，是树木。树才是每个城市独树一帜的风景。对于古城岳阳来说，香樟、丹桂、银杏、杜英……这些土著植物，它们见证着这座历史文化名城的荣辱，体会着这座城市的苦痛，可惜杜英渐渐已淹没在昔日的故纸堆中，二十世纪五六十年代出生的还知晓，八九十年代出生的已无从了解了。如今行走在岳阳的大街小巷，杜英的身影越来越远，甚至在行道树中当配角都难有杜英的一席之地。杜英是岳阳的市树，栀子花是岳阳的市花，是这个城市的符号，一座城市的标志，更是代表着这个城市的形象。一个城市有没有生命力，更紧要的是有没有深入人心、钢筋铁骨般坚韧的精神力量，所以，岳阳人不该忘记——栀子花和杜英！

毕竟杜英是岳阳的市树，它承载着岳阳人民的历史记忆，见证这座城市的风雨，记录着这座历史文化名城的悠久历史。

向草木致敬

写草木记，源于十年前的一次小感冒，年逾七十高龄的父亲从野外寻来一把野草——艾叶，煎水，要我喝了一大碗，临睡前又用艾叶水泡脚半个小时，大汗淋漓，安然入睡。第二天，头清目明，全身清爽。父亲说，艾，是一味中草药。如此简单。

触景生情，写了一篇散文《艾叶青青》，后来刊发于南京的《青春》杂志，一篇无心而来的稿子，激发起我对草木的思考，笔触开始专注草木，有意识地思索文学与草木错综复杂的关系。譬如，鱼腥草，有怪味，却能成为一道凉拌菜。父亲酿就的米酒，原来关键是用了蓼草，它是酒曲的重要原料。还有母亲制作霉豆豉，与黄荆也有着千丝万缕的关系。其实，每一株草木的背后，都有着质朴坚韧美好的内心，看似寻常，却如一盏灯，温暖我们前行的路。

万物有灵且美好。草木的内心不仅宁静自然，而且纯净芬芳。每一株草木都是一个充满智慧的生命个体，它们是走在人类之前的带路者。草木的背后是经济、文化、历史、宗教和民族。一株草木折射着人类的命运。

草木一直是人类最好的朋友，吃的大米面粉，来源于水稻小麦。平时吃的青菜水果，均是草木的叶和种子。是草木养育了我们，是草木让我们得以平静地成长。数千年来，每一个中国人，都得到了它们无微不至的庇护。确实，乡下人对草木最质朴的划分标准是食用和药用，除此之外，全部列入杂草系列，任凭在野外生长。有时它们偶尔进入庄稼地，会毫不留情地被清除。而更多的野草在荒郊野外寂寞地生长，旷达，隐忍，朴素，包容，如土地一般沉默，昭示着强韧的巨大的生命的力量。美国海洋生物学家蕾切尔·卡逊说，那些感受大地之美的人，能从中获得生命的力量，直至一生。

我出生在湘北一个小小的村落，在那里盛放着我童年和少年时代的记忆，漫长的，寂静的，有着淡金色的投影，同村庄的草木、庄稼、月光、蝉鸣缠绕在一起。我的家乡离洞庭湖不远，沿一条叫微水的小河可直抵洞庭湖。事实上，我就是大湖养育的生灵，正如湖边众多的草木。在湖边同样有数不清的乡村，天然地同自然万物相融相生。大地，泥土，星空，草木，河流，庄稼，有大自然永恒的诗性，有肃穆的神性，庄严，阔大，宁静，悠远，令人内心妥帖而安宁。回首走过的岁月，一直是草木温暖着我的生活。对草木从小在心中就多了一份亲近感，走近草木，依稀可以听见，草木内心的风声和隐秘的盛开的尖叫。每一株草木里都隐藏着琐细的忧愁，卑微的喜悦，星星般迷离闪烁的梦想。

离开故乡这么多年了，我一直醉心于一种纸上生活。在纸上，我用文字建构了一个草木繁华的世界，建构起自己的草木理想国。每写下一篇草木，都是我对故乡苍茫心事的试探，也是我进入故乡内部的投石问路。那是对旧时光的温柔抚摸，试图凭借它们，找到一条曲折的回乡之路，去抚慰一个游子的一腔愁绪、满怀离情。是呀，草木是个路标，在庞大混沌的空间里面，最清晰也最亲切的一个小地方名叫故乡。

生活在岳阳，是一件很幸福的事，有大江，万里长江穿境而过；有大湖，浩浩汤汤的洞庭湖横无际涯；有大山，幕阜山巍峨耸立。山水之地，江湖之城，草木茂盛，种类繁多，我计划撰写一百种草木，取名《洞庭草木深》。可是由于工作原因，我只能利用空闲时间创作，写得很慢，甚至有一段时间放弃了文学创作，直到近两年才重新提笔，却显笨拙，甚至有些不合时宜了，一年也写不了十篇。还好，我写下的这些拙劣的文字，承蒙《湖南文学》《青年作家》《延河》《厦门文学》《雨花》等杂志社的厚爱得以刊发，甚至被《散文（海外版）》转载，这是对我的鼓励与鞭策，也是期待与企盼。

面对“春风吹又生”的草木们，蜗牛式的写作让我内心日益不安，甚至羞愧。记得美国自然文学的开拓者，环保主义先驱缪尔说过一句话：如果一个人不能爱置身其间的这块土地，那么，这个人关于爱国爱家的言辞可能是空洞的——也是虚假的。

非常感谢岳阳市委、市政府和湖南省作协，将此书纳入第二批文艺岳家军人才扶持计划和2018年省作协重点扶持作品，为我的创作推波助澜，促使我终于初步完成了三十多种草木的撰写，也感谢西苑出版社，让这本集子顺利出版。在此借这一块小小的花地，感谢所有支持和帮助我写作的老师、朋友，以及我的亲人！

《洞庭草木深》的结集，不是一次终结，而只是我创作的一个新的起点，因为洞庭湖浩如烟海的草木静待着我，它们的精神与我相伴，我将努力而执着地推出更多的文字。

这也是我向草木致敬的一种方式。